푸른 봄에 닿다

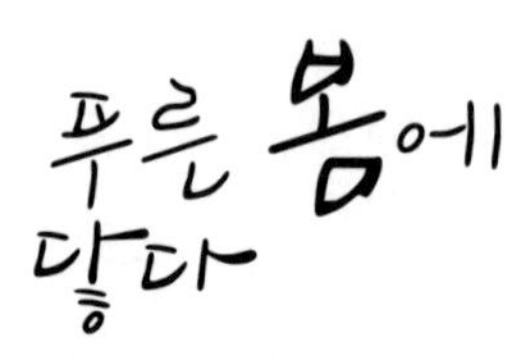

초판 1쇄 인쇄_ 2020년 02월 15일 | **초판 1쇄 발행**_ 2020년 02월 20일
지은이_구나영·문성은·이서영·한혜지·길현아 | **엮은이**_김수진·박소영 | **펴낸이**_진성옥 외 1인 | **펴내곳**_꿈과희망
디자인·편집_윤영화·성숙
주소_서울시 용산구 한강대로 76길 11-12 5층 501호
전화_02)2681-2832 | **팩스**_02)943-0935 | **출판등록**_제2016-000036호

E-mail_ jinsungok@empal.com
ISBN_979-11-6186-074-9 43810
※ 책 값은 뒤표지에 있습니다.
※ 새론북스는 도서출판 꿈과희망의 계열사입니다.

푸른 봄에 닿다

구나영 문성은 이서영 한혜지 길현아 지음
김수진 박소영 엮음

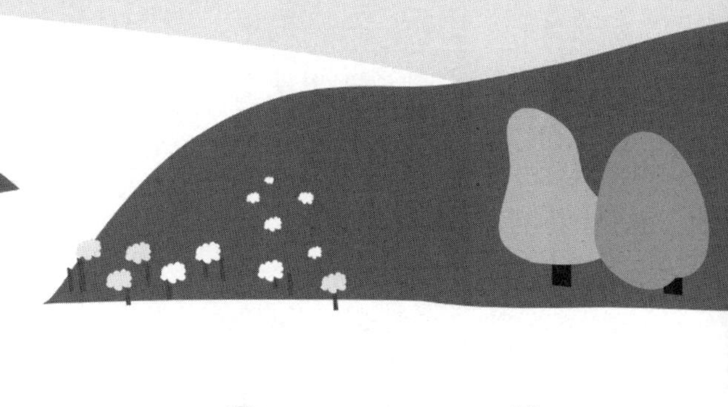

꿈과희망

소설을 쓰는 아이들이 처음에는 탁탁탁탁 속도감 있게 타자를 치다가 어느 순간부터는 타자치는 속도가 느려지더니 머리를 감싸고 있는 모습을 종종 볼 수 있었다. 그러고는 옆의 친구들에게 스토리 설명을 한참 하다가 "이게 말이 된다고 생각해?"라고 질문을 던진다. 그리고 친구의 답변에 귀를 기울인다.

이 장면을 보면서 나는 책쓰기 수업이 많은 업무량에도 불구하고 충분히 감수할 만한 가치가 있는 일이라고 생각하게 되었다.

소설은 허구의 세계이다. 그래서 아이들은 책을 쓸 때 쉽게 덤벼든다. 자신의 머릿속에서 폭발하고 있는 무궁무진한 생각들을 얼마든지 풀어낼 수 있을 거라 쉽게 단정했기 때문이다. 하지만 소설이 진행되면 될수록 점차 알게 된다. 내가 만든 세상 속 내가 태어나게 한 인물인데도 어느 순간부터는 내 뜻대로 움직일 수 없고 소설 속 시공간 속에 묶여 있다는 것을 말이다. 이 말은 다른 말로 풀이하면 아이들이 독자를 고려하기 시작했다는 것이다. 내 마음대로 움직였을 때 독자들이 공감을 하고 납득을 할 것인가? 이 고민을 되풀이하며 어떤 학생들은 배가 산으로 가 이게 아닌데 하고 울부짖기도 하고 어떤 학생들은 꽤 만족감을 가지고 뿌듯해하기도 한다.

우리가 학생들의 소설에서 기대하는 것은 기발한 생각과 독특한 구성을 바탕으로 한 멋진 작품이 아니다. 이유는 훌륭한 작가를 키워내고자 이 수업을 하는 것이 아니기 때문이다.

'독자들이 납득할 것인가? 그리고 나는 납득할 수 있는가?'라는 화두로 날아가는 상상의 날개를 잠시 멈칫하게 하는 것. 아래를 내려다보게 하는 것. 그것에 의미를 둔다면 빡빡한 입시 현실 속에서 이런 수업을 왜 하는가를 반문하는 모두에게 적어도 부끄럽지 않게 "가치가 있는 시간입니다."라고 대답할 수 있을 것이다.

여기에 실린 소설들은 이 모든 고민의 과정을 거친 심지어 작품성마저 있는 뛰어난 작품들이다. 소설을 읽으면서 몇 번이나 다시 제일 앞면의 이름을 봤던 기억이 난다. 마냥 어린 줄 알았는데 그들의 세상은 이미 나를 뛰어넘고 있었기 때문이다. 꽤나 재미있게 읽었던 소설들이니 독자들도 아이들의 만들어낸 세계에 흠뻑 빠져보시길 바란다.

지도교사 김수진·박소영

목차

C·O·N·T·E·N·T·S

아카시아

구나영

저자가 이 책을 쓰게 된 이유

솔직히 책을 쓰고 싶은 마음은 없었다. 왜냐하면 나는 글을 쓰고 싶어 하지만 끈기가 부족하기 때문이다. 이야기를 구성해서 길게 쓰는 것은 정말 어려운 일이다. 마감 전까지 전전긍긍하면서 제본소를 찾아다녔다.

이 이야기를 쓰고 싶지는 않았다. 시집을 낼까 고민도 했었다. 하지만 아무리 생각을 해 봐도, 좋은 이야깃거리 소재는 생각나지 않았다. 친구들과 한참 뒤처진다는 생각이 들 때쯤, '내 이야기를 써 보면 어떨까?'라는 생각이 들었다. 내 이야기에 조금 더 풍부한 소재들을 가미한다면 괜찮을 것 같다는 생각이 들었다. 하지만 한편으로는 두려웠다. 이 이야기는 내 과거를 다시 내 의식의 수면 위로 올리는 행위였기 때문이다. 이 책을 쓰면서 기분이 오락가락하기도 했었다. 예전의 기억들이 다시 꿈에 재현이 되기 시작했고, 친구들이 나의 이런 모습을 볼까 두려워 한동안 친구들과 멀리하기도 했다. 아직 내 과거의 일은 마음 깊숙이 자리 잡고 있었나 보다.

하지만 나는 이 책을 쓰면서 과거를 이겨 낼 수 있게 되었다.

'그때 누구한테 이런 말을 정말로 저 말을 했으면 어땠을까'라는 생각을 하면서 말이다. 나는 이 책을 쓰면서, 그때의 감정을 내려놓게 되었다. 마음이 점점 홀가분해지는 느낌이 들었다.

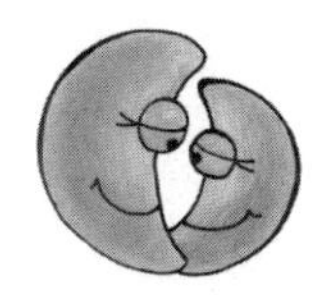

이 이야기는 학창 시절에(지금도 한창 학교생활을 즐기고 있지만 말이다.) 누구나 겪을 수 있는 일이다. 여러분들은 이 책을 읽으면서 정말 별거 없는 사건이라고 생각할 수도 있을 것이다. 하지만 나도 왜 그렇게 내 감정에 격해졌는지 모르겠다. 솔직히 그 감정들은 한순간에 나를 파도처럼 덮쳤던 것이 아니었다. 나의 모든 감정들이 계속 쌓이다 보니, 그것이 넘쳐흘러 버린 것이다.

이 책을 읽는 독자 여러분들의 학창 시절, 아니면 지금 즐기고 있는 학창 시절을 비교해 보면서 재미있게 읽어 주기를 바란다.

이 책을 세상에 태어나게 해 준 경북여고 선생님들과
이 이야기를 쓰는데, 많은 도움을 준 중학교 친구들에게
감사를 바침.

너는 나의 식과 생이었다. 나는 그렇게 생각했다. 식이 없으면 생도 없듯이. 나는 네가 없으면 안 됐고, 너도 내가 없으면 안 됐다. 그런데 우리의 식생이 무너져버렸다. 나는 너 없이는 살 수가 없었다. 너는 내 상처까지 들고 사라져 버렸다. 식이 사라진 생은 어떻게든 버텼다. 그게 다였고, 어느새 나는 식을 다시 만나게 되었다. 식과 생은 다시 함께하는 듯싶었지만, 너는 아직도 상처투성이었으며, 생을 떠나려고 했다. 나는 어떻게든 너를 붙잡았다. 이것이 우리의 서막이었다.

나는 너를 덥고 습했던, 그해의 초여름에 만났다. 서로의 존재조차 몰랐던 우리 둘이었다. 우리가 서로를 알게 된 것은, 아카시아 향이 스쳐 지나가던, 그 나무 아래에서였다. 나는 공원의 서늘한 나무 그늘 아래에 나무 기둥을 등에 대고, 노래를 듣고 있었다. 그런 나를 향해 종이 여러 장이 날아왔다. 그 여러 종이 중 한 종이가 얼굴에 붙자, 나는 찡그린 얼굴로 혼잣말을 했다.

"아……뭐야."

"헐……!! 죄송해요, 괜찮으세요? 어디 베인 데는 없으세요?"

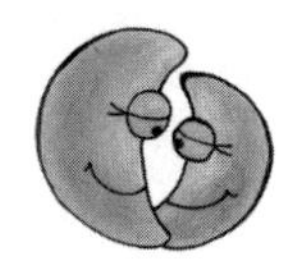

나는 얼굴에 붙은 종이를 떼고, 확 들어오는 눈부신 햇빛 때문에 살짝 찡그린 모습으로 대답을 했다.

"아, 네. 괜찮습니다."

"죄송해요. 정말로……"

"괜찮아요. 가 보세요."

"정말 가도 괜찮아요?"

"네."

이게 우리의 첫 만남이었다. 나에게 너와의 첫 만남은 강렬했다. 나도 그 이유를 몰랐다. 아마 아카시아 향 때문이 아니었을까.

나는 너를 만난 후에 시를 하나 썼다. 그냥 그게 나의 버릇이었다.

아카시아 향기가 휘날릴 때

아카시아 향기가 휘날릴 그 덥고 습했던 여름에 나는 너를 보았다. 말갛게 웃고 있는 너의 모습을. 나는 그 찬란한 햇빛을 받으며 웃고 있는 너에게 다가가고 싶었다. 그 모습이 너무 아름다워서. 나를 이 어둠 속에서 꺼내 줄 수 있다고 생각해서. 내가 너를 다시 봤던 그날은, 그다음 해 초여름이었다.

너는 아카시아 향기가 날 때 나타났고, 아카시아 향기가 없어지려 할 때 사라졌다. 나는 그런 너를 아카시아라고 불렀다. 그날도, 나는 너를 바라보고 있었다. 그러다 나는 네 눈과 마주쳤다. 너는 나를 보며 환하게 웃어 주었다. 나는 너의 웃음에서 아카시아 향기를 맡았다. 네 웃음은, 나를 찬란한 빛으로 끌어당겨 버렸다.

네가, 나를 바라보며 웃자, 나도 너를 바라보며 웃었다. 나는, 너를 바라보았다. 너도 나를 바라보았다. 아카시아 향이 휘날리는 그날, 오랜 어둠속에서 벗어나, 밝은 햇살을 마주한 채 나는 환한 웃음을 가진 '나'를 만났다.

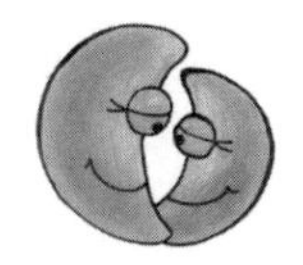

아카시아 향기가 휘날린 그날, 나는 너를 만났고, 아카시아 향이 너의 첫 인상이 되었다.

우리의 첫인상은 그리 좋지는 않았지만, 곧 친해질 수 있었다.

우리는 같은 반이 되었고, 항상 같이 다니는 단짝이 되었다.

하지만 항상 영원히 함께할 수 있는 것은 없듯이, 우리는 갈라져야만했다. 그 일 때문이었다.

그 일로 인해 너는 없어져 버렸고, 나는 홀로 남아 너의 빈자리를 바라보기만 했다. 나는 너를 위해 할 수 있는 게 아무것도 없었다. 나는 그런 내가 정말이지 너무나 싫었다. 한순간에 너는 나를 무기력한 사람으로 만들어 버렸다.

그게 너와 나의 끝이었다. 그 이후로 나는 너를 볼 수가 없었다.

너를 보기까지 정말 수도 없는 시간이 흘렀다.

1. 사건의 발달

오랜만에 고등학교 친구를 만났다. 약속을 하고 만난 것은 아니었다. 고등학교 모임에서 볼 수도 있었지만, 고등학교 모임을 안 간 지 벌써 취업하고 3년이 넘었다. 상담 심리학과를 나온 후로, 열심히 박사를 따고, 여러 가지 자격증을 땄다.

휴대폰 중독에 관련된 자격증부터 시작해서, 청소년 상담 자격증까지. 심리 상담사에 필요한 모든 것을 자격증을 땄고, 이제 버젓한 심리 상담실까지 있었다.

문제는 너무 일이 많았다. 상담 심리는 정말 힘든 일이었다. 내담자를 보고 내담자가 하는 이야기에 귀를 기울여야 했다. 그리고 항상 내담자를 보고 난 후면, 감정 전이가 너무 쉽게 일어났다. 같은 심리 상담소에 다니는 언니한테 상담을 받으면서 내 일을 계속하다 보니, 너무 바빴다.

심리학과를 간 내 잘못이었다. 그냥 교수할 걸 그랬다. 교수 하는 과정이 더 쉬울 것 같다.

아무리 사람을 상담하는 것을 좋아해도, 이 스케줄을 견뎌낼 사람은 아무도 없었다. 그래서 나는 상담 심리소 원장님께 휴가를 내고 싶다고 말씀을 드렸다.

"저 원장님?"

"어, 윤아. 무슨 일이야?"

원장님이 나를 저렇게 편안 하게 부르시는 이유는 바로 우리가 대학교 선후배였기 때문이다. 나와 원장님 아니 언니는 친했다. 처음으로 만나게 된 이유는 과 팀플 때문이었다. 처음에는 꼬박꼬박 선배라고 불렀지만, 언니가 제발 선배라는 소리 듣기 싫다고 애결복걸 하는 바람에 결국 호칭이 바뀌게 되었고, 직장도 같은 직장을 다니게 되었다.

"원장님, 저 휴가……."

"둘이 있는데 원장님이라니……. 오글거려. 언니라고 불러."

"언니, 나 휴가 갈래요."

"결국엔?"

"네. 하루 정도만요. 아니 저한테 일 왜 이렇게 많이 와요?"

"당연히……!"

"당연히……??"

"네가 상담을 너무 잘해 주니까 소문나서 그래."

"엥? 제가요?"

"응. 네가요."

나도 모르는 내용이었다. 내가 상담을 잘해 준다고?

나는 잘해 준 기억이 없는데. 내가 항상 했던 상담은 그냥 이야기 잘 들어주고, 한 번씩 빈 의자 기법 사용하고…… 그게 다였다. 정말이다. 나는 완전 결백하다.

"저 잘해 준 기억이 없는데……."

"윤아. 감정 전이가 많이 일어나면 일어날수록, 네가 내담자에 상담을 잘해 준다는 거야. 감정 전이는 내담자의 상황에 이입을 하거나, 이해해 주면 더 많이 일어나지."

"아……."

"알겠지? 너 그거 때문에 나한테 상담 많이 받았잖아."

"네……. 그렇긴 하죠."

"근데 휴가 하루 가지고 되겠어? 한 일주일 정도 쉬어야 되지 않겠어?"

"아, 괜찮아요. 저 회복력 빠른 거 언니도 알잖아요."

"알기는 아는데, 그래도 일 밀리면 안 돼니까……."

"너 없으면 내가 더 일하면 되지. 뭐가 문제야?"

"언니 안 그래도 바쁜데, 제가 그렇게 많이 쉬어도 되요?"

"쉬어, 쉬어. 너 열심히 일했어. 그 값을 받는 거니까 걱정하지 말고, 푹 쉬다 와."

언니는 내 등을 두드리며 호탕하게 웃었다. 진짜로 걱정이 됐다. 아무리 언니가 원장이라도, 상담을 잘해도, 언니는 언니가 할 일이 있을 텐데……. 내가 언니 일을 방해하는 게 아닐까.

한숨을 쉬며 고개를 절레절레 흔들자 언니가 괜찮다는 듯이 미소를 지어주었다. 앗, 저 의미는 푹 쉬다 오고 나면, 맛있는 거 사라는 의미……!!

그냥 휴가내지 말 걸 그랬다. 좀 후회가 될려고 그랬다.

"아, 언니 그냥 휴가 안 낼게요."

"왜!!"

"언니 그 미소 맛있는 거 사라는 의미잖아요. 저 돈 없어요."

"내가 너 월급 많이 주잖아."

"언니가 돈 더 많잖아요!"

"그래도!"

역시 이 언니는 말이 통하는 사람이 아니다. 먹을 거만 보면 정신을 못 차리는데, 전생에 못 먹어서 죽은 귀신이 붙었나 라는 생각을 할 정도였다.

"언니, 그냥 휴가 하루만 할게요. 저 텅장이라 위험해요."

"하……. 그냥 사지 마. 내가 졌다."

"휴가는 하루면 충분해요. 언니 그러면 내일 모레에 뵈요!"

"못말려……. 그래. 내일 모레에 보자."

"넵. 언니 집 조심히 들어가세요!"

"오냐."

진짜 이렇게 잠을 푹 잔 것이 얼마 만인지…… 대학교 졸업하고 나서 취업으로 쉴새 없이 움직였고, 취업을 해도 상담으로 쉴 새 없이 사람을 만났으니…… 아무리 생각해도 내 체력의 한계를 넘은 것 같다는 생각이 들었다.

한동안 청소를 안 하고 지냈더니, 정말 집이 난장판이었다. 내가 보기에도 엄청 더러운데, 우리 엄마가 오시면…… 나는 정말 죽은 목숨이다. 오늘 휴가를 낸 것을 정말 다행으로 여겼다.

"와, 엄청 더럽다. 어떻게 걸레가 이렇게 까맣게 될 수가 있지?"

나는 열심히 집을 쓸고 닦았다. 다 닦고 나서, 땀을 뻘뻘 흘린 채 침대에 벌러덩 눕고 말았다. 정말 씻기가 귀찮았다. 정말로. 너무 덥고, 힘이 빠져 버려서 씻는 것을 까맣게 잊고 완전 푹 잠을 자 버렸다. 눈을 떴을 때는 밤 10시를 지나고 있는 시간이었다.

"와, 진짜 나 기절했나 봐."

이 말을 마치고, 나는 찝찝한 몸을 이끌고 욕실로 향했다. 아무래도 샤워를 해야 될 것 같았다.

샤워를 하고 나서 내일은 뭘 할지 행복한 고민을 하다가, 내가 평소에 좋아하던 화가가 미술 전시회를 연다는 것을 기억해 내고, 전시회를 가기로 했다.

아무래도 전시회니까 깔끔한 옷을 입고 가야겠다는 생각이 들자, 옷장에서 하얀색 블라우스와 검정색 원피스를 꺼냈다. 아무리 생각을 해 봐도 장례식장 옷차림 같았지만, 내가 단색을 좋아하는데, 뭐 어쩌겠는가, 내가 좋으면 좋은 거지. 다들 그렇지 않나……?

*

아침 일찍 일어나서 전시회를 가려고 했던 나의 계획은 실패하고 말았다. 오늘 하루 일을 쉰다고 생각을 하니 마음이 편해서 그만 늦잠을 자 버리고 만 것이다. 그래도 다행히 전시회는 19시까지 한다.

나는 다행이라는 뜻의 한숨을 쉬고, 준비하기 시작했다. 중학생 때부터 화장을 별로 좋아하지 않는 나는 정말 가볍게 자외선 차단제를 바르고 색이 옅은 립을 바른 뒤 완벽하게 밖을 나가려고 했지만……

주륵주륵 내리는 비에 다시 후퇴를 하고, 차키를 챙겼다. 망할 장마. 나는 비 오는 것을 좋아하지만 차 탈 때의 비는 정말 극혐이다. 옷도 다 젖을 뿐더러, 차 안의 가죽 시트도 젖기 때문이다. 나는 한숨을 쉬며 자동차의 시동을 걸었다.

오늘 하루는 정말 완벽히 망한 날이라는 생각이 들었다. 머피의 법칙이 맞다는 생각을 하면서 미술 전시회관으로 향했다. 그래도 전시회를 생각하니, 어느 정도 기분은 나아지기 시작했다.

전시회 주차장은 지상이었다. 나는 인상을 찌푸리며 우산을 펴고 차에서 내렸다.

내가 좋아하는 화가의 그림을 하나씩 천천히 보고 있는 그때 누가 나의 감상을 방해했다. 누군가가 자꾸 내 등을 툭툭 치는 것이다.

"아…… 누구신데……."

"윤아, 섭섭해. 내가 바뀌면 얼마나 바뀌었다고, 벌써 나를 못 알아보는 거야?"

"김…… 유이?"

"윤아, 오랜만이야."

나의 옛 친구를 나는 갑작스럽게 만나게 되었다. 진짜 놀랐다. 이 전시회에서 만나게 될 줄은 꿈에도 상상하지 못했던 일이라.

"유이야, 여기는 웬일이야?"

"와, 최 윤. 완전 섭섭하다. 나도 이 화가 좋아하는 거 몰라?"

"아!"

나는 완전 까맣게 잊고 있었다. 유이도 이 화가를 엄청 좋아한다는 것을 말이다. 진짜 나는 바보 멍청이인 것 같다. 나와 친구는 전시회 옆에 있는 카페로 향하면서 끊임없이 말을 했다.

"미안. 까먹었다."

"최 윤 어떻게 나한테 그럴 수가 있어!"

"음…… 너무 오래 못 만나서 부작용이 일어난 거야."

"그럴 리가. 나는 아직 기억하고 있었는 걸?"

"유이야. 사람의 뇌는 완벽하지 못해. 그러니까 나의 뇌도 완벽하지 못한다는 말씀이지."

정말 오랜만에 친구를 만난 것과는 다르게 우리는 아무런 어색함이 없었다. 이것이 바로 진정한 친구인 것인가. 우리는 카페의 구석진 자리에 앉아서 아메리카노 2개를 시켰다. 달달한 것을 좋아하던 친구가 아메리카노를 시킨 것은 나에게 너무 놀라운 일이었다. 그리고 아직 친구에게서는 아카시아 향이 났다. 우리가 봤던 바로 그날처럼.

"와, 너 아직도 아카시아 향 난다."

"아무래도, 우리 집 정원에 아카시아 나무가 많아서 그렇게 된 걸 거야."

"정원?"

"응. 우리 집 정원 있거든."

"와, 너 돈 많이 벌었구나?"

"당연하지. 너 생각 안나?"

"뭐가?"

"내가 돈 많이 벌면 정원 있는 집에서 살겠다고 했잖아!"

친구의 얘기를 듣자, 친구가 그런 얘기를 했었다는 기억이 긴가민가 나기 시작했다.

"아, 맞아. 그리고 내가 거기서 같이 살 거라고 그랬지, 아마?"

"맞아, 우리 같이 룸메이트 하기로 했잖아."

"그래도 너는 꿈 이뤘네."

"너 룸메 할래?"

"나도 하고 싶은데, 내가 집을 잘 안 들어와서 안 될 것 같아."

"에이 그게 무슨 상관이야. 나도 집에 잘 안 들어와."

"너는 뭘 하길래?"

"와, 윤아. 너 진짜 나한테 관심 없구나……."

"음…… 그냥 일만 했다고 생각 해 줄래……."

"뭐, 알겠어."

정말 내가 귀를 닫고 살긴 살았나 보다. 친한 친구 직업도 모르다니……! 내 마지막 소식은 친구가 2년 복학하고 대학교를 간 것까지였다. 너무 귀를 닫고 살면 안 되겠다는 교훈을 방금 친구에게서 얻었다.

"하여튼, 뭐 하는데?"

"나? 병원 다니지."

"의사?"

"음…… 한의사야."

"와, 친구야. 내가 허리가 좀 아파. 좀 봐줄 수 있겠니?"

"그럼~"

우리는 나온 아메리카노를 마셨다.

"아, 나 궁금한 게 있는데,"

"응? 뭔데?"

"너 고등학교 때 아메리카노 싫어하지 않았어?"

"여전히 싫어해."

"엥?"

"아니, 학교 과제할 때, 자꾸 달달한 거 시켜 먹고, 시험기간에도 막 달달한 거 먹으니까, 살이 미친 듯이 찌는 거야."

"아, 그래서 아메리카노로 바꾼 거야?"

"응. 지금 익숙해지려고 엄청 노력 중이다."

"그래 보이기는 해."

"그래서 너는 심리 상담사 됐다면서, 너 엄청 유명하더라."

"내가?"

"어. 나랑 같은 과 나왔던 후배들도 다 너 알더라."

"왜?"

"야…… 너는 아무리 세상에 귀를 닫고 살았다고 해도, 내가 너랑 같은 대학교인데, 그걸 모르면 어떡하냐?"

"정말? 너 나랑 같은 학교였어?"

"어. 진짜 언니 말이 사실이었어."

"누구 언니?"

"수아 언니."

"네가 수아 언니를 어떻게 알아?"

수아 언니는 그 언니다. 우리 상담소 원장님. 솔직히 유이가 수아 언니를 안다는 것은 정말 놀라운 일이었다. 수아 언니는 함부로 자신의 곁을 내놓지 않는다. 그러면 정말 유이가 마음에 들었다는 것이다.

"내가 말 안 했나?"

"뭐를?"

"나 언니 있다고."

"아, 말했던 것 같다."

"내 언니가 수아 언니야."

"헐, 말도 안 돼. 그럼 수아 언니는 왜 이때까지 말을 안 해 주셨지?"

"내가 말하지 말라고 부탁했어."

"엥, 왜?"

"서프라이즈!"

그래, 내 친구는 이런 친구였다. 서프라이즈를 너무나 좋아했다. 사람 놀래키는데 선천적인 재능이 있는 아이였다. 그래서 항상 나와 친구들을 놀래키곤 했었다. 내가 이걸 까먹고 있었네. 역시 나는 바보였다.

"맞아, 내 친구 김유이는 서프라이즈 좋아했지 참."

"그걸 이제야 기억하다니!"

"그러게 말이다. 학교 다닐 때 그렇게 당해 놓고서 잊어 버렸네."

"너도 참……"

어느덧 해가 산 뒤로 넘어가자, 우리는 헤어질 준비를 했다.

"다음에 만나면, 밥이라도 같이 먹자."

"그래."

"오늘 대화를 이것 밖에 못한 게 한이다. 정말."

"그런가?"

"응. 나 원래 할 말 있었는데, 다른 얘기한다고 말을 못했어."

"그럼 내일 만날래?"

"엥? 그래도 돼?"

"응. 너네 언니가 내일까지 나 휴가 줬어."

"오, 좋아."

"그럼 내일 언제 만날래?"

"내가 시간 정해서 문자로 보내 줄게."

"아, 그럴래?"

"응. 그럼 내일 봐, 유이야."

"응. 오늘 하루 재미있었어."

"나도."

*

솔직히 나는 지금 유이에게 맞아도 싸다. 진짜 어제 언제 어디서 만날 건지 유이에게 문자 한 통 보내지 않고 그대로 침대에 직행해 버렸다. 정말 오늘은 정신없는 하루였다. 나는 한숨을 쉬며 다시 침대에 도로 누웠다. 나는 씻을 생각도 하지 못한 채 그대로 깊은 잠에 빠져들어 버렸다. 내가 잠에서 일어난 시각은 11시였다. 깨자마자 느릿하게 눈꺼풀을 열고 닫으며 나는 한참 동안 정신을 차리지 못했다. 멍하니 하얀 천장을 바라보다, 고개를 돌려 시계를 보았더니 어느덧 11시 20분을 가리키고 있었다. 나는 눈을 크게 뜨며 소리쳤다.

"미쳤어, 최 윤! 유이한테 아직 문자도 안 보냈는데!"

나는 휴대폰을 재빨리 집어 들어 친구에게 문자를 다급하게 보냈다.

- 유이야 진짜로 미안……. 너한테 문자 보낸다는 거 까먹고
  그대로 자버렸어……!

유이의 문자가 오기를 기다리면서 샤워를 하기 시작했다. 나는 눈의 붓기를 빼기 위해 샤워를 할 동안 냉동실에 숟가락 두 개를 넣어놓았다. 나는 샤워를 어느때 보다 빨리한 뒤 유이에게 문자가 왔는지 확인을 해 보았다. 이미 5개가 넘는 문자가 와 있었다.

- 진짜 최 윤 너무 한 거 아니니
  내가 네 문자 얼마나 애타게 기다렸는데……
  그걸 까먹다니……!!
  내가 시간이랑 장소 보낼 테니까 그냥 와
  밥은 네가 사라!!!

아무리 생각해도 유이는 지금 화가 엄청 많이 나 보였다. 이제 나는 유이에게 죽은 목숨이다. 유이가 아무리 체격이 작다 해도 정말 유이는 손이 매웠다.

고등학교 때 유이에게 장난을 치고 맞은 기억이 났다. 그때 맞은 등이 아직도 화끈거리는 것을 느꼈다. 한숨만이 나왔다. 이윽고 유이에게서 문자가 왔다.

- 우리 학교 근처 한식집인데 괜찮지? 12시까지 여기 와라.
- 헐, 유이야…… 나 방금 샤워 다했는데……!
- 그냥 대충하고 와. 친구 만나는데 뭘 그렇게 준비 할 게 있다고.
- 아니 오랜만에 만나는 친구니까 그런 거지…… 일단 최대한 빨리 준비해서 나갈게. 늦어도 용서해 주세요…….
- 네가 하는 거 보고?

문자를 끝으로 나는 나의 긴 머리를 말리기 시작했다. 머리를 선풍기 앞에서 말리면서, 눈에는 차가운 숟가락을 대고 붓기를 뺐다. 머리가 기니까 말릴 때 너무 오랜 시간이 걸렸다. 이럴 때마다 긴 머리가 거추장스럽다는 생각이 끊임없이 든다. 나는 화장도 간단히만 하고 어떤 옷을 입을지 고민도 하지 않은채, 눈 앞에 보이는 옷을 골라 입었다. 그리고 굽이 낮은 구두를 신고 차를 타러 주차장에 내려갔다.

엘리베이터가 오늘 점검 중이라는 사실을 5분 후에 알게 되었다. 그리고 정말 빠르게 계단을 뛰어 내려갔고, 차에 타자마자, 엑셀을 미친 듯이 밟아 제시간에 한식집에 도착하게 되었다.

친구는 고등학교 때부터 양식과 일식보다 한식을 더 좋아했다. 내가 지금 가고 있는 한식집은 나도 과제를 하고 자주 갔던 집이었다. 나는 끊임없이 시계를 보았다. 빨간불에 걸릴 때마다 마음이 초조했다.

문자도 안 보냈는데 약속시간에까지 늦으면 유이가 정말로 나를 가만 두지 않을 것이란 것을 알고 있었기 때문이다.

"하…… 아슬아슬 했다. 최 윤. 다음부터는 바로 자지 말자……. 아무리 피곤해도 할 일은 하고 자야겠어……."

나는 핸들에 머리를 박으며 혼잣말을 했다.

한식집 안을 가보니, 이미 친구는 자리에 앉은 채 창문을 빤히 쳐다보고 있었다. 마치 누구를 기다리는 듯이 말이다. 아마 그것은 나일 것이라고 조심스럽게 추측을 해 본다.

"유이야…… 진짜 미안! 내가 어제 너 만나고 나서 바로 침대에 뻗었어…… 진짜로 미안해……."

진짜 오늘 조심하지 않으면 친구한테 내 등짝을 다 내놓아 주어야 할 것 같아서 최대한 조심스럽게 친구에게 다가갔다. 그리고 친구와 눈이 마주치자 나는 최대한 친구에게 불쌍하게 보이기 위해 노력을 했다.

"아무리 피곤해도 그렇지. 어떻게 나를 기억 못할 수가 있어!"

"너를 기억 못한 게 아니라…… 너한테 문자 보내는 걸 까먹은거지."

"그거나 그거나 같아. 나한테 문자 보내는 거 까먹은 게 내 존재를 까먹은 거라고."

"유이야 진짜 미안…… 내가 대역죄인이야."

"와. 진짜 최 윤 고등학교 때랑 성격 많이 바꼈네."

"갑자기?"

"너 고등학교 때는 나한테 잘못했어도 논리적으로 반박했으면서 너 많이 유해졌다?"

유이가 느낄 만큼 내가 성격이 많이 바꼈나보다. 상담 심리를 하다 보면 논리적으로 내담자의 상황에 반박을 할 수가 없었다. 상담 심리는 정말 내담자가 처한 상황을 듣고 그에 대한 해결책이나 심리적인 기법을 사용하여 불안정한 내담자의 심리를 안정하게 해 주어야 하기 때문이다.

"심리 상담 하는데 논리적으로 말을 하면 어떡하냐. 그 상황에 맞는 해결책이나 방법을 알려 줘야지."

"너 심리 상담 계속해라. 너 성격 바뀌어서 난 너무 좋다."

"왜…… 난 예전 성격이 더 좋은 데?"

"아니, 당하는 상대방은 무척이나 네가 무섭게 느껴져……."

"아, 그런 거야?"

"응. 그런 거야."

"칫. 어차피 죽을 때까지 심리 상담 할거라 성격 바뀔 일 없으니까 안심해."

"윤이가 삐지는 날도 있구나. 나 지금 완전 신기한 거 알지?"

"왜."

"너 고등학교 때도 잘 안 삐졌잖아."

"에이, 티를 안 낸 거지. 삐지기는 엄청 삐졌어."

"아, 그런 거야?"

"응 그런 거야. 눈치 없는 김유이야."

"사돈 남 말 하네."

친구는 뾰루퉁한 얼굴로 나를 쳐다봤다. 바보라는 소리를 아직도 싫어할 줄이야. 뭐 누구든 바보라는 소리는 싫어 하기는 한데, 유이는 학창시절에 나한테 매일 바보라는 소리를 들어서 특히 더 싫어하기도 했다.

"아, 미안해. 바보라고 안 할께. 그래서 뭐 먹을 거야?"

"음. 역시 나는 불고기 덮밥이지"

"너라면 불고기를 시키겠지"

우리는 동시에 같이 말을 했다. 역시 오랜 세월을 같이 지내지는 못했지만, 친했던 친구는 친한 이유가 있었다. 우리는 서로를 보며 웃었다.

"윤이 너는 곰탕이지?"

"당연한 거 아냐? 여기집 사골 국물이 얼마나 맛있는데!"

"어휴 못말려"

친구는 나를 바라보며 못 말린다는 듯이 웃었고 나는 이모를 불렀다.

"이모!"

“윤이랑 유이 오랜만이네, 근데 너희 둘이 친구였어?”

“그럼요 이모. 그래서 우리 곰……”

“곰탕이랑 불고기 덮밥 말이지? 너네 둘은 그거 안 질리니?”

“당연하죠. 이모 음식은 안 질려요!”

“윤이 너 이렇게 애교 많은 성격 아니었는데 많이 바꼈다?”

“그죠? 이모도 그렇게 생각하죠?”

이모의 말을 가만히 듣고 있던 유이가 말을 했다.

나는 어서 말을 돌리며 말을 했다.

“이모, 여기 환타 한 병이랑 사이다 한 병 주세요~”

“알겠어, 기다리고 있어.”

“네~”

친구는 내가 음료를 주문하는 모습을 보고 픽 웃었다.

“왜 웃어? 내가 주문하는 게 웃겨?”

“응, 웃겨”

“헐, 너무해 김유이.”

“거짓말이고, 나 환타 좋아하는 거 기억해 줘서 그런 거야.”

“너 고등학교 때 항상 매점에서 환타밖에 안 사먹었잖아.”

“그렇긴 해. 내가 환타를 엄청 사랑하기는 하지.”

나는 그 말을 듣고 웃으며 말했다.

어쩔 수 없었다. 친구의 환타 사랑은 우리 학교 모든 학생들이 알고 있었기 때문이다. 오죽했으면 별명이 환타 소녀였을까. 매점 이모도 유이를 알고 있었다. 매일 아침 등교하면 환타부터 사러 매점에 갔기 때문이다.

“아무리 안 만난 기간이 길어도 우리 젤 친한 친구 아니었나?”

“그렇긴 해. 우리 시내도 많이 돌아다녔는데.”

“맞네. 너 사람들한테 치일까 봐 내가 옆에서 가드치면서 다녔는 데.”

“아, 뭐야. 그런 거였어? 왠지 네가 나한테 딱 달라붙어 있었다 그랬어.”

나와 친구의 체격 차이는 많이 났다. 나는 여자 치곤 조금 큰 키였다. 내 키는 174였고, 친구는 155였다. 고등학교 때랑 변함없는 친구의 키에 귀여워서 살며시 웃음이 났다.

친구는 고등학교 때 조그마한 키에 반해 칼 같은 성격의 반전 매력을 가졌었다. 그건 남자 한정이었지만 말이다. 그래서 항상 친구는 남자에게 인기가 많았다. 하지만 나는 고등학교 3년 내내 친구가 사귀는 것을 보지 못했다. 한번은 궁금해서 그 이유를 물어보니, 연애에 관심이 없다고 말을 했다. 딱 그럴만도 했다. 아직도 유이는 연애를 한 번도 하지 않았으니까. 아마 캠퍼스에 유이를 좋아하는 사람이 널렸을 텐데, 고백도 많이 받아 봤을 텐데, 궁금증이 생겼다.

"유이, 나 궁금한 거 생겼어."

"너 왜 연애하는 거 싫어해?"

"연애? 돈 많이 들어가잖아. 그거 싫어."

"음, 그렇긴 하지."

"그래서 그런 거야. 내가 힘들게 번 돈 남한테 쓰기 싫어."

"헐, 나도 남이잖아?!"

"윤이 너는 제외할게."

"그래. 참 고맙다. ^^"

"고마워 해야지~"

유이는 저렇게 말을 해도, 돈을 남한테 많이 써줬다. 나도 물론이고, 고등학교 때 친구였던 아이들에게도 아낌없이 돈을 주기도 했다. 정말 아낌없이 주는 나무 같은 느낌이 들지 않는가. 유이가 아낌없이 주는 나무라고 생각을 하니 너무나 웃겼다.

"왜 웃어?"

"아니, 그냥."

"왜 나도 말해 줘."

"음, 그냥 네가 아낌 없이 주는 나무라고 생각이 들어서."

"나?"

"응. 너 고등학교 때 친구들한테 정말 돈을 아낌없이 나눠줬잖아."

"그랬었나?"

"응. 그랬지?"

"그때는 나도 몰라. 그냥 애들한테 나눠주고 싶었어."

"지금도 그런 것 같은 데?"

"지금은 별로 그렇지는 않은 데?"

"거짓말, 너랑 어제 만났을 때 커피값 네가 냈잖아."

"너라서 그런 거라니까."

"에헤이, 아닌 거 다 알아."

"쳇,"

"큭큭"

친구와 여러 가지 이야기를 하다 보니, 음식이 나왔다. 음식이 나오자, 나는 손을 들어 먹으려고 했지만, 친구에게 저지당하고 말았다.

"윤아. 사진부터 찍어야지."

"그거 꼭 찍어야겠어?"

"응. 인스타그램에 올릴 거야. 우리 둘이 오랜만에 만났다고 자랑 하려고,"

"그래라…… 어휴"

친구가 사진을 다 찍고 나서야 나는 곰탕을 한술 먹을 수 있었다.

"정말 너는 아직도 인스타 광이구나."

"그럼, 인스타 보면 예전 친구들 소식 다 알 수 있는 걸?"

"그래서 네가 소식을 많이 아는구나?"

"그럼~"

"나는 sns 자체를 안 하니까, 소식도 몰라. 계정을 하나 만들어야 하나?"

"만들어 줄까?"

"음, 아니 괜찮을 것 같아."

"왜?"

"약간 사생활 침해 받는 느낌이야."

"그럴 수도 있겠네."

그 이후로 친구는 말 한마디도 하지 않았다.

친구는 밥을 먹을 때면 말을 전혀 하지 않았다. 내가 그 이유를 물어보자, 친구는 웃으면서 말을 해 주었다.

'입에 음식넣고 얘기하면 튈 수도 있잖아. 남한테 피해 주기 싫어 서 그런 거야'

예나 지금이나 친구의 성격은 한결같았다. 딱 그 사건 때만 빼면 말이다.

나는 친구가 잠시 화장실을 간 사이, 미리 이모에게 계산을 부탁했다. 그리고 자리에 돌아와서 태연하게 밥을 먹기 시작했다. 아무리 내가 밥을 사기로 했지만, 친구의 성격상 더치페이라도 해야 직성이 풀리기에 나는 먼저 미리 계산을 해버렸다.

밥을 다 먹고 친구가 나가면서 계산하려고 하자,

"이미, 윤이가 다 계산했어."

라는 말이 들려왔다. 친구는 약간 화난 얼굴로 나에게 말을 했다.

"윤아, 누가 먼저 계산하래."

"아 원래 내가 사 주기로 한 거 그냥 내가 계산했지."

내 말을 듣고 친구는 한숨을 쉬면서 말을 했다.

"너 카페 갈 꺼지."

"당연한 거 아냐?"

"거기서는 내가 계산할 거야. 알겠어?"

"에휴…… 알겠어. 그만 째려 보시고, 얼른 차에 타기나 하세요."

"한 번만 더 그래 봐."

"알겠다니까요."

친구는 자신이 자주 가는 단골 카페를 알려 주었고, 나는 친구가 알려 주는 대로 차를 몰았다.

그곳은 수제로 도넛을 만드는 카페였다.

"윤아. 여기 도넛이 정말 맛있어. 우리 여기 있는 종류 하나씩 다 먹어 볼래?"

"뭐? 너 저거 다 먹을 수 있어?"

"디저트 배는 따로 있는 거 몰라?"

"알겠어, 알겠어. 먹어 보자"

"좋아. 자리 좋은 데 잡아 놔."

"네엡."

나는 구석진 곳에 자리를 잡았다. 내가 구석진 곳을 좋아하는 것이 아니라, 통유리창 밖으로 보이는 광경이 너무 예뻐서 나도 모르게 그 자리에 앉았다.

"하 역시 윤이."

"엥?"

친구가 커피와 도넛을 들고 오면서 하는 말에 나는 궁금하다는 표정을 지었다.

"여기 내가 제일 좋아하는 자리거든. 항상 내가 여기 앉는데."

"오 그런 거였어? 그냥 여기 풍경이 너무 예뻐서."

"그치, 여기 풍경 예쁘지."

"응."

나는 커피를 한 모금 마시고 도넛을 한입 베어 먹어 보았다. 수제로 도넛을 만든다고 하더니, 시중에 파는 도넛과는 맛의 차원이 달랐다. 내가 맛 표현을 잘하지 못 하는 게 한이었다.

"오, 여기 맛있다."

"그치."

"응. 분위기도 괜찮고."

"그니까."

친구는 내 말에 맞장구를 쳐주며 말을 했다.

"아, 맞다. 윤아 나 너한테 할 얘기 있었는데."

"? 뭔데?"

"내가 이 말 꺼내면 너도 힘들겠지만, 지금 나도 힘들긴 매한가지라"

"그래서 너 아까 점심 많이 못 먹었구나?"

아까 레스토랑에서 친구는 음식을 많이 남겼다. 그 좋아하던 고기도 많이 먹지 못했다.

"너 무슨 일 있어? 너 스트레스 받으면 소화 잘 안 돼서 음식 잘 못 먹잖아."

"스트레스 네가 더 많이 받지 않나?"

이러면서 말을 돌려 버린 친구였기에 궁금하긴 했었다. 저만큼 음식을 남기는 상태라면 친구는 지금 위염일 것이라고 어렴풋이 짐작만 했다.

"그래서 할 얘기가 뭔데? 아까 내가 물어봤는데, 말 돌려 버려서 못 물어봤네."

"거기는 너무 오픈 된 공간이라서 그랬어."

"그랬구나."

"근데 나 진짜 이 얘기해도 돼?"

"당연하지."

"하…… 나 며칠 전에 우리 아파트에서 신예지 만났다?"

"뭐? 신예지?"

"응."

"내가 아는 그 신예지?"

"응. 네가 아는 그 신예지"

"와. 걔는 진짜 무슨……!"

"아직 내 얘기 덜 끝났어."

"아 미안. 계속해 봐."

"걔가 나보고 잘 지냈냐고 묻더라. 걔한테는 진짜 그 일 아무것도 아니였나 봐……."

"하…… 그래서 지금 상태 많이 안 좋아?"

"그게, 걔가 그 말 하고 나서 나 자꾸 그 일이 꿈에서 나와. 똑같은 장면만 계속"

"수아 언니한테는 말했어? 그래도 네 일 가장 잘 알고 있는 사람 중 한 명이시잖아."

친구가 어두운 표정으로 말을 했다.

"수아 언니는 아직 몰라. 내가 언니 걱정시키는 거 싫어서 아직 말을 안 했어. 언니한테 말하지 마. 그러다가 우리 가족 아는 거 한순간이야."

나는 친구의 말을 듣고 조심스럽게 물었다.

"혹시 그 꿈 무슨 장면인지 말해 줄 수 있어?"

남에게는 '그 악몽 뭐가 대수라고'라는 생각을 하겠지만, 트라우마를 가지고 있는 친구에게는, 친구의 상태가 다시 안 좋아지게 만들 수도 있었다.

"그…… 4층에 3학년 교사실 거기에서, 제대로 된 사과 못 받고, 신예지가 울어서 어영부영 끝난 일, 학주 선생님이 나한테도 잘못이 있다고 사과하라고 다그치는 장면."

저 장면은 나에게도 익숙했다. 당시에 나도 그 자리에 있었으니까. 나도 그 사건의 피해자였다. 친구는 직접적인 피해자, 나는 간접적인 피해자. 중3이었던 나도, 친구도 이상할 만큼 이상했던 학주 선생님의 일처리. 분명히 우리는 사과를 받아야만 하는 입장이었다. 울었어도 내 친구가 울었어야 했다. 하지만 사과를 한 것은 우리였고, 친구는 울지도 못했다. 신예지가 울어서. 친구는 너무 착하게도 모든 것을 감내하고 참아냈다. 나에게 피해를 주지 않으려 했던 친구는, 나의 상처까지 친구가 모두 가져가 버렸다. 우습게도, 나는 그 상황에서 아무것도 해 줄 수가 없었다. 그저 친구 옆에 있어 주는 게 다였다.

고작 그거였다.

"그 장면이 변한 게 없어? 그대로야? 그때 일처럼?"

"응. 신예지는 항상 울었고, 우리는 항상 사과를 해. 그 좁은 공간에서 신예지가 나가는데, 모두들 그 작은 방을 나갈 수 있는데, 나는 항상 못 나가. 그리고 너는 항상 내 곁에 있어. 나갈 수 있다는 사실을 알면서도 내 옆에 가만히 있어."

그 좁은 공간에서 일어났던 일은 그대로 친구를 좀먹어 버렸다. 친구는 그 이후로 학교에 나오지 못했다. 나는 친구가 어디가 아팠는지 그 당시에는 알지 못했다. 그때부터가 시작이었다. 이 모든 사건들의 시작이.

"혹시 그때 이후로 어떤 일 있었는지 말해 줄 수 있어?"

이윽고 친구는 조심스럽게 입을 열었다. 괜찮다는 미소를 지으면서 말이다. 나는 친구의 얼굴을 보고 눈살을 찌푸렸다. 그리고 친구가 그 사건을 이야기를 하기 전에 내가 먼저 말을 해 버렸다.

"괜찮은 척하지 마. 너 이 이야기하는 거 힘들잖아. 다 보이는 걸 굳이 숨겨. 그리고 너 왜 아직도 감정을 숨겨? 그렇게 당했으면서도 감정을 숨기는 이유는 뭐야? 감정 숨기는 거 네 마음에 더 악이라는 거 네가 더 잘 알잖아. 그리고 걔를 만났으면 바로 말을 했어야지. 그 꿈 꿀 때까지 참으면서 뭐 했어? 왜 멀쩡한 친구 놔두고 네가 감내를 해. 너는 그때도 그랬어. 내가 같이 힘들어 해 줄 수도 있었는데, 너혼자만 힘들었잖아. 너 혼자만. 너는 네가 그 일 다 감싸 안으면 내가 와 편하다 이럴 줄 알았어? 내가 얼마나 너한테 미안하고 죄책감 느꼈는지 알아? 네 기준에서는 나 안 힘들게 하겠다고 다 감수하려 한 거 알겠는데, 그 마음은 정말 고마웠는데, 나는 그게 더 힘들었어. 네가 힘들어하는 모습을 내가 보고 있는데. 그게 정말 너무 괴로웠다고. 그러니까 제발 혼자 감내하려고 하지 마. 언니한테도 말씀드려. 너 혼자 아니야. 너 도와줄 사람 주위에 많아. 같이 하면 빨리 풀릴 거 왜 너 혼자 풀어. 네 마음

네가 지켜. 아프게 하지 말라고. 알겠어?"

그제서야 친구는 울었다. 친구는 우는 법을 알지 못했다. 그때 당시 조차도 친구는 울지 않았다. 아마 자신이 울면 이 모든 것이 무너질 것이라고 생각을 했었던 것 같다. 그 강박에 휩싸인 채 친구는 자신의 감정을 억눌렀다. 그게 친구 자신을 해치는 일인지 상상도 하지 못한 채 말이다.

나는 친구의 우는 모습을 보면서, 친구를 꽉 안아 주었다. 내가 너무 다그쳤나 싶기도 하지만 나는 친구에게 말하고 싶었다. 그때의 나도 같이 힘들었다면 네가 지금 이 상태까지 되지는 않았을 것이라고 말이다.

지금 밖에 쏟아져 내리는 소나기같이 친구의 눈에서도 비가 내렸다. 아마 저 소나기가 그칠 때까지, 친구의 울음은 멈추지 않을 것이라는 생각이 들었다.

2. 사건의 전개

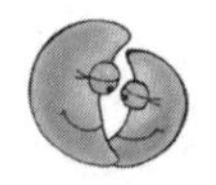

나는 하염없이 내리는 비를 바라본다.

친구는 이때까지 묻어만 놓았던 그 마음 깊은 곳에서부터 잠겨 있었던 울음을 토해 냈다. 얼마나 울었을까, 친구의 퉁퉁 부운 눈이 보였다. 나는 친구의 눈을 손가락으로 살살 쓰다듬어 주었다. 친구는 우느라 자신이 제일 좋아하던 도넛을 먹지 못했다. 여기에 계속 있는 것은 다른 손님에게 민폐인 것 같아, 나는 친구에게 잠깐 자리에 앉아 있으라고 말을 한 후에 카운터에 가서 도넛을 포장해달라고 말을 했다.

"윤아 미안해……."

"뭐가 미안해. 미안해 할 것 하나 없으니까 사과하지 마."

"네가 그런 생각을 하고 있었는 줄 몰랐어……."

"그렇게 신경 안 써도 돼. 다 지난 일이니까."

"응……."

"아, 그리고 너 나랑 상담 좀 하자."

"어…… 왜……?"

"너, 그때도 상담이랑 병원 다 멈춘 거 알아. 네가 그 일에 해탈하고 포기했잖아. 그래서 지금 네가 이 상태인 것 같아서 그래. 나랑 상담하자. 응? 너 어차피 수아 언니한테 상담 안 받을 거잖아. 다른 상담도 안 받을 거 뻔히 아니까 그러는 거야. 너 진짜 더 심각해지기 전에 치료하자. 다시 처음부터……."

"알겠어……."

"잘 생각했어. 일주일에 2번 상담 해야 돼. 요일은 네가 정해도 난 상관 없어."

"응, 요일 정하고 연락 줄게."

"응, 알겠어."

친구는 뒤를 돌아서 집으로 가려고 뛸 준비를 하고 있었다. 나는 황급히 친구의 손목을 잡았다.

"도넛 들고 가. 나 단 거 별로 안 좋아하는 거 알잖아."

"아, 맞다. 그랬지 참. 그럼 나 이만 가 볼……."

"야, 어딜 가. 지금 비 오는데 그 거리를 뛰어가려고?"

"어쩔 수 없잖아."

"야…… 차 있는 친구를 써먹어야지……. 어휴 데려다 줄게. 뛰지 마. 그러다 다쳐."

"괜찮은데……."

"내가 안 괜찮아. 가자."

"아, 고마워. 윤아."

친구는 집에 도착할 때까지 멍하니 창문 밖을 쳐다보기만 했다. 아마 괴로울 것이다. 자책하고 있을 수도 있었다. 나 때문에. 내가 그런 생각을 했었다는 자체를 친구는 싫어했다. 내가 아픈 건 자기가 다 아파야 된다고 생각을 했다. 정말 호구같이.

"도착했어."

"응. 윤아 데려다 줘서 고마워."

친구는 나를 보며 싱긋 웃었다. 아까보다 밝은 표정이었다. 다행이었다. 아까보다 나아 보여서.

"뭘, 우리 사이에. 갈게. 요일 정하면 나한테 연락해 주고."

"응, 윤아. 비 많이 내리는데 조심히 운전해."
"걱정 마. 나 베스트 드라이버야. 갈게."
"잘가."
나는 룸미러로 친구가 집에 들어가는 것을 보고서, 출발했다.

*

나는 집으로 향하지 않고, 곧장 병원으로 향했다. 상담실에 있던 간호사가 나를 보고 놀란 표정을 지었다.
"최 선생님, 오늘 휴가 아니에요? 상담실 왜 오셨어요. 집에서 푹 쉬시지."
"어제 충분히 푹 쉬었어요. 그리고 집보다 상담실이 마음이 더 편안하네요."
"최 선생님도 참…… 휴가를 냈으면 놀러라도 가시지. 왜 상담실을 오시고 그러세요. 저 오늘 당직이니까 뭐 필요한 거 있으시면 저 부르세요."
"네. 그럼 들어가 볼게요."
나는 답답할 때마다 진료실을 가는 버릇이 있었다. 오늘은 특히 더 답답했던 날이었나 보다. 따뜻한 라벤더 차 한잔을 내린 후, 진료실에 있는 큰 창을 통해, 비가 내리는 것을 보았다. 비는 하염없이 내렸다. 창문에서 흘러내리는 빗방울들 속에 내 모습이 보였다.

나에게는 시를 쓰는 취미가 있었다. 중학교 시절부터 있었던 버릇 같은 취미이긴 하지만 오늘은 너무 답답했기에 한동안 바빠서 쓰지 못한 시를 쓰고 싶었다.

눈물

최 윤

눈물이 한 방울 흘렀다.
나의 미련이 담겨 있는 눈물이었다.
그 한 방울의 눈물은
나에 대한 미련을 모두 담고
흘러내려 버렸다.
그렇게 모든 게 끝이 났다.
그 눈물 한 방울로

창문에 흘러내리는 빗방울이 꼭 눈물 같다는 생각이 들어 적게 된 시였다.

친구에게 하면 안 될 말을 내뱉었다. 나도 모르게, 욱하는 마음에 친구에게 못되게 말을 한 것 같았다. 친구라면, 지금 또 내가 했던 말에 자신도 모르게 상처를 입고 있을 것이다. 한숨만이 나왔다. 여러 가지 생각들이 나를 괴롭혔다.

친구의 상담을 어떻게 진행해야 할지 고민이 많았다. 지금 친구의 상태에 상담을 잘못하게 된다면, 예전보다 더 심각해질 수 있었다. 아무래도 친구와 나의 중학교 때 일을 친구가 직접 얘기를 하면서 이겨 낼 수 있도록 해야 할 것 같다. 중간중간에 빈 의자 기법을 사용해도 친구의 감정을 해소하는 데 도움이 될 것 같다는 생각을 했다.

*

나는 창문을 바라보다, 곧 정신을 차리고 컴퓨터 책상 앞에 앉아서 컴퓨터를 켰다. 친구에 대한 보고서를 이제부터 작성해야 했다. 나는 이제부터 친구가 애써 덮어 두었던 기억들을 수면 위로 꺼낼 것이다. 그 길은 험하고 힘들 테지만, 어쩔 수 없었다. 친구는 중학교 때 자기 합리화를 통해 자신은 괜찮다고 생각하며 심리치료와 정신과를 둘 다 끊어 버렸다. 친구는 마음의 상처가 덜 아문 채 삶을 살아왔다. 지금 그 상처가 다시 덧나려 하고 있었다. 그 안은 이미 고름들로 가득했고, 그것을 치료하기 위해서, 억지로 친구와 나의 과거를 끄집어 내는 것이다.

나는 컴퓨터로 친구에 대한 모든 것을 적었다. 친구에 대한 상담 일지를 적고 있을 때, 친구에게서 문자가 왔다.

- 윤아, 네가 되는 시간에 맞출게. 언제 시간 돼?

- 수요일, 토요일 오후 2시 30.
- 상담 얼마 정도 해?
- 너 다 나을 때까지. 하루에 한 시간 정도 할 거야.
- 알겠어.

친구와 문자를 나누고 나서, 수아 언니에게 문자를 넣었다.

- 언니, 지금 연락할 수 있어요?
- 응, 지금 한가해. 무슨 일인데? 지금 휴가잖아.
- 아, 저 지금 상담실이라.
- 휴가 기껏 주면 뭐해. 휴가를 안 보내는데!
- 어, 그냥?
- 에휴…… 그래서 무슨 일인데?
- 오늘 유이 만난 거 아시죠?
- 아, 유이 만났어?
- 모르셨어요?
- 응, 나 방금 깼어.
- 정말요?
- 응. 어제 늦게까지 영화보다가.
- 언니 그래서 오늘 출근 안 하셨구나?
- 어.
- 권력 남용이에요.
- 원장인데, 그럴 수도 있지.
- 에휴
- 그래서 오늘 유이 만났는데?
- 그 유이랑 만났는데, 유이가 집 근처에서 신예지를 봤다고 그래서요.

- 뭐? 신예지?
- 네. 우연히 만났데요. 근데 신예지가 태연하게 인사하고 갔다고 그러더라구요.
- 와, 당장 우리집으로 옮기라고 그래야겠네
- 아, 따로 살아요?
- 응, 우리 따로 살지. 근데 합쳐야겠네
- 아, 그래서. 요즘에 악몽을 꾼다고 하더라고요.
- 악몽? 무슨 악몽?

나는 수아 언니에게 악몽에 대해 말하기가 약간 두려웠다. 수아 언니도 무슨 일인지는 알지만, 정말 구체적으로는 잘 몰랐다. 나도 어느 정도 이겨 냈다고 생각을 했지만, 그게 아니라는 것을 알게 되었다.

친구에게 그 이야기를 듣는 것보다, 내가 그 이야기를 남에게 하는 것이 정말 힘들었다.

- 어, 그게.
- 힘들면 말 안 해도 돼.
- 아뇨, 말은 해야죠.
- 뭐, 그렇다면야……
- 그 저희가 신예지랑 학주 선생님이랑 학년 교사실에 들어가서 신예지 사과를 받으려고 한 적이 있었거든요?
- 응.
- 근데 거기서 저희가 사과를 못 받았어요. 신예지가 자기는 잘못한 게 없다고 펑펑 울어서. 오히려 저희가 자기 괴롭혔다고.
- 헐.
- 그래서 그때 유이가 엄청 울고 싶은 거 참고 또 참았거든요. 그때 꿈을 지금 게

속 반복해서 꾸고 있는 것 같아요. 그 장소에서 나갈 수 있는 사람들이 저랑, 선생님이랑, 신예지라고 하더라구요. 자신은 그 장소에서 나갈 수 없다고.

- 그러니까 그 장소에서 유이 혼자 못 나가고 있다고?
- 네. 아직 그 기억이 트라우마로 남아 있나 봐요.
- 같이 살았으면 내가 눈치챘을 텐데, 내가 미안 하네.
- 하여튼 그 꿈에서 저도 같이 안 나가고 있데요. 나갈 수 있다는 걸 알면서.
- 네가 꿈속에서까지도 유이 위해 주는 거구나. 진짜 고마워.
- 아니에요.
- 아니긴. 너 심리 상담 일하면서 계속 유이 생각했던 거 내가 모를 것 같아?
- 아, 티 많이 났어요?
- 그럼.
- 그때 치료도 다 안 받고 체념한 유이가 너무 안타까워서요.
- 내 동생 그렇게 위해 줘서 고마워. 너도 많이 힘들 텐데
- 아니요. 제가 뭐가 힘들어요. 저는 간접적인데, 유이는 직접적이었잖아요.
- 그래. 그렇지
- 아, 그래서 그 일이 유이에게 엄청난 트라우마를 줬거든요? 그때부터 아마 유이가 좁은 공간이나 문이 닫힌 공간에 못 있었을 거예요. 불안증세도 나타나고.
- 아, 그때 일부터였구나. 유이가 계속 자기 방에서 잠을 못 잔다고, 나랑 같이 자자고 그랬거든.
- 그때부터 아마 공황장애도 같이 온 것 같아요.
- 아……
- 그래서 유이 저랑 상담 받기로 했어요.
- 너 아직도 일 많잖아. 시간 돼?
- 유이라면 없는 시간도 쪼개야죠.
- 아이고. 네 일 내가 조금 해 줄테니까, 유이 좀 많이 봐 줘.

- 네 그럼요. 언니가 그런 말 안해도 엄청 챙길거니까 걱정하지 마세요.
- 그래 너만 믿을게.
- 네, 아 그리고 언니도 유이 상태 체크 좀 많이 해 주세요.
- 어, 안 그래도 그럴려고. 네 말 들으니까, 상태가 심각해질 것 같다. 나랑 유이 집 합쳐야겠어.
- 상태 체크하고 저한테 좀 알려 주세요.
- 응. 체크할 때마다 니한데 연락 넣어둘게.
- 감사해요.
- 뭘 네가 감사해. 내가 더 고맙지.
- 아녜요. 아, 그리고 유이가 부모님 아시는 거 원하지 않아서요. 원래 언니한테도 말하지 말라고 그랬거든요. 그래도 언니는 알아야 될 것 같아서.
- 유이 성격이면 그럴 만도 하지. 알려 줘서 고마워.
- 아니에요. 제가 뭘요. 그럼 언니 쉬세요.
- 응 너도, 빨리 집 들어가서 쉬어. 고맙고.
- 뭘요. 유이잖아요. 제가 할 일을 하는 것뿐이에요.
- 그래서 고맙다는 거야. 푹 쉬어. 내일 보자.
- 넵, 내일 뵙겠습니다.

나는 언니와 문자를 하고 나서 속이 후련한 느낌이 들었다.

수아 언니가 유이 옆에 있어 줘서 참 다행이라는 생각이 들었다. 수아 언니는 나보다 훨씬 더 뛰어난 능력을 가지고 있었기 때문이다. 언니가 하는 일도 많은데, 내 일까지 해 주신다니, 너무 고맙고 미안했다. 아무래도 밥을 한 끼 사야겠지?

*

이제부터 시작이었다. 그 끝이 없는 악몽을 마주하는 것이.

나는 이제 그 악몽을 마주할 것이다. 그 악몽은 우리를 오래도 붙잡고 있었다. 서서히 비가 그치고 있었다. 나는 그치는 비를 바라보며 생각을 했다.

'그 오랜 악몽이 끝나는 날에는 햇빛이 가득 비추어 주길.'

나와 친구는 이제 한 걸음을 내딛었다.

악몽

최 윤

오랜만에 친구를 만났다.
친구는 여전히 어리고 예뻤다.
우린 서로 반갑다고 인사를 했다.
친구는 산책하는 것을 좋아했다.
친구가 좋아하는 하늘색 프릴이 달린 양산을 쓰고
우리는 공원으로 산책을 갔다.
그 공원에는 평소에 친구가 싫어했던 안개꽃이 있었다.
친구는 안개꽃을 보며 좋아했다
세찬 바람이 뒤에서 불어왔다.
나는 뒤를 돌아보았고
다시 앞을 돌아보았을 때는 아무것도 남아 있지 않았다
그것은 나에게 끔직한 꿈이었다.

3. 사건의 위기

오늘부터 친구의 상담을 시작한다. 친구에겐 힘든 여정이 될 수도 있다. 자신의 트라우마와 끊임없이 마주 보면서 그것을 이겨 내야 하니까. 그 치료를 하다 보면 예전 친구의 모습이 나올 것이란 것을 나는 알고 있다. 하지만 이것이 친구가 트라우마를 이겨 낼 수 있는 가장 효과적인 방법이다. 오늘은 친구의 과거 기억을 끄집어 낼 것이다. 고등학교 3학년 졸업 앨범을 찍는 그날부터 여름방학까지 말이다. 오랜 시간이 걸릴 것을 알기에, 뒤에 예약을 잡아 놓지 않았다. 그때 드르륵 소리가 들리면서 친구가 문을 열고 들어왔다.

"어, 왔어?"

"응."

"일단 앉아. 뭐 마실 거 줄까?"

"아무거나 줘."

"라벤더 차로 줄게. 마음 안정시키는 데 도움이 될 거야."

"응. 고마워."

"별건 없지만, 구경이라도 하고 있어."

"응."

친구는 별거 없는 진료실을 잘도 두리번거리며 구경을 했다.

내 진료실 커다란 창 앞에는 아카시아 나무가 있었다. 친구의 추억이 담긴 그 아카시아 나무는 친구가 내 옆에 없을 때도 항상 내 옆에 있어야만 했다. 그래야 친구를 가끔이나마 떠올릴 수 있었으니까. 그래서 진료실도 아카시아 나무가 앞에 있는 곳을 원했다. 그래서 내 진료실 창 앞에는 커다란 아카시아 나무가 존재했다.

"아. 아카시아 향이다."

"응. 우리 처음 만났을 때, 아카시아 향이 났었잖아. 네가 내 옆에 없을 때도, 아카시아 향이 너랑 내 추억을 떠올리게 해 주더라고. 그래서 나도 모르게 항상 아카시아 향이 나는 곳을 찾아 다녔어. 아마 버릇인 거 같아."

"그랬구나. 아카시아 나무가 그런 매개체 역할을 해 줬구나."

"응. 저 나무를 보면 항상 네 생각이 떠오르더라."

"커다란 창이 있어서 좋네."

"응. 내가 비 오는 거 보는 거 좋아하잖아. 그래서."

"나는 비 싫어."

나는 친구가 비를 왜 저리도 싫어하는지 이유를 알았다. 그 모든 사건은 장맛비가 내리던 그 덥고 습한 여름날 시작되었으니까 말이다. 항상 사건은 비가 오는 '그' 날에 시작이 되었고, 그래서 항상 친구는 비가 오는 것을 극도로 싫어했다.

"자, 여기."

"고마워."

"오늘은 그렇게 힘들지는 않을 거야. 우리 고3 때 여름방학 끝나고 난 후부터 얘기해 줘."

"뭐? 여름방학 끝나고부터?"

"응. 그때부터."

"너도 알잖아. 나 그때 싫어하는 거."

"알아. 여름방학 때 신예지한테 미친 듯이, 그거 말한 사람 누구냐고 전화온 거. 너도 그때 많이 힘들었다는 거. 하지만 다 지난 일이잖아. 이제는 그거 이겨 내야 될 때도 됐잖아."

나는 친구에게 단호하게 말했다. 친구는 언제까지 그 사건을 피하기만 할 것일까. 그 사건을 피한다고 해서 친구의 마음이 편해지는 것도 아니었고, 치유가 되는 것도 아니었다. 단지 회피를 하며 상처를 모른 체하며 살아가는 것뿐이었다. 그게 다였다.

"아, 그리고 그때 보건실에 있었던 일도 이야기해 줘."

"뭐? 아니 그건 솔직히 아닌 것 같다. 그때 너도 있어서 잘 알잖아."

"나도 있어서 알지. 하지만 너는 이 사건을 이겨야 하는 사람이고, 네가 이 사건을 이기기 위해서는 이 이야기가 제일 중점이 되는 사건이라, 네가 꼭 네 입으로 이야기해야 돼."

"하. 알겠어……."

친구는 내 말에 어쩔 수 없다는 듯이 한숨을 내쉬고 나서 이야기를 시작하려 운을 띄웠다.

"그럼 보건실 이야기부터 하면 되는 거지?"

"응. 보건실부터. 보건실 이야기 다 하면, 바로 방학 끝나고 이야기하면 돼."

"하…… 알겠어."

"보건실에 있었던 이야기라…… 자세히 해야 되는 거지?"

"응. 너 지금 하기 싫어서 자꾸 내 말에 토 다는 거지?"

친구는 들켰다는 듯이 얼굴을 찌푸렸다.

"하, 정말 쓸데 없는데 눈치만 빨라요, 빨라."

"하기나 해~"

"쳇."

"보건실에서 있었던 일……?"

"그때 아마 친구들이 여럿 있었던 것 같은 데, 누가 있었는지는 기억이 잘 안나고, 너랑 나한테 얘기해 준, 신예지랑 친했던 그 친구만 기억이 나."

*

나는 항상 점심을 먹고 윤이와 같이 보건실로 향했다. 그냥 그게 우리의 버릇이었다. 우리는 보건 선생님과 친했다. 항상 들락거리니, 어쩔 수 없는 노릇이었다.

"쌤! 저희 왔어요!"

"오, 유이야, 얼마 만이야?"

"쌤, 저희 그저께도 본 거 알아요?"

"그저께, 엄청 머나먼 날이네!"

"쌤도 참."

나랑 선생님이 이야기를 할 동안, 윤이는 이미 상담실 자리에 앉아 있었다. 역시 윤이는 조용하지만 빨랐다.

"윤아, 언제 거기 가서 앉았어?"
"네가 쌤이랑 이야기할 때."
"역시 점심 먹고는 보건실이지."
"응. 당연하지."
"보건실은 교실보다 에어컨이 빵빵하단 말이지, 냄새도 안 나고."
"그러니까. 교실에 남자애들 땀냄새 때문에 싫어."
"인정. 거기다 에어컨 냄새까지 같이 나서 정말……."
"윽, 정말 역겹다."
"그러니까."
그러다가 우리랑 평소에 친하던 친구가 왔다.
"오, 지수 왔어?"
"지수 여기 오랜만에 오지?"
윤이의 말에 지수는 고개를 끄덕이며 의자에 착석했다.
"하, 나 오늘 진짜 짜증나."
지수의 말에 나는 궁금한 듯이 물었다.
"응? 무슨 일 있었어?"
"어."
윤이가 무심하지만 걱정하는 투로 지수에게 물었다.
"오늘 신예지 비위 맞춰 주느라 진짜 힘 다 빠졌어."
"헐, 완전 힘들었겠다. 걔 성격 장난 아니잖아."
내 말에 지수가 동조를 하면서 고개를 미친 듯이 끄덕였다.
"어. 그 성격 비위 맞추는 거 정말 힘들어."
"와, 지수 수고했어."
"어, 안그래도 그런 것 같아서, 나를 위해 오늘 사치를 부리기로 했어."
지수의 말에 윤이는 픽 소리를 내며 웃었다.
"무슨 사치."

"내가 좋아하는 콜라 3병 매점에서 털었다."

나는 지수가 매점에서 털어온 콜라병의 개수를 듣고 깜짝 놀랐다.

"뭐? 3병?!"

"어. 3병."

지수는 엄청 뿌듯한 듯이 말을 했다.

"지수 대단해."

"뭘, 이런 것 가지고."

그리고 지수는 갑자기 생각이 났다는 듯이 말을 했다. 아마 상담실에는 나와 윤이, 지수를 비롯한 3명의 친구들이 더 있었지만, 이름이 생각 안 나서 패스.

"나 오늘 신예지한테 어이 없는 거 들었어."

지수의 말에 나는 궁금한 듯이 물었다.

"응? 무슨 이야기 들었는데?"

"유이 네 욕이랑 윤이 욕."

"뭐?"

지수는 심각한 듯이 우리에게 모이라는 듯한 손짓을 했다. 우리는 지수의 손짓에 머리를 책상 중심으로 가까이 했다.

"신예지가, 유이 너 싫은 이유 나한테 말해 줬거든?"

"뭔데? 나도 궁금하다. 나도 신예지 개 엄청 싫거든."

"개가, 네가 싫은 게, 너네 어머니가 자기 어머니 모임에 못 들어오게 해서 싫다고 그랬어."

"뭐?"

"들어봐, 아직 안 끝났어."

"그리고 네가 자기 공부하는데 이 문제집 뭐냐고 이름 물어보는 거 짜증 나서 싫다고 그랬고, 너랑 윤이가 중학교 때, 자기 왕따시켜서 싫다고 그랬어. 마지막으로, 윤이가 싫은 이유가 너랑 분위기가 너무 똑같아서 싫대."

"와, 미친."

나는 정말 화가 났다. 그리고 어이도 없었다. 내가 싫은 이유에 우리 엄마가 있었다는 게 화가 났고, 내가 자기를 왕따 시켰다는 것에는 더 어이가 없었고, 정말 화가 나는 것은, 윤이가 나랑 분위기가 너무 똑같아서 싫다는 것이었다. 진짜 욕하고 싶은 심정인데, 선생님도 밖에 계셔서 욕은 못하겠다. 너무 양심 찔리니까. 지수의 말을 들은 윤이도 놀란 표정을 지었다.

"뭐? 아니 왜 유이가 싫은 이유에 유이 어머니가 들어가?"

"그러니까. 엄청 어이없지?"

"아니 그리고 나랑 유이가 언제 자기를 왕따시켰다고 그래. 어이가 털리네? 야, 우리가 중학교 때, 김도진, 이우진, 권현수, 유이랑, 나랑 신예지 이렇게 같이 다녔는데, 뭐 왕따?"

나는 살면서 윤이가 저렇게 말을 많이 하는 걸 본 적이 없었다.

그정도로 지금 윤이가 정말 많이 화가 났다는 것을 나는 알 수가 있었다.

"와, 진짜 어이가 없다."

나는 화난 윤이를 달랬다.

"윤아, 참아. 워워. 지금 화낸다고 달라지는 거 없는 거 너도 잘 알잖아."

윤이는 내 말을 듣고서는 엄청 화난 표정을 지었다.

"야, 김유이. 넌 화나지도 않아? 아니, 말도 안 돼는 소리를 지껄이는데, 넌 화나지도 않냐고."

윤이는 신예지한테 곧 따지러 갈 태세로 말을 했다.

"윤아, 나도 화나. 근데 지금 화낸다고 해서 달라질 게 없잖아."

"하, 넌 정말. 너 나 말리지 마. 나 지금 신예지 만나러 갈거야."

"워워, 윤아 진정해. 진정."

윤이가 정말 화가 많이 났나 보다. 저렇게 이성을 잃은 윤이는 나는 처음 봤다.

나도 물론이지 정말 화가 많이 났다. 하지만 지금 화를 낸다고 해서 달라질 것은 없었다. 지금 신예지를 찾아가서 따지면, 지수에게 피해를 줄 뿐더러, 나랑 윤이도 함께 피해를 볼 것이 분명했다.

아무리 윤이가 신예지보다 뛰어난 말빨을 가지고 있다고 해도, 윤이는 신예지를 이길 수 없다. 걔는 워낙 막무가내라서 말이다.

"와 진짜, 너 왜 자꾸 나 말려?"

"윤아, 생각해 봐. 지수가 방금 저 말을 듣고 온 거잖아. 근데 신예지는 우리랑 지수가 친하다는 걸 잘 몰라. 근데 네가 지금 따지러 가면 지수가 피해 보잖아. 그건 생각을 해야지. 그리고 걔 성격 막무가낸 거 몰라?"

윤이는 내 말을 듣고 수긍을 하기 시작했다.

"지수가 있었구나. 지수 미안. 하마터면 너까지 피해 볼 뻔했네."

"너희들 절대로 신예지한테 내가 말했다고 말하지 마. 나 걔 성격 맞추는 거 못해. 진짜 걔한테 시달리면 어떻게 되는지 너희들도 잘 알잖아."

"신예지가 자기가 말한 거 우리가 알았다고 해도, 네가 말했다고 절대 말 안 할게."

"그래, 고맙다."

나와 윤이의 말에 지수는 안심한 듯이 말을 했다. 나는 이 일을 엄마한테 말을 해야 할지 고민을 했다. 솔직히 신예지가 나를 싫어한다는 것은 알고 있었다.

원래 고1 때까지는 친했었다. 2학년 때 같은 반이 됐는데, 신예지가 나를 너무 적대시하고, 싫어하는 것이 눈에 빤히 보여서 그때부터 알았다. 아, 재가 나를 싫어하는구나라고 말이다.

*

"맞아, 내가 그때 엄청 화냈지?"

"응. 그때 내가 너 말리느라 얼마나 힘들었는지 알아?"

"하하. 이것 참 미안해지네."

"이미 지났는데 뭘. 그런데도 이 이야기하는 거 정말 힘드네. 막 불안해. 걔가 또 찾아올까 봐."

"안 그래도 네가 신예지랑 계속 마주치면 힘들까 봐, 수아 언니랑 집 합치는 거 생각해 봤어."

"어, 너 언니랑 나랑 따로 사는 거 어떻게 알았어?"

"아, 나 언니 집에 놀러 많이 갔었거든. 근데 너는 없었잖아. 그래서 나는 언니랑 너랑 자매인 줄도 몰랐다."

"아. 그랬어?"

"응."

"나는 네가 언니한테 말이라도 한 줄 알았잖아."

"설마, 내가?"

"그래, 윤이는 한번 지킨 약속은 지켰으니까."

나는 유이의 말에 살짝 찔려서 움찔거렸다. 이거 정말 양심의 가책이 너무 심하게 느껴지는데?

"그것도 괜찮을 것 같아. 나랑 언니 사는 데가 아예 동네 자체가 다르니까."

"맞아. 너 데려다 주면서 알았는데 완전 정반대에 살던데?"

"병원이 내 집 근처라서."

"어, 그러면 출퇴근 하는 거 힘들어지는 거 아냐?"

"괜찮아. 언니가 데려다 주겠지 뭐."

"수아 언니를 너무 믿는 거 아니니. 수아 언니 매일 지각하는데."

"동생을 위해서라면 일찍 일어나겠지. 난 몰라."

"너 솔직히 말해 봐. 병원 늦게 가고 싶어서 그러는 거지?"

"엇, 들켜 버렸네?"

"어휴, 아직 애기야, 애기."

"그런가?"

"응."

친구의 이야기를 들으면서 나도 솔직히 조금 불안 하기는 했다. 개랑 다시 만나게 될까 봐. 나도 그 아이를 만날 수 있는 확률이 많았기 때문이다. 친구 집이랑 네 집은 동네가 다르지만, 꽤 가깝기 때문에.

그리고 친구의 동네에 나의 직장이 있기 때문에.

애써 언니한테는 괜찮은 척을 했지만, 솔직히 괜찮지는 않았다.

나도 사람인데, 두렵지 뭐. 나도 그때 힘들었지만, 친구만큼 힘들지는 않았다. 뭐, 나는 애초에 엄마한테 말도 안 했고 말이다.

나는 심리 치료? 그런 거 받지도 않았다. 그냥 나 혼자 친구 보면서 이겨낸 것이지. 친구가 더 힘드니까. 나라도 친구 옆에서 더 큰 힘이 되어 주어야 되니까. 그게 끝이었다. 그래서 그런가, 지금 손이 조금 떨리기는 한다.

나는 친구의 이야기를 들으면서 친구의 표정을 세세하게 살폈다.

역시 바로 보건실 이야기는 무리였던 걸까. 친구의 표정은 살짝 찡그러져 있었고, 손은 약간 떨리고 있었다. 나랑 증상이 같았다.

그래도 빨리 치료하는 게 좋으니까. 그리고 무엇보다도 유이의 옆에는 좋은 사람들이 많으니까. 유이를 위해 줄 많은 사람들이 말이다. 이 생각은 정말 나를 간과했다. 친구가 더 힘들어 질 줄도 모른 채 말이다.

*

솔직히 나는 고민을 많이 했다. 이 일을 엄마한테 말씀을 드려야 할지 말이다. 엄마한테 말씀을 드리면, 바로 신예지 엄마한테 전화를 할 것 같긴 한데, 왠지 이건 엄마 욕도 들어 있어서 말을 해야 될 것 같고, 나는 엄청 고민을 했다.

"윤아. 이거 우리 엄마한테 말씀드려야 할까?"

"네가 하고 싶다면. 근데 신예지가 아는 것도 순식간이다."

"그렇긴 해."

"그래도 나는 말하는 게 낫다고 생각해."

"왜?"

"너네 어머니 욕도 들어 있잖아. 이건 좀 심각한 것 같아서."

"윤이 네가 생각해도 그렇지?"

"응. 아무래도 말씀드려. 그게 좋을 것 같아. 그 다음 일은 나중에 생각하자."

"응."

나는 윤이와 이야기를 하고 결심을 했다. 엄마한테 말씀을 드리기로. 근데 나도 이렇게 눈물이 나올 줄 누가 알았겠냐…….

학교를 마치고, 나는 집으로 향했다. 아직 엄마는 직장에 있으셨기 때문에, 나는 숙제를 다 하고 언니와 놀고 있었다. 고3이란 본분을 잊은 체. 뭐 그래도 내신 등급은 잘 나오니까. 언니도 뭐라 안 하고 나랑 같이 놀았다.(지금 언니는 대학생이다.)

"아, 엄마 오셨어요?"

"어, 유이랑 수아 학교 잘 다녀왔어?"

"네."

"아, 엄마 저 말씀 드릴 거 있는데."

"뭔데?"

"안방 들어가서 말해도 돼요?"

"어, 그러자."

"언니 미안."

"괜찮아. 심각한 일인 거 같으니까 언니는 방에 가 있을게. 그냥 거실에서 편하게 있어."

"언니 고마워."

"뭘."

역시 수아 언니다. 심리학과 다닌다더니 귀신같이 내 감정을 알아차리고 자리를 비켜 준다. 약간 소름이 돋기는 한다.

"어, 그게 엄마."

"응."

"오늘 지수한테 이야기 들은 게 있는데……."

"뭔데?"

"신예지가 저를 싫어하는 게 엄마가 자기 엄마를 모임에 안 넣어 줘서 싫고, 제가 중학교 때 자기 왕따 시켜서 싫고, 자기 공부하는 거 방해해서 싫다고 그랬데요. 그리고 윤이가 싫은 이유가…… 저를 닮아서 싫다고……."

진짜 나는 내가 눈물을 흘릴 줄은 몰랐다. 학교에서까지만 해도 그저 화만 났었다. 정말로. 근데 지금은 왜 이렇게 슬픈 걸까. 엄마가 있어서 그런 걸까. 나도 그 이유를 잘 모르겠다.

"뭐?"

"……."

엄마는 나를 꼭 안아 주셨다. 그렇기에 나는 정말 펑펑 눈물이 났다.

엄마는 곧바로 신예지 아줌마께 전화를 했다. 나를 수아 언니에게 보내고 나서 말이다.

"뭐야, 우리 유이 왜 울어."

언니는 나를 꼭 안고, 위로를 해 주었다. 울지 말라고. 네 잘못은 없다고 말하는 듯이 말이다.

나는 쉬이 눈물을 그치지 못했다. 이때까지 괴롭힘의 설움이 이제야 폭발한 것이었을까.

"나도 그때 내가 왜 울었는지 몰라. 지금도 모르겠어.

그렇게 큰일로 될 일이 아니었는데 말이지."

"그때까지 받은 괴롭힘이 그때서야 폭발한 거지. 넘친 거야. 네 감정이 수면 위로 드러나 버린 거지."

"정말?"

"응."

*

그날은 금요일이었다. 이틀 동안은 신예지를 보지 않아도 된다는 소리였다. 토요일에 나는 지수에게 전화를 했다.

- 지수야 나 유인데…….
- 어 유이야, 괜찮아?
- 응. 괜찮아. 아니 학교에서는 아무렇지 않았는데 집에 와서 엄마 보니까 눈물이 나더라고.
- 어휴……
- 뭐, 지금은 괜찮아. 아무렇지 않다고.
- 다행이네. 그래도.
- 아, 맞다, 그리고 내가 어제 엄마한테 말씀 드리니까, 엄마가 신예지 엄마한테 전화 걸어 버려서 아마 너한테 피해가 갈 수도 있을 것 같아서.
- 아직 나라는 거 모를걸?
- 그래도 걔 성격이면 말한 사람 누군지 찾아내려고 혈안이 돼 있을 걸. 내 생각에는 한 명 한 명 다 전화 해 본다에 한 표.
- 음…… 그럴 수도 있겠다.
- 그러니까 조심하라고.
- 나 내 한 몸은 지킬 수 있어. 걱정하지 마.
- 그래. 지수는 강한 아이니까.

- 그건 그래. 아무리 나지만, 정말 강한 것 같아.

나는 지수의 말에 피식 웃고 말았다.

- 왜 웃어.
- 네가 좋아서?
- 아잇, 참. 나도 유이 좋아해.
- 그래그래.
- 그래 유이야, 주말 잘 보내고, 신예지한테 전화 와도 받지 말고, 월요일에 보자!
- 응, 지수야. 너도 주말 잘 지내

그렇게 나는 지수와의 전화를 끝냈다. 다행히 아무에게서도 전화가 오지 않았다. 그렇게 나는 평화로운 주말을 보냈다.

"어, 그 주말 동안에 아무 일도 없었어?"

"응. 나한테 전화도 안 왔는 걸?"

"뭐야, 나만 신예지한테 전화 왔었어?"

"뭐?! 너한테 전화 왔었어? 왜 그때 말을 안 했어?"

유이는 내 말에 화를 내기 시작했다. 나는 유이가 화를 내는 모습을 너무 오랜만에 봐서 당황을 했다. 정말 웬만한 일이면 유이는 화를 내지 않았기 때문이다.

"어…… 너 걱정할까 봐……?"

"야, 최 윤. 너는 나한테 다 말하라고 했으면서, 정작 네가 나한테 말을 안 하면 어떻게?!?!"

"어…… 미안. 나부터 고칠게…… 하하."

"웃고 넘길 일 아니거든?"

"뭐, 괜찮아. 그때 아무일도 없었거든."

"신예지가 뭐라고 안 했어?"

"응. 별말 안 하던데? 그냥 누가 말했냐고 그러기에, 나는 네가 무슨 말을 하는지 모르겠다고 그랬더니, 나보고 그 자리에 없었냐고 묻더라."

"그래서 뭐라고 그랬는데?"

"그냥 네가 무슨 말하고 있는지 모르겠다고 하고 전화 끊었어."

유이는 내 말을 듣더니 가만히 생각에 빠졌다.

"왠지, 걔가 월요일에 나 안 찾아오더라."

"아, 맞다. 걔 화요일에 찾아왔지?"

"응. 너 때문에 그런 줄은 몰랐지."

"아마 나 때문에 꽤나 힘들었을거다."

아마 내가 모르겠다고 말을 했기 때문에, 신예지는 엄청난 고민을 했을 것이다. 나랑 유이는 항상 같이 다니는 것을 알고 있었기 때문이다. 내가 아는 일은 유이도 같이 아는 일이었고, 유이가 아는 일이면 나도 같이 아는 일이었다. 진짜 우리는 식과 생이었다. 끊을래야 끊을 수 없는 그런 존재였다.

"생각해 보니 좀 고소하긴 하네."

"그렇긴 하다. 골머리 좀 썩혔을 거야."

"역시 윤이가 최고다."

"나도 유이밖에 없어."

*

신예지가 나를 찾아온 날은 그 다음주 화요일이었다.

"저 유이야."

"응……?"

"내가 그 말한 거 미안해. 근데 그 얘기 누가 말해 줬는지 알 수 있을까?"

"……"

"혹시 나랑 친한 친구들 중 한 명이야?"

"그럴 수도……?"

내가 정말 곤경에 처했을 때, 윤이가 왔다.

"야, 김유이 여기서 뭐하냐?"

"아, 윤아!"

나는 윤이에게 눈으로 말해요를 시전했다. 다행히도 윤이가 알아들은 듯했다.

"야, 신예지, 그만하고 가지? 너 아직 반에 가방도 안 갖다 놓고 온 것 같은 데, 지각 처리되고 싶은가 봐요. 전교 2등?"

"하, 최 윤. 너 정말……!"

"오, 종치기 1분 전이네. 네 반 여기서 멀잖아. 빨리 가 보는 게 어때? 엄한 사람 괴롭히지 말고."

"하, 야!"

그때 마침 종이 쳤고, 윤이는 승리의 미소를 지었다.

"지각 처리 되셨네. 우리 신예지씨?"

"……."

신예지는 아무 말도 하지 못한 채, 자신의 반으로 돌아갔다.

"와, 윤아 고마워. 너 없었으면 나 죽을 뻔했어."

"유이야 너도 지각 처리 되겠다."

"아! 그렇네! 우리 빨리 반 들어가자!"

"오야."

윤이 덕에 살았다. 정말. 윤이가 그때 오지 않았더라면, 지수가 곤경에 처할 수도 있었다는 생각에 심장이 철렁했다. 쉬는 시간 종이 치자 나는 바로 지수에게 달려갔다.

"지수!"

"유이야 쉿!"

"왜……?"

"저기 신예지……!"

"헐……"

"밖에 나갈래?"

"그러자!"

지수는 나를 데리고, 학교 공원으로 갔다.

"지수, 괜찮아?"

"에? 갑자기?"

"아니, 아까 등교할 때 신예지가 나한테 찾아 왔거든."

"헐, 그래서?"

"나한테 사과는 안 하고, 말해 준 사람 누구냐고 묻더라."

"진짜 사람의 도리도 못하네. 정말. 인간성이 아주……!"

"그래서 내가 말을 안 하고 있으니까, 막 자기 친한 애들 중에 있냐고 묻더라."

"그래서?"

"대답 하려고 하는데, 윤이가 나타나서 도와주더라. 역시 전교 1등. 말발이 정말 장난이 아니더라. 신예지 걔가 아무 말도 못하고 가더라."

"오, 역시 윤이. 나이스 샷!"

"그러니까. 지수야 너도 몸 조심해. 걔가 만약에 묻거든 아니라고 말해. 알겠지?"

"응. 알겠어."

*

"정말 그때까지는 아무 일도 없을 줄 알았지."
"그러니까. 기말 끝나고 나서도 아무 일 없었잖아."
"응. 방학 때 미친 듯이 전화 온 것 빼고는 아무 일 없었지."
"야, 그게 아무 일도 아니야?"
"음…… 솔직히 말하면, 자꾸 모르는 전화가 오길래 무시했지."
"헐, 신예지 전화번호도 지웠었어?"
"응. 그냥 우리 사이 뒤틀린 뒤에 바로 지웠어. 쓸모 없잖아?"
"저럴 땐 참 단호한데, 왜 다른 데에는 무른지……."
"그러게……."

*

솔직히 기말 끝날 때까지 아무 일도 없어서 다 끝난 일인 줄 알았다. 나만 그렇게 생각한 것이었나 보다. 지수가 그렇게 괴롭힘을 당하는 줄은 몰랐다. 정말 나한테는 아무런 티도 내지 않았기 때문이었다.

"김유이!"
"지수?"
"유이야. 내가 너 불편할까 봐 말은 못했는데, 내가 못 견딜 것 같아서."
"불안하게, 뭔데?"
"음…… 신예지가 계속 내가 말했냐고 묻길래."
"뭐?"
옆에 같이 있던 윤이는 아무런 표정이 없었다.
"언제부터?"
"음…… 기말 끝나고 나서부터."
"아니 그런 일이 있었으면, 바로 나한테 말을 했어야지! 윤이 너도 알고 있었던 거야?"

"응. 신예지가 나한테도 찾아와서 묻더라. 지수가 그랬냐고. 너한테 가려는 거 내가 막았어."

"그걸 너는 왜 막아. 왜 너희들만 힘들려고 그래?"

나의 말에 아무도 대답이 없었다. 나는 한숨을 쉬었다.

"진짜, 너네들 보충 때 보자. 그때 죽을 줄 알아!"

"…… 미안."

"유이야, 미안……!"

윤이는 간단하게 자신의 진심을 전했고, 지수는 발랄하게 미안하다고 말을 했다. 여기서 정말 둘의 성격이 확연하게 차이가 났다.

그리고 둘은 정말 보충 때 나한테 죽을 목숨이었다. 결단코 난 저 둘을 죽이고 말 것이다. 나는 주먹을 쥐고 굳게 다짐을 했다.

*

"아, 그때 기억나. 그때가 아마 내가 네가 화내는 거 처음 본 날이었을거야."

"저때도 그래. 나한테는 말하라고 했으면서……."

"아아~ 그만, 그만. 내가 다 잘못했어. 내가 어휴."

"흥!"

"아 미안. 삐지지 말고!"

"삐진 거 아니라 화난 거거든!"

"오야. 그런 걸로 치고, 우리 보충 때 이야기할까?"

그래도 친구는 서서히 괜찮아지는 것처럼 보였다. 그것은 내 과오였지만 말이다.

"쳇, 그래도 조금 쉬다 하면 안 돼?"

"왜 벌써 힘 딸리세요?"

"응…… 힘 딸려…… 늙었나 봐……."

"이보세요, 저도 같은 나이에요. 심지어 내가 생일 더 빠르잖아."

"아 맞네. 그렇네."

"심지어 8개월 더 빨라. 와 나 언닌데?"

"또 또 그 얘기. 그만하고 우리 좀 쉬자."

"그래. 뭐 이정도 얘기했으면 많이 했지. 좀 쉴래?"

"응. 우리 쉬자."

아무래도 친구가 많이 힘들어 하는 것 같아서, 상담을 잠시 쉬기로 했다.

기억

김유이

나에겐 기억이 없다.
기억이란 아픈 존재에서
벗어났기 때문이다.
그것이 나를 없애는 과정인 줄도
모르고……

"응? 이게 무슨 시야?"

"음…… 그냥 써 본 시야……."

"음, 시가 많이 우울한데?"

"그냥 생각나서 써 본 시인데."

아무래도 유이의 상태가 많이 심각한 것 같다. 내가 유이의 상태를 너무 가볍게 생각을 했던 것 같다. 아마도 지금 유이의 무의식은 그 일에 대한 기억을 지우고 싶어 하는 것 같다.

"음…… 유이야, 우리 오늘은 그만 얘기할까?"

"왜?"

"오늘 힘들어 보여서."

"음…… 그냥 계속하자. 빨리 끝낼래. 좋은 기억도 아니고……."

"그럴래?"

"응. 그냥 빨리 끝내자."

"괜찮겠어?"

"괜찮을 것 같아."

"뭐, 그럼 알겠어. 방학 끝날 때부터 하자."

"응."

아무래도 유이에게 인지 치료를 해야 할 것 같다. 인지 치료란, 내담자가 지닌 정서적 불편감 또는 행동 문제들과 관련된 역기능적 사고를 찾고 내담자와 협동적으로 역기능적인 사고를 수정하여, 정서적 불편감 또는 행동 문제들을 해결해 나가는 치료법이다.

여기서 역기능적 사고란 문제 영역에 관련된 부적응 혹은 왜곡된 관념이나 생각을 말한다. 아마 유이에겐 인지 치료와 빈 의자 기법이 가장 맞는 심리치료 방법이 될 것이라는 생각이 들었다.

*

보충 때 둘을 만날 수는 없었다. 같은 수업을 듣지 않았기 때문이다. 더욱이나 고3이라는 신분 덕에 이제 곧 수능이라는 압박감이 나를 짓누르고 있었기에, 친구들에게 쉽게 연락도 할 수 없었다. 그래도 다행히 같은 반이라 2주 후에 방학이 끝나면 볼 수 있었다. 망할 짧은 방학…… 그래도 친구들을 만나는 데에 위로를 받았다.

"아, 방학 진짜 짧아서 짜증나는데, 친구들은 보고 싶어!"

내 말에 수아 언니가 웃으면서 말을 했다.

"친구를 보고 싶은 마음이 큰 거야, 아니면 방학이 더 길었으면 하는 마음이 큰 거야?"

"음…… 그래도 친구 아닐까?"

"그럼 내일 학교 가야 되겠네~"

"아…… 그건 또 싫다."

"어쩌라는 거야~"

"아, 몰라 몰라. 그냥 학교 안 가고 친구들 보고 싶어!"

"너 가고 싶은 대학교 붙으면 휴학계 내고 친구들 보면 되지."

"아…… 그런 방법이!"

"그러면 얼른 공부하세요~"

"아, 또 공부하는 건 싫은 데."

"너 원하는 거 하고 싶으면 공부를 해야지."

"알겠습니다~ 할게요 할게."

"오구 착하다 우리 동생~"

역시 공부는 너무 싫다. 그냥 내가 하고 싶은 일 하면서 살기 위해, 다 먹고 살려고 하는 짓이다.

내일 학교 간다는 것이 솔직히 더 충격적이었다. 그래도 뭐, 친구들을 볼 수 있다는데, 가야 되지 않겠어?

2학기가 시작되자마자, 나는 윤이에게 시 한 편을 써 줬다. 정말 우리는 취미 코드도 잘 맞아. 우리 둘 다 시 적는 걸 진짜 좋아한다.

"윤! 윤!"

"왜?"

"나 시 썼어!"

"뭔데?"

"읽어볼래?"

"응."

개학

김유이

개학을 했다.
학교 근처로 이사를 가면 뭐해
내가 학교 가기가 싫은데
빨리 수업이나 마쳤으면 좋겠다.
집 가서 잠자게

"이게 도대체 무슨 시야……."

"빨리 집에 가고 싶다는 내 심정?"

"이건 시가 아니라, 그냥 네가 집 가고 싶다고 보채는 거잖아."

"앗, 들켰다!"

2학기 시작도 재미있었으니, 오늘도 즐거운 마음으로 학교를 갔다. 수능이 코앞이지만 뭐, 수시는 붙었으니까, 최저만 잘 맞추면 되지 않을까 싶은 생각이 든다.

오늘도 활기차게 학교 생활을 하려고 하는 찰나, 나의 악몽이 나를 덮칠 준비를 하고 있었다.

"야, 김유이."

"신예지? 네가 나를 왜 불러?"

"너한테 그 얘기해 준 사람 누구야!"

"아니, 왜 그 일을 아직도 끌고 있어?"

"상관없고, 말해 준 사람이나 말해."

신예지가 나에게 막무가내로 말해 준 사람이 누구냐고 묻고 있을 때 정말 백마 탄 왕자님처럼 윤이가 딱 나타났다. 와 진짜, 얘는 타이밍을 기가 막히게 찾아서 나한테 온다. 내가 위험하면 바로 오는 게, 나한테 무슨 장치를 부착했나 싶을 정도였다.

"야 신예지, 너 그만 찾아 다니라고 했지 않나?"

"네가 뭔 상관이야."

"상관있지. 엄청 있지. 나도 그 자리에 있었거든."

"알아. 너 말고 만만한 김유이 찾아 온 거니까 저리 가."

와 진짜 얘는 나를 얼마나 만만하게 봤으면…… 뭐 그럴 수도 있다. 이때까지 내가 아이들에게 보여준 이미지는 순한 이미지이니까. 나도 화나면 무서운데, 왜 신예지한테만 화를 낼 수가 없는 걸까. 내 최대의 궁금증이었다.

"야, 김유이 너 어디 가!!"

나는 신예지의 말을 무시한 채, 윤이의 손목을 끌고 반으로 들어왔다.

"재는 내가 가만히 있으니까 아주 내가 만만하게 보이나 봐!

짜증나!"

"그러니까 화도 내고 좀 그래라. 보는 내가 답답하다. 어휴."

윤이는 그런 나의 모습을 보고 한소리를 했다. 나는 뻘쭘하게 볼을 긁적이고만 있었다.

"아니…… 신예지만 보면 말이 잘 안 나와. 왜 그런지 나도 잘 모르겠어……."

"너 신예지 무서워?"

"그런 것 같기도 하고…… 나도 내 마음을 모르겠다."

"어휴…… 아무튼 너 신예지 잘 피해 다녀라. 알겠어?"

"응. 잘 피해 다녀야지."

그 뒤로 나는 신예지를 피해 다녔다. 하지만 그렇게 피해 다니면 뭐하나, 방심하는 한순간에 나를 찾아와서 자꾸 묻는데. 정말 스트레스가 머리 끝까지 차올랐다. 정말 누가 와서 나를 톡 치면 폭발할 정도였다. 아, 물론 윤이랑 지수는 제외였지만.

"유이 괜찮아?"

"지수, 너 이렇게 나 만나도 돼? 요즘에 신예지 나 찾아 다녀서 너 들키는 거 한순간이다."

"몰라, 나도 힘들어 죽겠다. 아니 자꾸 니가 말했어? 이러면서 나랑 애들 들쑤시고 다닌다고…… 완전 애들한테 미안하다."

"내가 더 미안 하지. 내가 엄마한테 말만 안 했어도, 이렇게 일이 커지지는 않았을 텐데."

"야, 말 안 하는 게 더 이상해. 당연한 일을 한 거야, 너는 괜히 죄책감 갖지 마. 알겠어?"

"아니 그래도 미안 하니까……."

"어휴. 야 저기 신예지 온다. 너도 빨리 가!"

"응…… 지수야 너도 조심하고!"

"오야. 나 걱정하지 말고, 너나 잘 피해 다녀!"

잘 피해 다녀 봤자 다 쓸모 없었다. 아니 진짜 쟤는 나한테 위치 추적기라도 달아 놨나, 나를 왜 이렇게 잘 찾는지 모르겠다. 짜증나……

*

"맞아. 걔 유이 너 엄청 잘 찾아 다니던데."

"응…… 솔직히 그때 좀 무서웠다?"

그래 보인다. 지금 친구의 손은 흔한 필기도구도 못 잡을 듯이 심하게 떨리고 있었으니까 말이다. 역시 이 과정은 너무나 힘든 일이었다. 나도 서서히 두려워지려고 했으니까. 솔직히 나도 저 상황에서 정말 힘들었다. 아무리 내가 유이를 보호하려고 해도, 유이가 혼자 있을 때만 쏙쏙 찾아내는 신예지에 스트레스가 이만저만이 아니였다. 더욱이 유이는 나한테 심리적으로 기대고 있었으니, 공부도 잘 안 되고, 내가 하려던 모든 일이 안 돼서, 심리적으로 나도 불안했다. 하지만 나는 지켜야 할 것이 있었다. 바로 친구였다. 나보다 여리고 착한 내 친구를 말이다.

*

하루하루가 지날 수록, 신예지가 나를 찾아오는 횟수는 점점 늘기 시작했다. 진짜 날이 갈수록 심해지는 횡포에 나는 피해 다니는 것을 포기하고 숨는 것을 선택했다. 쉬는 시간에는 키 큰 남자아이들 뒤에서 몰래 쫄래쫄래

따라다녔다.

"야, 김유이. 너 자꾸 왜 우리 뒤 따라다니냐?"

"아, 다 사정이 있어. 자꾸 나 찾는 사람 때문에 숨을려고. 니들 나보다 키 크잖아. 나좀 숨겨 주라."

"에휴……."

오죽하면 남자애들이 저런 말을 했을까……

날이 가면 갈수록 더 심해지는 횟수에, 나는 그냥 엄마한테 말을 해버리고 말았다. 솔직히 방학 때 전화가 왔지만, 내가 모르는 번호라 받지 않았는데, 알고 보니 그 전화가 신예지 전화번호였다.

방학 때부터 있었던 모든 일을 말하지 않았는데, 지금은 정말 못 버티겠다.

"엄마, 저 드릴 말씀이 있어요……."

"뭔데?"

"신예지가 자꾸 저한테 말한 사람 누구냐고 찾아와요. 그것도 하루에 열댓 번씩…… 그래서 피해 다녔는데, 더 찾아와서 그냥 반에서 안 나가고 그냥 있어요……."

"다 끝난 일 아니었어?"

"그 사과를 받기는 했는데, 아 내가 그건 미안하고, 말해 준 사람 누군지 말해 줄 수 있어? 이렇게 사과를 해서……."

"뭐? 유이야 왜 엄마한테 말 안 했어."

"아니 기말 끝날 때까지 안 찾아오길래…… 저는 끝난 줄 알았어요……."

"유이야……."

"방학 때도 저한테 전화가 왔었는데, 제가 모르는 전화라 안 받았는데, 아마 제 친구들한테도 계속 전화 했을 거예요."

엄마는 그 말을 듣고, 전화기를 들었다.

"아무래도, 담임 선생님께 말씀을 드려야겠어."

"엄마……."

"제대로 된 사과도 못 받았는데, 지금 계속 괴롭힘 당하고 있는 거 아냐."

"맞서보려고 그랬는데, 자꾸 걔 앞에서는 말이 안 나와요……."

"걔가 무서워?"

"저도 잘 모르겠어요. 그냥 말이 안 나와요."

"같은 반 아니지?"

"네. 그래서 자꾸 찾아와요."

그 말을 끝으로, 엄마는 전화기를 들고 안방으로 들어가셨다. 거실에 홀로 남은 나는 멍하니 천장만을 바라보고 있었다. 과연 이게 내가 정말 잘한 짓일까. 내가 오히려 일을 더 크게 만들고 있는 건 아닐까. 내가 참았으면, 모두 평화롭지 않았을까? 라는 부정적인 생각만이 들었다. 계속 우울해져만 가는 내 감정을 느꼈다. 하지만 기분을 다시 끌어 올리고 싶지는 않았다. 나는 그냥 깊은 우울로 가라앉고 싶은 심정이었다.

*

"저 때는 정말 우울의 심연까지 내려갔어. 그때부터 조금 우울하긴 했는데. 죄책감도 들고. 내가 말 안 했더라면, 네가, 지수가 이 사건의 피해자는 되지 않았을 거라고. 나만 참았더라면. 다들 힘들었는데, 나만 힘든 줄 알았지. 다 힘들고 지쳤는데, 다들 이겨 냈는데, 나는 못 이겨 냈어, 너희들한테 기대기만 하고, 내가 한 일이 없어."

"야, 김유이. 네 잘못 아니야. 누구든 그 속에 많은 할 말들을 담고 살아. 많은 감정들도. 근데 그 감정이, 그 말들이 나를 위협한다고 생각되면 말하는 거야. 네가 그 위협들을 참아낸다고 모든 일이 평화로워지는 게 아냐. 네가 그 말을 안 해서 모두가 더 힘들어졌을 수도 있어. 감정은 네 속에만 담아 두는 게 아냐. 감정은 내뱉어야 하는 물건들이지. 네 맘속에 담아 두지 마. 지금도 마찬가지. 힘들면 힘들다고 말해. 너 지금 손 엄청 떨리고 있는 거 알아. 알아. 힘들겠지, 근데 네가 힘 안든다고 거짓말하는 게, 그게 내가 더 힘들어."

"알겠어. 윤아 나 힘들어. 엄마한테 말하고 나서 어떤 일 있었는지 너도 알잖아. 그 다음이 두려워. 내가 또 그 무한의 꿈에 갇혀 버릴까 봐, 다시 헤어나올 수 없을까 봐."

"유이야, 너 혼자 아니야. 너 힘든 거 나도 나눌 수 있어. 알겠어?"

"응. 알겠어……."

아직도 친구는 자신이 혼자라고 생각하는 걸까. 나도 있는데, 나도 네 옆에 있는데, 나에게 너의 그 두려움을 조금만 나눠 준다면, 우리 같이 손 잡고 헤쳐 나갈 수 있지 않을까. 나는 아카시아 향이 나던 그날에 만난 네가 그립다. 당차고, 밝았던 네가.

*

결국 내가 우려했던 일이 벌어지고 말았다. 결국엔, 이렇게 돼 버린 거였다.

담임 쌤이 이 일을 알게 되었다. 괜찮냐고 물어오는 그 순간 순간이 나는 떨려왔다. 왜 다들 나를 그렇게 불쌍하게 보는 거야? 나는 불쌍하지 않아. 나도 견뎌 낼 수 있다고. 다들 나를 위하면 위할 수록 나는 벼랑 끝에 선 기분이야. 나도 내가 왜 이러는지 모르겠단 말이야. 나 좀 여기서 구해 줘.

"유이야. 김유이!"

"어……? 윤이네……?"

"유이야, 너 괜찮은 거 맞지?"

"응. 괜찮아. 아니 괜찮을 거야. 괜찮아야만 해."

"유이야……."

결국 이 일은 학주 선생님의 귀에도 들어가게 돼 버렸다. 그리고 학주쌤은 내게 말을 했다. 아침시간에 신예지랑 윤이랑 나랑 같이 학년 교사휴게실에서 보자고. 그 공간에서, 그 답답한 공간에서, 나의 감정은 무시한 채.

"예지야, 정말 너 유이한테 사과도 안 했니?"

"했어요. 미안하다고 했다고요. 저는 단지 궁금해서, 그냥 말해 준 아이가 누군지 궁금해서, 근데 유이가 이렇게 힘들어하는 줄 몰랐어요. 정말이에요."

신예지의 말에 나는 정말 어이가 없었지만, 나는 입술만 깨물고 있었다. 신예지가 울어서, 정작 울고 싶은 사람은 난데.

"예지야, 그만 울고, 그리고 너희들도 예지한테 사과하자. 무조건 피한다고 해서 모든 일이 해결되지는 않아. 너희들이 예지를 피해서 예지는 많이 힘들었어. 이야기를 하고 싶은데. 너희들이 이야기할 틈을 주지 않으니까."

나는 그저 선생님의 말만 듣고 있었다. 내가 왜 사과를 해야 하는지 아직도 몰랐다. 내가 왜? 도대체 왜? 잘못한 건 너인데, 왜 내가 사과를 해? 울면 그렇게 울면 모든 일이 무마가 돼? 네가 우리에게 준 공포감과 상처는? 우리는 거기에 대한 어떤 일말의 사과도 받지 못하고 끝나는 거야? 정말 속에서 하고 싶은 말들이 넘쳐났다.

"미안."

"김유이, 네가 왜 사과를 하는데?"

"윤아, 너도 사과해."

"쌤!"

"사과 하라고."

"하…… 피해 다녀서 정말 미안하다."

윤이는 주먹을 꽉 쥔 채 부들부들 떨고 있었다. 아마도 화를 주체할 수가 없어서 그런 것이겠지.

"애들아, 내가 이런 일 정말 많이 겪어봐서 아는데, 둘 다 잘못한 거 인정하지? 아니면, 이거 학폭으로 갈 수도 있어. 그리고 이런 일 이기는 사례 한 번도 없었어. 그러니까 적당히 하고 여기서 끝내자. 예지도 둘한테 사과하고."

"싫어요. 저는 사과했어요. 윤이한테도 했고, 유이한테도 했어요. 여기서 사과할 일 없어요."

그 말을 끝으로 신예지와 학주 선생님은 방을 나갔다. 나는 아직도 울 수가 없었다. 그저 끊임없이 궁금했다. 왜 도대체 내가 사과를 해야만 했어야 했는지. 나도 울었으면, 사과를 받을 수 있었을까. 윤이는 한숨을 내쉬며 교사실을 나갔다. 나도 윤이를 뒤따라 나갔다. 속이 좋지 않았다. 토할 것 같다. 정말로. 하늘이 팽팽 도는 것 같다. 누가 나 좀 살려 줘. 제발.

"윤아, 나 집 갈래."

"어? 왜. 어디 아파?"

"머리 아파. 토하 것 같아. 집 갈래."

"쌤, 유이가 몸이 많이 안 좋은 것 같아요."

"그래? 유이야 짐 챙겨서 교무실 올래?"

"네……."

나는 가방을 싸고 교무실로 내려갔다. 교무실에는 아무도 없었다.

"유이야, 사과는 받았어?"

"아니요, 제가 사과하고 왔어요."

"뭐?"

"제가 예지 피해 다녀서 많이 힘들었나 봐요. 그냥 제가 사과하고 끝낼래요. 그냥."

"유이야, 일단 오늘은 푹 쉬고 내일 보자 응?"

"네."

결국 나는 1교시도 하지 못한 채, 학교를 벗어 나와야만 했다. 밝은 햇살이 나를 밝혀 주면 뭐해. 나에겐 더 큰 그늘이 나를 가리고 있는 데.

"엄마, 나 속이 안 좋아서 학교 조퇴했어요."

"그래? 엄마 지금 집 갈테니까, 일단 집에서 쉬고 있어. 엄마 도착하면, 같이 병원 가자."

"네."

집에 도착하자마자, 그냥 아무것도 하기 싫었다. 모든 게 싫었다. 이 세상이 싫었다. 정말 내가 왜 사과를 했어야만 했는가, 울면 모든 게 끝인가 보다. 울면 씻을 수 없는 죄도 씻기는가보다. 그런가 보다.

"유이야."

"엄마……."

"왜 울어."

나는 울면서 엄마에게 오늘 있었던 일을 모두 말했다. 엄마는 화가 난 표정을 지으셨다.

"엄마, 울면 끝나나 봐요. 울면 씻을 수 없는 죄도 씻기나 봐요. 울면 모든 게 다 해결되나 봐요. 그런 건가 봐요."

"유이야…… 일단 병원부터 가자. 그리고 뭐라도 먹자."

"……네."

동네 병원에 갔다. 나는 진료를 다 받고, 멍하니 텔레비전만 응시했다. 그냥 아무 생각도 들지 않았다. 자꾸만 잠이 쏟아졌다. 이대로 일어나지 않았으면, 이대로 그냥 평생 잠을 잤으면.

엄마는 나를 데리고 죽집으로 향했다. 나는 많이 먹지도 못했다. 스트레스로 인한 위염이었다. 식도염도 함께. 속도 안 좋았고, 무엇보다도 삼키는 게 너무 힘들었다. 정말 먹고 싶지 않았지만, 나를 바라보는 엄마 때문에, 억지로라도 먹었다.

집에 가자 마자, 엄마는 나를 껴안고 울었다. 나도 울었다. 끊임없이. 그냥 나도 몰랐다. 눈물이 나오기 시작했다. 학교에서는 나오지 않던 그 눈물이, 그 억울한 눈물이 나오기 시작했다. 끊임없이 쏟아지는 눈물에 결국 나는 탈진을 하고 말았다. 그리고 밤이 될 때까지 잠만 잤다. 계속해서.

엄마는 계속 잠만 자는 나를 데리고 밖으로 나갔다. 커피숍에서 커피를 사서 밖을 돌아다녔다. 그리고 아빠를 기다렸다.

"유이 아빠"

"유이는 어때?"

"많이 힘들어 해요. 울면 그냥 모든 게 다 해결 된다고 그러면서 계속 울기만 해요. 그 아이한테, 사과 못 받고, 사과하고 왔대요, 자기가, 윤이도 같이."

"뭐? 사과를 못 받았다고?"

"네, 울어서 그 아이가 울면서 자신은 사과했다고, 이 자리에서 나는 사과할 이유 없다고……."

"하……."

나는 가만히 엄마와 아빠가 대화하는 것을 듣고 있었다. 우울 속에 잠식이 되었다. 끝까지 잠기기 전에 제발, 나를 구해 줘. 제발.

여기서 꺼내 줘. 아무리 외쳐봐도 아무도 나를 꺼내 주지 않았다.

결국 나는 점점 가라앉고 말았다. 끝끝내 나는 잠기고 말았다. 그게 끝이었다. 내 마지막 감정이.

*

"유이야!"

"윤아, 나 너무 힘들어. 너무 힘들어. 나 좀 꺼내 줘 제발."

"유이야, 나 봐봐. 너 혼자 아니야. 내가 꺼내 줄 거야. 나 봐."

"흐윽……"

"울고 싶으면 울고, 화내고 싶으면 화내도 돼. 나를 원망해도 되.

왜 과거의 기억을 떠올리게 만들었냐고."

유이는 끊임없이 울기만 했다. 그쳤던 장마가 다시 시작되려나 보다. 다시 비가 내리는 것을 보니, 그 장마는 쉬지도 않고 내렸다.

주륵주륵.

4. 사건의 절정

나는 친구가 울음을 멈출 때까지 등을 토닥여 주었다.

"이제 좀 괜찮아졌어?"

"응…… 아까보다는 괜찮아."

"다행이네. 오늘은 여기까지 할래?"

"응. 나 오늘은 집에 가서 좀 쉬어야겠어."

"네 집에 가게?"

"응."

"유이야. 오늘은 언니 집 가는 게 좋겠다."

"아, 알겠어."

"내가 수아 언니한테 말씀드려 놓을게."

"응, 고마워 윤아."

"뭘, 아니야. 토요일에 봐."

"응."

"푹 쉬고"

"응. 토요일에 봐."

그렇게 친구는 자신의 언니가 있는 집으로 향했다. 아직 친구는 준비가 안 돼 있었다. 내가 괜히 준비도 되지 않은 친구를 부추겨 과거를 회상하게 한 것이었다. 이것은 다 내 잘못이었다. 내 잘못. 친구를 위하려다, 오히려 친구를 위협해 버렸다.

솔직히, 친구만 힘든 것은 아니었다. 나도 한동안 좁은 공간에 가지 못했으니까. 교실 가는 것도 힘들었다. 그런데 나는 버텨야만 했다. 친구를 위해서, 모두를 위해서.

친구는 미련했다. 아니 나와 친구는 미련했다. 서로를 상처 입히지 않기 위해 참았고, 서로를 위하려다, 자신이 다치고 또 다쳤다. 그게 우리였다. 네가 다치는 것은 내가 다치는 것보다 더 아픈 것처럼 느끼는 게, 그게 우리였다.

"이 장맛비는 언젠간 멈추겠지만, 친구의 비는 언제 멈추려나. 내 비도 언제 멈추려나……."

주륵주륵 내리는 비를 바라보고 있을 때, 전화기가 울렸다.

- 여보세요.

- 윤아!

- 수아 언니?

- 유이 방금 집 도착했어.

- 빨리 도착했네요.

- 응. 유이 많이 울었어?

- 울기는 마지막에 많이 울었죠. 엄청 불안해 하더라구요. 제가 괜히 치료하자고 했나 봐요. 아직 유이는 준비가 안 됐는데, 제가 하자고 그래서 더 심해진 것 같아요…….

- 윤아, 유이 강해. 이겨 낼 거야.

- 하지만 유이가 많이 무서워하고 불안해 하더라고요. 그 사건에 또 들어갈까 봐. 그 사건에서 벗어나지 못할까 봐.

- 윤아, 너도 많이 힘들었잖아. 너도 아직 벗어나지 못했잖아.

수아 언니의 말에 심장이 내려앉은 느낌이었다. 이렇게 정곡을 찔린 적은 처음이었다.

- ……
- 틀렸어?
- 저도 잘…… 모르겠어요. 제가 벗어난 건지. 유이 얘기 들으면서 힘들었는데, 그게 감정이 전이가 되어서 힘든 건지, 아니면 저도 아직 못 벗어나서 힘든 건지, 저도 모르겠어요.
- 윤아. 부정하지 마. 아직 벗어나지 못한 거 알아. 너도 충분히 힘들었잖아. 너도 그만 힘들어 하자. 응?
- 그게 제 마음대로 되나요…….
- 윤아, 너도 상담 받자. 응? 나랑 상담하자. 너 이 상태에서 유이 계속 상담하면, 너도 힘들어. 너도 같이 벗어나지 못하게 된다고…….
- 생각해 볼게요.
- 너무 오래 하지는 말고.
- 네. 아, 맞다. 지금 유이 상태는요?
- 괜찮아. 아직은. 내가 아는 거 모르니까 안 울려고 하기는 한데,
- 그냥 말해 주는 게 어때요? 알고 있다고.
- 그게 좋겠지? 그래야 맘 놓고 울 수 있으니까.
- 네. 유이한테 말해 주는 게 더 좋을 것 같아요.
- 그래. 그럼 그렇게 할게. 그리고 상담 생각해 봐.
- …… 네 생각해 볼게요.
- 응. 그럼 유이 상태 체크하고 연락 줄게.
- 감사합니다.
- 뭘, 내가 더 고맙지. 내일 보자.
- 넵.

명제

김유이

나의 모든 명제는 '거짓'이다.
아무도, 나의 명제를 풀지 못했다.
내가, '거짓'이기 때문에

집에 가서 휴식을 취하고 있을 때, 수아 언니에게 문자 한 통이 왔다.

- 언니 그 시 뭐에요?
- 유이가 쓴 시
- 하아…… 언니는 어떻게 생각해요? 그 시에 대해서
- 자기 존재 자체를 부정하는 것 같아. 또 그 사건이 꿈에 나올까 봐, 다시 그런 사건에 휘말릴까 봐, 자신의 자아를 지우고 싶어 하는 것 같아.
- 역시 너무 그렇게 밀어붙이는 게 아니었어요. 유이가 조금 더 준비가 되면 하는 거였는데, 유이의 상태를, 그리고 저의 능력을 기만했어요.
- 윤아. 네 능력은 충분히 뛰어나. 그리고 유이가 선택한 거야. 네가 밀어붙인 게 아니라.
- 아니에요. 제가 하자고 밀어붙인 거나 다름없어요. 유이한테 미안해서 어떡해요…….
- 하, 진짜 너희 둘 다 이리 똑같아서 어떡하냐…….
- 언니 유이 이 상태라면 위험해요. 어떡하죠. 무슨 좋은 방법 없을까요?
- 아니, 그냥 네가 한 방법대로 밀어.
- 네?
- 유이 네가 생각하는 것처럼 약하지 않아. 강해. 크면서 더 강해지고 단단해졌어. 유이를 믿고 너를 믿어 봐.
- 네…….
- 하여튼 내일 보자. 푹 자라.
- 네. 언니 내일 봬요.
- 그래.

저 명제라는 시, 저 시는 유이가 정말 자신의 존재를 부정하는 것이다. 자신의 자아가 없어지면 좋겠다는 바람인 것이다. 자신의 모든 것이 거짓이라.

자신의 자아가 거짓이라, 나란 존재는 없다는 그런 시인 것이다. 한숨밖에 나오지 않았다. 내가, 나를, 그리고 너를 지킬 수 있을까. 너는 이 고비를 넘길 수 있을까. 머리가 점점 더 복잡해져만 갔다.

그리고 상담. 그 상담 어떡할 건데. 솔직히 나도 나를 잘 모르겠다. 내가 심리 상담사라고 나를 잘 아는 것은 아니었다. 나도 내가 그 과거에서 벗어났는지, 아니면 여전히 그 과거 속에서 살고 있는지. 나도 나를 모르겠다.

점점 더 생각하면 생각할수록 복잡해져만 갔다.

"아 짜증나. 나도 내가 누군지, 그 과거에서 벗어났는지 궁금하다 정말."

나는 나를 믿고, 유리를 믿고, 이 가시밭길을 건널 수 있을 것인가에 생각을 하다 잠이 들어 버렸다.

목요일과 금요일에는 아무 일도 일어나지 않았다. 단지 아직 내가 상담을 할지 안 할지 결정을 못해서, 수아 언니에게 시달렸을 뿐이었다.

드디어 유이를 만나는 토요일이 됐다. 수요일보다 더 좋은 상태이기만을 바랐다. 제발. 유이야…….

"윤아."

"유이야 왔어?"

"응."

"상태는 괜찮아?"

"그럭저럭."

유이의 기분은 많이 가라앉아 있었다. 이러다 나는 나의 친한 친구를 잃을까 봐 걱정이 되었다. 그때의 유이로 다시 되돌아 가버리게 된다면, 나는 어떻게 해야 할까.

"오늘은 조금만 하자. 너 힘들어 보이니까."

"윤아, 나 그냥 오늘 다 말하고, 편하게 있을래. 언니한테 상담 받을래. 내가 네 생각을 못했어. 너도 같은 피해잔데, 너도 그 사건에서 벗어나지 못했다는 것을 나도 알고 있는데, 나는 너밖에 없어서, 너한테만 기댔던 것 같아."

"유이야, 나도 내가 그 사건에서 벗어났는지 몰라. 근데 너랑 같이 헤쳐 나가면 괜찮을 것 같아. 나는 네가 다시 그 상태로 돌아가는 것을 못 볼 것 같아. 그니까. 나랑 계속 하자. 응?"

"윤아……."

"그럼 오늘 다 이야기할 거야?"

"응. 오늘 내 과거 다 털어 버리고 싶어. 없애고 싶어."

"그래. 난 네가 이겨 낼 거라고 믿어. 너는 강하니까."

"믿어 줘서 고마워."

*

나는 그 사건이 있었던 후에, 상담을 받았다. 정신과도 다녔다. 미술 심리 상담을 받으면서, 신경이 날카로워져 있었기 때문에, 신경 안정제를 먹어야만 했다. 안정제를 먹으면, 잠이 끊임없이 쏟아졌고, 아무런 감정도 생기지 않았다. 무한한 잠식이라는 괴물이 나를 끊임없이 잡아먹는 느낌이었다.

그날도 다름없이 정신과를 갔다오는 길이었다. 그냥 아무 이유도 없이 학교를 가는 것이 싫었다. 그냥 싫었다. 그래서 그날은 학교를 가지 않았다.

"엄마, 저 오늘 학교 가기 싫어요."

"왜 유이야. 학교는 가야지."

"그냥 안 가면 안 돼요?"

"이유가 뭐야?"

"그냥…… 저도 모르겠어요. 그냥 오늘은 가기 싫어요."

"그럼 오늘 하루종일 집에 혼자 있어야 되는데 괜찮겠어?"

"네. 괜찮아요. 오늘 말고, 내일은 학교 갈게요."

"그래. 집 데려다 줄게. 점심 먹고, 약 먹어. 그리고 너무 많이 자지 말고, 알겠지? 뭐라도 해. 텔레비전이라도 보던가 컴퓨터라도 해."

"…… 그냥 자면 안 돼요?"

"안 돼, 그만 자. 너 계속 자면 안 돼."

"…… 알겠어요. 엄마 잘 다녀 오세요."

"그래, 약 꼭 먹고!"

"네."

그렇게 나는 그날 학교를 가지 않았다. 집에서 하루종일 잠만 잤다. 텔레비전을 보는 것도 컴퓨터를 하는 것도 다 귀찮았다. 아무런 생각없이 잠을 자는 것이 나에게는 좋았다.

큰일이었다. 사람들의 시선이 무서웠다. 왜 나를 그렇게 쳐다보는 거야? 나는 불쌍한 사람이 아니야. 나도 내가 원해서 그렇게 된 게 아니야. 도대체 왜 나를 그렇게 바라보는 건데.

그 시선들은 나를 점점 옥죄어 왔다. 숨 쉬는 것이 힘들었다. 문제집을 풀던 샤프가. 떨리는 손에 의해 굴러떨어져 버렸다. 내 샤프를 주워 주던 짝과 눈이 마주쳤다. 나를 불쌍하게 쳐다보는 것 같았다. 사람들의 시선이 싫었다. 나를 쳐다보는 것이 싫었다.

이 좁은 공간이 싫었다. 이 공간은 나를 숨쉬기 힘들게 만들었다. 점점 호흡이 딸려 왔다.

사태의 심각성을 깨달은 선생님께서, 엄마에게 연락을 해, 나는 1교시 조차 하지도 못한 채, 상담실로 향해야만 했다.

"유이, 오늘은 무슨 일로 왔을까?"

"쌤, 저 너무 힘들어요. 저를 바라보는 시선이 싫어요. 그 좁은 공간에 있으면, 학교라는 건물 안에 있으면, 숨 쉬는 것이 힘들어요."

"유이야……."

"그냥…… 그냥 저는 이대로 사라져 버리고 싶어요. 먼지처럼 그냥 있었는지 없었는지 아무도 모르게."

"…… 유이야. 오늘은 그리고 싶은 그림 그려."

"……"

나는 그림에 열중했다. 그림을 그릴 때면 아무런 생각이 들지 않았다. 조각조각 모양을 그려 하나의 그림을 완성시켰다. 웃고 있지만 눈물을 흘리고 있는 사람의 얼굴이 완성되었다. 이 그림은 내 얼굴이었다. 웃고 있는 가면 속의 울고 있는 나. 나는 끊임없이 가면을 써 왔다. 괜찮은 척, 행복한 척 그 안은 슬픔으로 가득 차 있었는데 말이다. 이 흑백의 그림을 색칠하고 싶지 않았다. 그냥 그대로 놔두고 싶었다. 심연의 나를 표현하고 싶었다.

"유이야, 색칠은 안 할 거야?"

"네."

"이유 물어봐도 될까?"

"그냥요, 그냥. 아무 이유 없어요. 색칠하고 싶지 않아요."

"그렇구나. 오늘은 이제 그림 그리기 싫지?"

"별로, 그런 생각은 안 들어요."

"그래? 그래도 오늘 유이 힘들어 보이니까, 그만할래?"

"네."

"그러면 다음주 토요일에 보자."

"네. 다음에 뵙겠습니다."

"그래."

그 이후로 나는 한 달 동안 학교에 가지 않았다. 학교에 가서 다시 그 시선을 느끼고 싶지 않았다. 나를 옥죄어 오는 시선을. 한편으로 수능이 걱정되기도 했지만, 이미 시간은 지나 버렸다. 나는 어떻게 해야 할까. 복학을 해야 하는 걸까. 아니면,

검정고시를 쳐야 하는 걸까. 수없이 많은 생각이 들었지만 그 생각들을 말하지는 않았다. 굳이 내가 이야기할 이유가 없어서. 알아서 되겠지라는 마음으로.

그렇게 시간은 흘러 추석이 되었다. 아, 추석이네 라는 생각밖에 들지 않았다. 친가는 가고 싶지 않았다. 내가 여자여서, 나를 위해 주는 할머니, 할아버지는 없었다. 내가 여자였기 때문에. 평소에도 좋아하지는 않았지만, 오늘은 특히 더 가기 싫었다. 내 사정을 아무도 모르는데, 내가 아픈지 안 아픈지 알려고 하지도 않는데, 내가 왜 꼭 그 집을 가야 하는지. 가도 사촌 오빠한테 비교만 당하는데, 그래서 엄마한테 가기 싫다고 말씀을 드렸다. 정말로 가기 싫었다.

"유이야, 그래도 인사는 드리러 가야지. 추석인데."

"그 집에서 저한테 해 준 것도 없잖아요. 제가 아픈지 안 아픈지 궁금해하지도 않잖아요."

"유이야……."

"그냥 저 집에 있으면 안 돼요? 사람 많은 거 싫어요. 혼자 있고 싶어요."

"유이야. 오늘만, 오늘만 눈 한번 딱 감고 가자. 응?"

"…… 네."

"고마워."

엄마는 내게 고마워하셨다. 도대체 왜? 나는 한 게 없는데, 그냥 간다고 말했을 뿐인데. 이해할 수 없는 것들 투성이었다.

친가를 가자마자 한소리를 들었다. 작은 집보다 늦게 왔다고. 우리 가족의 얘기는 듣지도 않은 채. 그래도 언니는 나보다 사정이 나았다. 좋은 대학교에 들어 갔으니까. 공부도 잘 했으니까. 하지만 언니는 항상 이 말만 들었다.

'네가 남자였다면, 얼마나 좋았을까…….'

그것도 나름 고통이라고 생각한다. 하지만 언니한테는 관심이라도 있지, 나한테는 무관심이다. 나에 대해 궁금해하는 것조차 없었다. 명문고등학교 들어갔다고 자랑했던 그 1년은 행복했었다. 그 뒤로는 아무것도 없었다. 그게 끝이었다.

자고 싶었다. 근데 자지 못했다. 남동생들과 놀아 주어야 했기 때문이었다.

나는 고3인데, 왜 내가 놀아 주어야 할까. 나는 왜 이리저리 이용만 당하는 걸까. 나는 왜 내 주장을 말하지 못 하는 걸까. 이런 내가 한심했다.

결국 나는 두통이 몰려오는 머리를 얼싸안고, 공원을 뛰어 다녀야만 했다. 경주를 해야만 했다. 숨박꼭질만을 해야만 했다. 빨리 외가댁에 가고 싶었다.

외가댁은 분위기가 달랐다. 사촌들도 다 여자였기 때문에. 그리고 외할아버지도 딸만 네 명이셨기 때문에. 외가에서 나는 막내였다. 나는 외가의 사랑을 많이 받았다. 내가 아프면 모두들 걱정했다.

모두들 내 탓을 하지 않았다. 내가 아파서, 대구에 잠시 내려온 외할머니도, 외할머니와 떨어져서 한 달간 지내야만 하셨던 외할아버지도. 내 탓을 하지 않으셨다. 그대신 나를 위해 울어 주셨다. 그게 나는 위안이 되었다. 비록 내 눈물샘은 멈추었지만 말이다.

"유이 왔어?"

"윤지 언니 안녕."

"유이야, 네 잘못 아니야. 언니가 이 말하는 이유 알지?"

"응. 나도 아는데, 그게 안 돼."

셋째 사촌 언니는 내가 오자마자 반갑게 맞아 줬다. 그리고 나를 꼭 끌어안아 주었다. 네 잘못이 아니라면서.

그런 위안들이 나에게 많음에도, 나는 이겨 내지 못했다. 나도 그런 나를 이해하지 못했다. 내가 뭐가 그렇게 힘든지 몰랐다. 추석 연휴가 10일이었지만, 나는 계속 잠만 잤다. 다들 계곡에 나를 데려가기도 하고, 열심히 놀아 주었지만, 내 몸이 따라 주지 않았다. 먹는 게 없었으니까.

"유이야, 계곡 와서 놀자. 응?"

"아, 미안. 힘이 없어서. 나중에…… 나중에, 다 나으면."

"유이야, 다 나으면 언니랑 같이 놀아 줄 거지?"

"응. 같이 놀아 줄게."

"고마워. 유이야 힘내. 언니는 항상 너를 응원하고 있다는 거 알고 있지?"

"응. 우리 가족 모두 다 나를 응원해 주고 있다는 거 알아. 그러니까 걱정하지 마. 나 이겨 낼 거니까."

"걱정 안 할게. 이겨 내. 너는 네가 생각하는 것보다 훨씬 강한 아이니까."

"응."

윤지 언니의 한마디, 한마디가 나에게는 힘이 되었다. 그 힘을 받아, 나는 학교 갈 생각을 하게 되었다. 그저 생각만 했을 뿐이었다. 나는 그 생각을 행동에 옮길 만한 힘이 없었다. 아직도 나는 겁쟁이였다. 그 사건에서 도망치기만 하는.

*

"맞아. 그때 추석 연휴가 길었지. 추석 한달 뒤에 수능이었는데."

"맞아. 수능. 내가 못 쳤던 그거."

"유이야……"

"나도 치고 싶었어. 너네들이랑 같이. 근데 그 시선 무섭더라. 내가 모르는 사람들이었는데도, 나를 쳐다보니까, 나를 아는 것 같은 느낌이었어."

아무래도, 그때의 친구는 약한 공황장애를 가지고 있었는 것 같았다. 시선들을 끝내 이겨 내지 못한 것을 보면 말이다.

"그래도 이겨냈잖아. 수능 잘 쳤잖아. 포기 안 했잖아.

그거면 된 거야. 너는 잘해 냈어."

"그런가."

"그럼."

*

내가 한 달 동안 학교를 안 간 사이에, 친구들에게서 문자가 엄청나게 와 있었다. 나는 그 문자를 한번도 보지 않았다. 전화기를 보고 싶은 마음이 없었으니까. 윤이 와도 연락을 하지 않았다. 윤이는 몇 번 집으로 찾아오기도 했지만, 그때마다 내가 깊은 수렁에 빠져, 윤이를 반기지 못했다. 그래서 오늘은 큰 맘 먹고 문자를 보기로 했다. 그냥 윤지 언니한테 힘을 받았다랄까. 학교를 갈 힘까지는 없었지만 말이다.

먼저, 윤이에게 문자가 20개 와 있었다.

- 유이야, 학교 왜 안 와?

부터 시작해서, 내게 힘이 되는 말들까지. 아, 그리고 신예지의 최근 근황도 적혀 있었다.

- 아, 맞아. 그리고 지금 신예지 너 괴롭힌 거 소문나서 왕따인 거 알아? 최근에 같이 다닌던 친구들까지, 네 소식 듣고 선생님께 신예지가 괴롭히던 거 다 말해 버려서, 지금 친구가 아무도 없어.

나는 그 문자를 받고 놀랐다. 그 막무가내였던 아이가, 우리에게 두려움을 주었던 그 아이가, 혼자라니. 내가 의도치 않게 왕따를 시켜 버린 것이었다.

그 다음은 반 친구들에게서 온 롤링 페이퍼 사진이었다. 다들 나를 불쌍하게 바라보지 않았다. 나만, 나만 그렇게 생각을 했던 것이었다. 하지만 아직 그 시선들을 볼 자신은 없었다. 그래도 학교라는 두려운 공간에서 버틸 자신은 생겼다. 이렇게나 나를 생각해 주는 사람들이 많았으니까. 그리고 결심을 했다.

내일은 학교를 가 보기로. 가서 1교시를 못 들어도 괜찮으니, 버티기만이라도 하자고. 그게 내 다짐이었다. 겁쟁이었던, 나의 다짐.

"엄마."

"유이 왜?"

"저 내일 학교 가 볼게요."

"정말이야?"

"네. 아이들한테서 온 문자 내용을 봤거든요. 저를 불쌍하게 보지 않았어요. 저를 나쁜 시선으로 바라보지 않았어요. 몇 명은 가식적으로 저를 대할 수도 있겠지만, 윤이가 있잖아요. 다른 친구들이 있잖아요."

"잘 생각했어. 유이야. 이제 조금씩 한 발자국씩 내딛어 보는 거야. 힘들겠지만, 조례까지만 버텨 보자. 응?"

"네, 힘들면, 상담실 가 있을게요."

"그래. 그러자. 1교시까지만이라도 버텨 보자. 엄마는 항상 너를 응원하고 있어. 네 옆에 있어."

"네, 엄마 고마워요."

"뭘."

그렇게 나는 다짐을 했다. 이겨 보겠노라고. 이 깊은 무의식의 잠식에서 나를, 내 스스로 꺼내 보자고 다짐을 했다.

학교 정문 앞에 서서 한숨을 쉬었다. 그 한걸음 내딛기가 이렇게 힘이 들었던가. 내가 매일 들락날락했던 그 익숙한 정문이, 이렇게 익숙하지 않을 줄이야. 나는 아직도 그 선을 넘지 못했다. 내가 정해놓은 그 선을. 건너지 못할 선을.

다행히도 지금은 이른 아침이라 아무도 없었다. 머뭇거리면서, 정문에 들어가지 못하고 있는 나를 발견한 것은 윤이었다.

5. 사건의 결말

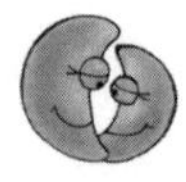

"김유이……?"

"……. 윤아……."

"다시, 다시 학교 나오기로 한 거야?"

"…… 그렇긴 한데, 내가, 내가 이겨 낼 수 있을지 모르겠어."

"유이야, 나 있잖아. 같은 반이잖아. 힘들면 바로 말해. 상담실 데려다 줄게."

"고마워, 윤아."

"뭘. 우리 사이에, 아, 그리고 너 내 문자 읽긴 읽었어?"

"아…… 어 어제. 어제 처음으로 폰 켜고 읽었어. 애들 롤링페이퍼도 같이."

"롤링페이퍼 읽었어?"

"응. 읽었어."

"그거 애들이 자발적으로 참여한 거야. 부반장 보고 싶다고."

"아, 그래?"

윤이는 그런 나를 보면서 한숨을 내쉬었다.

"너, 감정 표현은 하고 사는 거야?"

"모르겠어. 그냥 말이 이렇게 나와. 솔직히, 재미있는 것도 슬픈 것도, 행복한 것도 모르겠어. 어떤 감정인지. 내가 그걸 어떻게 느꼈는지."

"유이야……."

윤이는 나를 걱정스러운 표정으로 바라보았다.

"윤아, 나 괜찮을 거야. 그렇게 생각하기로 했어."

"그래. 긍정적으로 생각해. 알겠지?"

"응."

"근데 너 왜 여기서 이러고 있어?"

"못 넘어 가겠어. 내가 마음속으로 그어놓은 그 선을."

윤이는 아무 말 없이 내 손을 꼭 잡았다.

"나랑 같이 넘자, 그 선."

"고마워."

이때까지 나오지 않았던 눈물샘이 그제야 폭발하기 시작했다.

닭똥 같은 눈물을 흘리는 나를 봐 버린 윤이는 당황을 하기 시작했다. 하지만 곧바로 나를 꼭 안아 주었다.

"울고 싶으면 울어야지. 얼마나 아팠어, 네 속에서. 얼마나 괴로웠어. 내가 다 알아. 그냥 눈물로 다 지우자. 응?"

나는 윤이의 말에 쉴새없이 눈물을 흘렸다. 어느새 정문으로 아이들이 하나둘씩 모이기 시작했다. 윤이는 나를 끌어안은 채, 학교 옆 공원으로 향했다.

윤이는 나를 벤치에 앉히고는, 음료수를 편의점에서 사왔다.

"눈 많이 부었네. 붓기 빼."

"흐윽, 고마워 윤아."

"뭘."

"훌쩍, 근데 너 지각 해도 괜찮아?"

"상관없어. 너 데리고 가면 쌤도 아무 말 못하실걸."

"크흥…… 알겠어, 나 잠시만, 정말로 잠시만 여기 더 있어도 될까?"

"그럼. 너 지금 눈 엄청 부어서 보기 흉해."

"뭐?"

"이제야 내가 알고 있던 김유이로 조금 돌아왔네. 봐봐. 우니까 괜찮지?"

"응……."

"울고 싶으면 우는 거야. 너는 그때도 울어야 했어. 그때 감정을 다 버렸어야지. 그랬으면, 너 괜찮았을 거야. 좋게 생각해. 지금 이 일로, 네 감정을 표현하는 방법을 배운 거라고."

"응……."

"우는 게 다 나쁜 건 아니니까. 그렇지?"

"응. 운다고 일이 다 해결되는 것도 아니고."

"그래, 운다고 일이 다 해결되는 거 아니야."

윤이는 내 말에 빙그레 웃으면서 말을 해 주었다. 그래, 나는 이게 그리웠다. 나를 위해 주는 친구가 있는, 나를 위해 주는 가족이 있는, 그 행복한 시간이. 이제서야 나는 깨달았다. 나에게 그 힘들었던 시간이, 생각하면 별 게 아니었다는 것을. 이 따뜻함을 통해서 조금씩 배워나갔다. 다시 첫걸음마를 떼는 아이처럼 말이다.

"유이야, 이제 갈까? 바로 상담실 데려다 줄게."

"응, 윤아 고마워."

"나야말로. 학교 나오는 결정하는 거 힘들었을 텐데, 이렇게 용기내서 나와 줘서, 웃는 얼굴 다시 보게 해 줘서."

솔직히 아직 반에 들어가는 것은 힘들었다. 그래도 가방을 교실에 놔두고 올 수는 있었다. 힘들었지만 말이다.

나는 가방을 교실에 놔두고, 윤이와 함께 상담실로 향했다.

"쌤!"

윤이는 학교의 모든 선생님과 친했다. 당연한 거였다. 윤이는 공부도 잘하고, 인사도 잘했으니까. 딱딱해도, 츤데레였다. 그리고 상담 쌤은 윤이가 살갑게 대하는 선생님 중 한 분이셨다. 뭐, 나도 마찬가지이긴 하지만.

"윤이 왔어?"

"쌤 누가 왔게요?"

"누가 왔는데?"

윤이는 내 손을 끌어당겼다. 그리고 곧 나는 상담 쌤 앞에 서게 되었다.

"세상에, 유이야."

"쌤, 오랜만이에요."

나는 선생님을 보자마자 눈물이 흘렀다. 정말 아무 이유없이 흐른 눈물이었다. 그런 나를 선생님은 당황도 하지 않고 손을 꼭 잡아주셨다.

"쌤, 포옹하지 마요."

"윤아, 나도 그정도는 알아. 그래서 손 잡고 있는 거잖아."

"다행이네요. 알고 있으셔서."

"정말, 너는 그 성격 좀 고쳐."

"싫어요. 이게 제 성격인데."

"나중에 내담자 도망가겠다."

"그런 망언을, 하여튼 쌤 저는 시험 때문에 가 볼게요. 유이 좀 부탁드려요."

"유이는 걱정하지 말고."

"넵."

그렇게 윤이는 사라졌다. 까먹고 있었다. 수능이 한 달도 채 안 남았다는 것을. 어차피, 나는 수능 못 친다. 학교에 오지도 못하는 수험생이라니, 말이 되지 않으니까.

"유이야, 그만 울어. 응?"

"쌔앰."

"얼마나 힘들었어."

"모르겠어요. 그냥…… 그냥 잠만 오고, 그냥 아무것도 하기 싫었어요. 힘든건 몰랐어요, 그냥 그냥 제가 받아들였으니까. 제가 체념을 했으니까. 나는 이렇게 아파도 된다고, 내가 말만 하지 않았더라면, 윤이랑, 지수는 고통받지 않아도 됐었으니까. 내가 말만 하지 않았더라면, 가족들이 나를 걱정하지 않아도 됐으니까."

"유이야, 네 잘못 아니야. 너는 잘했어. 너는 용기있는 사람이야. 아무도 하지 못했던 일을 너는 해냈잖아. 네가 해냈기에, 친구들이 용기를 받고 달라질 수 있었던 거야. 너는 겁쟁이가 아니야. 두려워서 도망친 겁쟁이가 아니라, 용기있는 사람이야. 네가 그러지 않았더라면, 친구들은 바뀌지 않았을 거야."

"하지만 제가 말을 함으로써, 그 아이는 혼자가 되었어요. 제가 말을 함으로써, 그 아이는 저와 같은 고통을 받아야만 했어요. 이래도 제가 잘못한 게 아닐까요?"

"네가 잘못한 게 아니야. 나는 그렇게 생각해. 네가 받았던 그 고통이, 너를 다시 성장하게 해 주는 것처럼, 그 아이가 받는 고통도 그 아이를 성숙하게 해 줄 거라고. 누구나 다 겪는 일이라고."

"…… 정말일까요, 그 고통을 받은 제가 한 단계 더 성숙해질까요. 아직도 두려워서 도망치고 있는데, 아직도 반에 들어가지 못하는 내가, 사람의 시선을 이겨 내지 못하는 내가."

"그럼. 고통은 항상 사람들에게 깨달음을 주고 한 단계 성숙해지는 것을 가르쳐 주지. 유이 너는 고통을 받음으로써, 감정을 토해내는 방법을 배웠고, 다음에 이런 일이 일어나도, 너의 감정을 잘 다스릴 수 있는, 그런 사람이 된 거야. 이 일을 통해서 너도 한 단계 나아 간 거야."

정말일까. 내가 앞으로 나아가고 있었던 걸까. 그 아이도 나와 같은 고통을 받으면서, 내 기분을 이해하고, 한 단계 더 앞으로 나아갈 수 있을까.

*

나는 딱 4교시까지만 학교에 있었다. 더 이상은 견디기 힘들었다. 1교시를 마치고 집으로 가려던 나를 막은 사람은 상담 쌤이었다.

조금만 더 견뎌 보자고, 나는 할 수 있다고. 정말 순진하게 나는 선생님의 말에 홀려서 더 오래 있고 말았다. 생각보다 괜찮기는 했다. 시선을 받지 않았기 때문에. 나는 1:1 상담실에 들어가서 그림만 주구장창 그렸다. 나에게 지금 중요한 것은 수능이 아니라 내가 학교에 다시 돌아가는 거니까. 내가 표현하고 싶은 모든 감정들을 그림에 담았다. 이제야 나는 내 감정을 표현하는 방법을 터득했다. 이제야 말이다.

"쌤."

"응?"

"저, 제 감정 표현하는 방법, 알았어요."

"다행이네. 감정을 표현하는 건 중요한 거야. 감정을 표현하지 않으면, 우리의 마음은 이미 썩어서 문들어져 버렸을 수도 있으니까. 유이 네가 네 속을 더 아프게 하기 전에, 그 방법을 알아서 다행이야."

내 속은 여기서 더 아파 봤자 어차피 똑같을 거라는 생각이 들었다.

정말 많이 힘들었기에, 내 인생에서 제일 힘들었기에, 하지만 이 일도, 지나고 나면 추억이 되겠지, 그땐 그랬겠지 라며 넘길 수 있는 일이 되겠지. 라는 생각이 들었다.

*

"그래, 그땐 정말 그렇게 생각했지. 내가 지금 이렇게 다시 아플줄도 모르고."

"유이야……."

"그땐 정말, 추억이 될 거라고 생각했어. 정말로. 내가 다 이겨 내지 못했다는 것을 깨닫지 못한 채."

"그래도 이겨 낼 거야. 지금 이겨 내고 있잖아. 용기내고 있잖아. 네 과거를 털어 버릴 수 있을 정도로 넌 강하잖아."

"나도 날 잘 모르겠어. 지금 내가 이겨 내고 있는지, 다시 그 깊은 수렁에 빠지고 있는 건 아닌지."

"아니야. 너는 잠식이란 괴물에서 빠져나오고 있어. 악몽 이제 더 이상 꾸지는 않잖아."

"……"

"네가 이겨 내고 있다는 증거야. 서서히, 너는 네가 원했고, 내가 원했던, 그 아카시아 향이 났던 그때의 너로 다시 되돌아 갈 수 있어. 내가 장담해."

"너는, 내가 다시 그 아카시아 향으로 되돌아 갈 수 있다고 생각하는 거야? 내가 더 심해진 것 같다고 네가 그랬잖아. 너의 기만으로 내가 더 심각해지고 있다고 그랬잖아."

그랬다. 그때 수아 언니와 문자를 보낸 사람은 유이였다. 나는 그 사실을 알지 못했다. 내 마음 깊은 속 말까지 꺼냈다. 내가 이 사실을 알게 된 이유는, 아까 친구가 상담을 그만한다고 했을 때 였다. '너도 힘들잖아. 지금' 이 말 한마디가, 어제 내가 문자를 했던 사람은 수아 언니가 아닌 유이였구나라는 것을 깨닫게 되었다.

"유이야, 나도 그렇게 생각했어. 어제까지만 해도. 그런데 네가 잘 이겨내고 있는 모습을 보여줬어. 저번보다 말할 때 떨지 않고 손도 많이 떨지 않는 너의 모습을 보면서, 너는 이 이일을 이겨 낼 수 있는 정도로 강해졌구나. 그 속안에 모든 감정들을 털어 놓으면서, 너는 너를 지킬 수 있는 힘이 생긴 걸 알게 됐어. 그러니까 제발 유이야, 네 자신을 믿어."

"정말 내가 이겨 낼 수 있을까. 이 지독한 악몽에서."

"너를 믿어. 너를 믿는 게 가장 중요한 거야. 긍정적인 마음은, 항상 힘든 일을 이겨 낼 수 있는 힘을 줘. 그러니까 너를 믿어. 제발."

"믿어 볼게. 내 자신을. 내가 이겨 낸 그 미래를 생각해 볼게. 너를 믿고, 나를 믿으면서 이겨 내 볼게. 이 지독한 악몽에서."

"그래."

*

안대

김유이

다른 세상이 펼쳐진다.
나의 모든 것을 꿈꿀 수 있는 세상이
다 함께 행복한 세상이
다시는 깨고 싶지 않은
안대는 보이지 않는
내가 바라던 세상이다.

결국 나는 바라지 않았던 결과를 만들어 내야만 했다. 내가 학교에 온 것을 뻔히 알면서, 제대로 된 사과조차 하러 오지 않는 그 아이를, 나는 이제 용서할 수가 없었다. 결국 나는 학교폭력 위원회라는 결정을 내려야만 했다. 이것이 나의 최선의 선택이었다. 나는 괴로웠다. 이때까지 사과 한 번 받지 못한 게, 내가 그 아이에게 사과를 해야만 했다는 게.

아직까지 교실에 들어갈 수 있는 수준은 아니었지만, 10명 정도의 사람이 있는 곳이라면, 그 시선을 감당할 수 있었다. 지금 내가 이겨 내고 있는 것인가보다. 그 잠식에서 조금씩 헤어 나오고 있는 것인가 보다.

"유이야, 너 결국엔 신청했다면서."

"응, 내가 찾아갈 용기는 없었어. 근데 찾아가면 신예지가 나한테 사과를 과연 했을까, 라는 생각이 들기도 해."

"사과 안 할걸. 아마도?"

"그렇긴 해. 내가 지금 그 진정어린 사과 듣자고, 학폭을 연 것에 너무 죄책감 들어. 그 사과 하나 때문에."

"신예지는 자존심이 강하잖아. 너한테 사과를 한다는 것이 걔한테는 무척이나 힘들 거야."

"그런 건가. 아무리 자존심이 강해도, 내가 정말 이렇게까지 진흙탕으로 들어갈 줄은 몰랐을 거야. 나도 지금 내가 놀라운데."

"나도 놀라워. 네가 이 결정을 했다는 것에, 그리고 이겨 내고 있다는 것에. 이렇게 빨리 이겨 낼 줄은 몰랐지."

"나도 내가 이렇게 강하다는 걸, 이제야 알았어. 내 자신을 믿으면, 무엇이든 할 수 있다는 것을, 나는 이제야 알았어."

"이제라니, 나는 아직도 알지 못해. 나는 아직도 내 자신을 믿지 못 하는 걸?"

"그런가?"

"그럼. 네가 지금 나보다 한 단계 더 성숙해졌다는 거야. 우리 유이 장해. 마냥 내가 지켜줘야 될 것 같이 여렸는데, 어느새, 나보다 더 컸어."

"넌 되게 말하는 게 엄마같아."

"그럼 내가 유이 엄마 하지 뭐."

"에엑, 그게 뭐야."

그래도 조금씩 이겨 내고 있는 나였는데, 정말 그러고 있었는데, 다시 내가 그 잠식으로 끌려가 버렸다. 그것 때문에.

오늘도 나는 윤이와 함께 하교를 했다. 윤이는 이미 수능도 다 친 고3이었기에, 수업을 빨리 마쳐서 나와 같이 하교를 할 수 있었다. 나는 마냥 그런 윤이가 부러웠다. 나도, 나도 아프지만 않았다면, 그 교실에 들어갈 수만 있었다면, 지금 수능을 다 치고, 홀가분한 상태로, 아이들과 대화를 하며 하교를 할 수 있겠지.

윤이는 선생님의 양해로, 나와 같이 일찍 하교할 수 있었다.

내가 아직 사람이 많은 곳을 가지 못했기에. 이건 나름대로 윤이한테 미안 했다. 친구들이랑 같이 대화하면서 하교하는 게 더 좋을 텐데. 내가 이런 말을 할 때마다, 윤이는 항상 이렇게 말했다.

"내 진정한 친구는 너 뿐이야. 난 너랑 있는 게 가장 좋아. 너와 나는 식과 생처럼 떨어질 수 없는 그런 존재야. 나는 그 아카시아 향기가 나던 그날 본 네가 좋아."

윤이는 그랬다. 항상 나와 자신의 사이를 식과 생으로 표현을 했다.

집에 가자마자, 나는 다시 복학을 하기 위한 준비를 했다. 재수를 해도 되는데, 수업일수를 다 채우지 못해서 다시 복학을 해야 한다는 것이다. 그것도 2학년으로. 후배들 부담스럽게 뭐하는 건지, 라는 생각이 들기도 했지만, 성적을 잘 받을 수 있는 장점이 있으니까.

후배들한테 약간 미안한 마음이 들었다. 공부를 하다가 전화가 왔다. 그것도 영상통화로. 이름을 보니 그 아이였다.

"아아악!!!"

나는 폰을 던지고 소리를 질러버렸다. 왜 왜 하필이면 영상통화인가. 나에게 제대로 된 사과조차 하러 오지 않는 그 아이가.

아마 내가 학폭을 열었다는 소식을 듣고, 전화를 한 것 같았다.

내가 지른 소리를 듣고, 옆 방에 있던 언니가 황급히 내 방으로 들어왔다.

"무슨 일이야?"

"언니, 방금, 신…… 예지한테서…… 영상통화 왔어. 왜 왜

지금 나는 얼굴 보는 것도 힘든데, 왜"

내가 말을 하고 있는 사이에 전화기에서는 카톡이 왔다는 알림이 수십개가 울리고 있었다. 다 한 사람이 보낸 것이었다. 신예지. 그 애였다. 언니는 얼른 내 전화기의 전원을 꺼 버렸다.

"한동안, 전화기 쓰지 말자. 학폭 할 때까지만."

"언니…… 내가 뭘 그렇게 잘못했다고, 고통 받아야 돼?"

"유이야."

"왜 이제야 와서 사과의 문자를 보내고, 왜 취소해 달라는 문자를 보내? 왜?"

"유이야 진정하고. 응?"

"언니, 나 무서워. 나 이제 겨우 이겨 내고 있었는데, 이제야 겨우 그 잠식에서 벗어나고 있었는데, 다시 그 잠식에 빠져버리면 어떡해? 나는 이제 어떡

해야 하는 거야?"

"쉬이. 유이야, 그 잡식은 너를 집어삼키지 못해. 너는 강해. 이겨 내고 있잖아. 그 한 발자국만 더 나아가면, 너는 이길 수 있어."

"그 한 발자국이, 너무 어려워."

"네가 이겨 낼 거라고 믿고 있는 사람들을 떠올려 봐. 너도, 네가 이겨 낼 수 있을 거라고 믿고 있잖아."

"응……."

"학폭 열릴 때까지만, 그때까지만 아픈 거야. 그때는 더 이상 아파해서는 안 돼. 우리가 할 수 있는 끝까지를 한 방법이라, 네가 아프면, 그때는 정말 우리가 너를 위해 할 수 있는 방법이 없어,"

"응. 이겨 낼게, 이겨 내도록 노력할게. 내가, 나를 믿을 수 있게 노력해 볼게."

"그래."

*

"영상통화?"

"응. 그때 영상통화 걸었어."

"와, 진짜 치밀함에 감탄한다. 어떻게 그 생각을 할 수가 있지? 사람인가? 그렇게 사람 진심을 이용해서 빠져나갈 수 있다고 생각을 한 건가?"

나는 정말로 화가 났다. 어떻게 사람의 진심을 그렇게 교묘하게 사용해서 빠져나갈 수 있는 것인지, 과연 그게 사람이 할 짓인지 말이다.

"와, 정말. 그 성격 그대로 자랐으면, 지금 성격 완전 파탄이겠다."

"그러게, 그 성격 그대로라면, 지금 사회 생활도 힘들지 않을까. 그래서 내가 그때 체념했어. 쟤는 이제 커서도 저 성격이면, 사회에서 살아남지 못할 것이라고. 그렇게 자기위안을 했어. 그게 내 체념이었어. 솔직히 이기지 못할 것이란거 알고 있었는데, 막상 당해 보니까 알겠더라고. 공부 잘하는 사람만 좋아하는, 이 망할 학교. 걔가 공부를 잘한다는 그 이유 하나만으로, 좋은 대학교를 갈 수 있었다는 그 이유 하나 만으로."

"유이야……."

"괜찮아. 나는 신예지보다 더 좋은 학교 나왔으니까. 이미, 걔는 나한테 진 거야. 그렇게 생각할래."

유이는 생각보다 많이 괜찮아졌다. 어떻게 3일 만에 이렇게 사람이 달라질 수가 있는 것인지. 나와의 문자를 통해, 각성이라도 한 것인지. 예전의 신예지를 무서워 했던 그 아이는 이제 없었다.

나의 눈 앞에는 그 누구보다도 강했던, 아카시아가 있었다.

*

그렇게 나는 학폭을 열 때까지, 학교에서 숨죽이며 살았다. 혹시라도 나를 찾아 올까 봐 두려워서. 그 아이가 진정으로 나에게 사과를 하지 않을 것을 알기에.

도태

김유이

나는 나에게 도태되었다.
깊은 물속에서 나의 의식이 느껴질 리가 없다.
내 의식에 도태되어
나는 더 이상 깨어날 수가 없다.
의식의 도태
나를, 진정한 자아를 잡아먹는 어둠속의
괴물.

오늘은 그날이었다. 학폭 위원회가 열리는, 나는 최대한 단정하게 머리를 묶고 학교를 향했다. 학폭은 아이들이 다 하교를 한 5시에 열릴 예정이었다. 솔직히 부담이 되었다. 내가 과연 그 아이의 얼굴을 바라보면서, 말을 할 수 있을까. 내가 하고 싶었던 말들을 담을 수 있을까. 과연 내가……

"유이야, 초조해 하지 마. 그냥 너는 사과를 받으러 갈 뿐이고,
그냥 네가 받는 사과의 크기가 커다란 것일 뿐이야."
"응, 윤아 힘이 돼줘서 고마워."
"뭘, 오늘 잘하고 와. 그리고 다 떨쳐내 버리자!"
"응, 나 힘낼게!"
"웃는 거 오랜만에 보니까 좋네."

윤이의 말을 끝으로, 나는 심호흡을 하고 엄마와 아빠의 손을 잡은 채, 회의실 안으로 들어갔다. 이제부터가 시작이었다. 그 진정한 마지막 승부가.

*

"그 마지막 승부는 내가 졌어. 근데 진 느낌은 아니지. 신예지 덕분에, 내 감정을 다루는 방법도 알게 되었고, 내 마음에 대해서 한 단계 더 성숙해지기도 했고, 어쨌든 결과적으로 나중에 사과는 받았으니까. 그게 진심이 아니라는 건 알고 있지만……"

"그래도 너 12월달까지 수업도 제대로 못들었잖아."

"응. 12월달에는 행사가 많았잖아. 솔직히 그 900명이 넘는 사람들 시선 견디기가 힘들었지. 나를 모르는 사람들이 많다고 해도."

"그럴 수 있겠다. 나는 네가 재심 할 줄 알았어. 나였으면 끝까지 갔을 거야, 아마."

"윤이 네 성격이라면 그럴 수도 있겠다."

"그치, 그때의 내 성격이었으면 그랬을 거야. 지금은 살짝 긴가민가 하지만……."

"그렇긴 해."

나는 친구를 가만히 바라보았다. 친구의 저 미소는, 그때 그 미소였다. 초여름날, 너를 처음 만났던 그 장소에서, 아카시아 향이 흩어지던 그날 보았던 미소.

"윤아, 궁금하지 않아? 내가 어떻게 이렇게 빨리 떨쳐내 버렸는지?"

"궁금해. 난 지금 너의 미소에서, 그날의 너를 보았으니까."

"내가 너랑 상담 끝나고 3일인가 4일을 악몽을 꿨어. 근데 언니가 내게 말해 주더라."

*

"언니, 나 너무 힘들어…… 죽을 것 같아. 그 악몽이 자꾸 나를 괴롭혀."

"유이야, 너만 힘든 게 아니야. 네가 학창 시절 때 기댔던, 그 아이도 아직 과거를 떨쳐내지 못했어. 단지 네가 나보다 더 힘든 걸 아니까, 자신의 아픔을 내면 깊은 곳에서 꺼내지 않았어. 너에게는 버팀목이 필요했으니까. 네가 돌아올 때까지 이 자리를 지켜야만 했으니까. 그리고 자신을 치유할 틈도 없이 그 사건은 끝나고 말았지. 사과의 한 마디조차 받지 못한 채.

너는 네 일이라, 주위가 신경에 들어오지 않았겠지. 너만 생각하느라. 그런데 네 친구는 너만 생각하느라, 그냥 그 일을 깊은 곳에 묻어두고 그대로 방치를 했어. 자신이 지금 어떤 상태인지도 모르는 채. 그게 네 친구 윤이야. 윤이 성격이 많이 바뀐 것도, 나는 이 일 때문이라고 생각해. 크진 않지만, 작은 영향을 끼쳤겠지. 어쩌면 지금 네 상태보다 더 심각할 수도 있어. 그 성격에, 그 자존심에, 그 아이는 사과를 했고, 자신은 어떤 사과도 받지 못했으니까. 그아이의 전부는 바로 너였으니까."

나는 언니의 말을 듣고 머리가 멍해졌다. 그랬다. 그때 당시의 나는 나밖에 생각하지 못했다. 하지만 친구는 항상 나만 걱정했다. 항상 나만 챙겼다. 자신은 챙기지도 않은 체, 자신은 사과도 받지 못한 채, 그 사건을 머릿속에서 지워 버린 듯이. 아마 나랑 만나고 나서, 그 사건은 다시 친구를 괴롭혔을 것이다. 하지만 친구는 몰랐겠지. 여전히 나를 위하니까. 자신보다 내가 우선이었으니까.

언니의 말을 듣고 많은 생각을 했다. 내가 이 일을 이겨 내야, 친구도 이제야 자신을 생각하게 되지 않을까. 무의식 속에 그 사건을 꺼내서 말이다.

*

"그런 일이 있었구나……."

"언니한테 그 얘기 들으니까 정신이 들더라고. 나만 중요한 게 아니였는데, 너도 중요했다는 걸 말이야. 그래서 그깟 사건 이겨 내 보기로 했어. 마음 먹으니까 되더라. 이기는 거 되게 쉽더라."

그런 사연이 있는 줄 몰랐다. 수아 언니한테도 고마웠다. 친구를 되돌려 주어서, 나도, 나를 먼저 생각하게 되는 계기를 만들어 주어서 말이다.

"수아 언니한테 감사하네."

"그치? 나도 우리 언니한테 고마워. 언니가 아니었으면, 나는 평생 네가 가진 상처에 대해 생각도 해 보지 않았을 테니까."

유이의 말을 들은 나는 그렇게 생각하지 않았다.

"아니, 유이 너는 언젠간 나의 상처를 생각해 주었을 거야. 너는, 나의 가장 친한 친구니까."

"한없이 나를 믿어 주는 윤아 항상 고마워. 내 옆을 지켜줘서. 나를 지지해 줘서, 나의 버팀목이 돼 주어서. 네가 아니었다면 나는 지금 이 자리에 없었을 거야.

유이의 말을 끝으로 우리는 서로를 바라보며 웃었다.

내 진료실에 있는 커다란 창에는 어느새 구름이 걷히고 밝은 햇살이 보이기 시작했다. 지긋지긋한 장마는 아직 끝나지 않았지만, 친구에게 내리던 그 장맛비는 이제 멈추지 않았을까. 나는 진료실의 커다란 창문을 열어보았다. 우리가 처음 만난 그날의 향기처럼, 나와 내 친구를 둘러싼 아카시아 향기는 깨끗했고, 아름다웠다.

그 어느 여름 날처럼, 너의 모습은 눈부셨고, 네가 바라보는 나의 모습도 이제 눈부시리라.

Epilogue

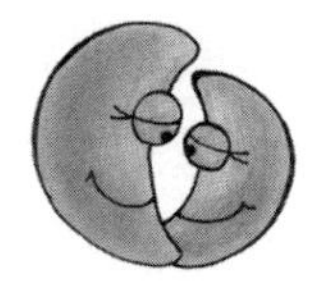

나는 오늘도 바쁘게, 종이를 들고 공원을 지나가고 있었다. 원래 학원은 공원을 지나쳐 가지는 않지만, 오늘따라 그냥 공원을 지나 빙 둘러서 가고 싶었다. 그러다가 나는 공원에서 가장 큰 나무 밑 그늘에서 조용히 눈을 감고 노래를 듣고 있는 한 사람을 보았다. 나도 모르게 그 사람을 빤히 쳐다보고 있었다. 뭐가 그렇게 끌렸는지.

그 사람은 슬픈 표정을 짓고 있었다. 그게 왜 그렇게 시선이 끌렸는지 나도 모르겠다. 그 사람을 멍하니 바라만 보고 있을 때, 강한 바람이 나를 스쳐 지나갔다. 내가 들고 있던 여러 장의 수학 종이가 바람을 타고 그 사람에게 날아갔다. 나는 당황스러운 얼굴을 하고 그 사람에게 뛰어갔다.

"아…… 뭐야."
"헐……!! 죄송해요, 괜찮으세요? 어디 베인 데는 없으세요?"

나는 그 사람의 찡그린 얼굴을 보게 되었다. 예뻤다. 찡그린 그 모습조차 말이다.

"죄송한데, 얼굴 좀 치워 주시죠."
"아, 정말로 죄송해요!"
"그렇게 고개 숙이며 사과까지 할 정도는 아니네요."

내가, 너를 처음 만났던 그날은, 아카시아 향기가 나에게 훅 끼쳤던 날이었다. 평소에 그렇게 좋다고 생각하지 않았던 아카시아 향기가 그날은 그렇게 좋을 수가 없었다.

*

나는 윤이에게 우리가 만난 처음의 그날에 대해 말을 했다.

"그래서 너한테 종이가 날아갔던 거야."
"나를 그렇게 지켜보고 있었어?"
"응. 그날의 너는 무척이나 슬퍼 보였어. 그런데 그 얼굴이 매우 청초하고 예뻤어. 그 찡그린 모습조차 말이야."
"야…… 오글거려. 그리고 나 안 예뻐."
"내 눈엔 예뻐 보였어."
"그래?, 유이가 그렇다면 뭐……."
"그런데 그날 무슨 일 있었어? 되게 슬픈 표정을 하고 있었는데."
"아, 그날?"

*

오늘은 친구랑 엄청 싸웠던 날이었다. 나는 솔직히 진정한 친구가 무엇인지 모르겠다. 그냥 친구였다. 아무것도 아닌. 그냥 내가 학교 생활을 즐겁게 하기 위해서, 억지로 웃고, 행복해하는. 그냥 자연스럽게 친해진. 서로를 생각하지 않고, 항상 자신만을 생각하는 그런 친구였다.

오늘도 그런 날이었다. 단지 나는 친구가 내 욕을 하는 것을 들어 버린 것이었고, 나는 화를 냈고, 친구도 화를 냈다. 이런 관계를 도저히 이어갈 자신이 없었다. 서로가 서로를 헐뜯는 그런 관계. 이 관계는 다시 변하지 않는다. 그대로, 묻혀지고 잊혀지는 것 뿐이었다.

그런데 오늘 처음 본 그 사람, 아니 그 아이가 나의 시선을 끌었다. 나도 모르게 시를 쓰도록 만들어 버렸다. 왠지 다시 만날 수 있을 것 같다는 생각이 들었다. 친해지고 싶었고, 내가 그 아이를 위해 모든 것을 다 할 수 있을 것이라는 믿음이 생겼다. 오늘 처음 본 아이인데. 그렇게 나는 다시 그 아이를 만나기를 원했다. 어떻게서라든 다시 만나고 싶었다.

학교에서 그 아이를 다시 본 순간, 나는 알았다. 이 아이가 나와 평생을 같이 할 친구라는 것을 말이다.

*

"진정한 친구라……."

"나는 아직 진정한 친구라는 의미를 모르겠어. 그냥 단지 진정한 친구라고 하면, 유이 네가 떠오른다는 거지."

"나도 그래. 그냥 내 영원한 친구는 너 뿐인 것 같아."

"나도, 나도 그렇게 생각해."

우리는 서로를 마주보면서 웃었다.

혼자 그 공원에서 친구와의 관계를 생각했었던 네가, 그 커다란 아카시아 나무 밑에서, 서로를 바라보며, 서로를 위해 웃고, 울었던 그 친구가, 나는 너무나도 좋았다.

작가의 말

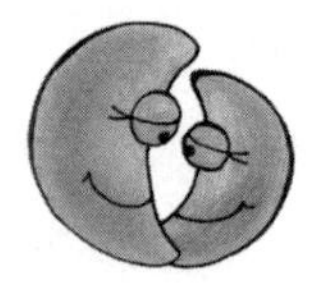

이 이야기는 내 실화를 바탕으로 한 이야기다. 나는 이 책을 쓰면서 친구가 그리웠다. 아직 연락을 꾸준히 하지만 내 마음속 못 다했던 말들을 이 책에다 적어내려 갔다.

그때의 나는 정말 나밖에 생각하지 못했다. 그래서 나는 친구의 입장에 대해 생각해 보지 못했다. 하지만 이 책을 쓰면서, 친구의 입장도 생각해 보게 되었다.

이때까지 사과를 받지 못한 친구를 떠올리니, 너무 내 생각만을 했던 내가 미웠다.

이 책을 쓰면서 많은 우여곡절이 있었다. 한 번씩 악몽을 꾸기도 하고, 예전 생각이 떠올라. 울기도 했다. 이 소설의 윤이처럼, 나는 아직 다 치료가 되지 않았을 수도 있다. 하지만 생각해 보면 두 친구가 있었기에 나는 버틸 수 있었고, 나는 이제야 그 사건을 이겨 낼 수 있었다.

그리고 나와 친한 5명의 모든 친구에게, 내가 아무리 자기 중심적으로 생각을 해도 항상 웃으면서 받아주고, 먼저 다가와 주는 친구들에게 항상 고맙게 생각하고 있다. 마음을 다 표현할 수 없는 내가 너무 싫지만 말이다.

구나영

타임아웃

volleyball

문성은

머리말

여러분은 좋아하는 일이 있나요? 음악 듣기? 피아노 연주하기? 아니면 아직 좋아하는 게 뭔지 정확하게 모르시나요?

제가 생각했을 때 좋아하는 일을 하는 것은 그 일을 하기 전에는 기대되고, 하는 도중에는 전율을 느끼며, 하고 난 후에는 다시 생각나는 것이라고 생각합니다. 물론 하는 도중에는 힘들고 지쳐서 하기 싫다는 생각이 들 수도 있어요. 하지만 나중에 되돌아보면 그 일을 했을 때가 행복한 추억으로 남습니다.

저는 배구를 좋아합니다. 초등학교 6학년 때부터 쭉 배구를 해 오면서 많은 일들이 있었지만, 모두 행복한 추억으로 남아서 배구는 제 인생에 있어서 빠지면 안 되는 운동이라고 생각해요. 저도 배구를 하는 동안에는 정말 힘들고, 연습하는 것을 싫어했습니다.

하지만 배구를 잠시 멈추고 다른 일에 몰두하다 보니, 제가 진정으로 좋아하는 일은 배구임을 깨닫게 되었습니다. 매번 배구 연습이 하기 싫어서 어떻게 하면 덜 힘들게 운동을 할 수 있을지 잔머리만 굴렸는데, 지금은 배구를 할 수만 있다면 온몸이 땀에 젖을 때까지 하고 싶습니다.

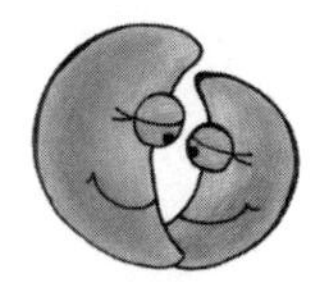

이 책의 제목인 「타임아웃」은 배구에서 경기를 잠시 중단하는 것을 말하는데요. 보통 상대 팀의 흐름을 끊기 위해 사용하는 전략입니다. 선수들은 타임아웃을 통해 체력을 보충하고 작전을 세웁니다. 짧은 시간이지만 이를 이용해 다시 분위기를 잡을 수 있는 좋은 기회가 됩니다. 우리는 잠시 쉬어 가야 할 때가 있습니다. 앞만 보면서 가다 보면 자신을 돌아보지 못합니다. 저는 여러분이 이 책을 읽으면서 여러분에게 시간의 소중함과 여러분이 좋아하는 일이 무엇인지에 대해 다시 한 번 생각해 보는 계기가 되길 바랍니다.

1. 끊임없는 랠리

2. 수상한 학생

3. 다시 코트 안으로

4. 우리의 네트 플레이

5. 전학생, 알 수 없는 로테이션

6. 전국대회, 마지막 시합

7. 타임아웃

▲ 한국배구연맹

▲ 대한배구협회

1. 끊임없는 랠리

여느 때와 다름없는 하루, 나는 학교에서 음악을 들으며 평범한 일상을 보내고 있다. 내가 초등학교를 다니던 시절도 엊그제 같은 데, 벌써 17살이 되었다니 생각해 봐도 적응되지 않았다.

사실, 고등학생이 된다고 달라질 것은 없었다. 그저 중학교보다 수업시간이 5분 길어지고, 밤 9시까지 남아서 야간 자율 학습을 해야 하는 것 빼고는 예전과 똑같았다.

처음 고등학교에 입학했을 때에는 '이렇게 오랫동안 학교에 머물러있어야 하는데 잘할 수 있을까?'라고 생각했다.

하지만 인간은 적응의 동물이라고 했던가. 한 달이 지나니 고등학교 생활에 완전 적응해서 이제는 중학교 때 몇 시에 마쳤는지도 잘 생각나지 않는다. 매순간이 특별하게 느껴졌던 고등학교 생활도, 시간이 지나니 정말 따분하게 느껴졌다.

아침 일찍 일어나 학교에 갈 준비를 하는 것도 힘들어졌고, 고등학교에 입학한 후 중학교 때보다 더 예민해진 것 같았다.

'학교, 학원, 집. 학교, 학원, 집. 매번 이러는 것도 너무 힘들고 지겨워. 아무것도 안 하고 싶다. 중학교 때에는 하루하루가 재밌었는데……'

나는 가끔 '시간을 되돌리고 싶다'고 생각한다. 현실에서는 절대 일어나지 않을 일이라는 것을 알지만, 가끔 그리운 순간이나 후회되는 순간이 생각나면 나는 시간을 되돌려 과거를 다시 경험하거나 바꾸기를 원한다. 내가 시간을 되돌려서 과거를 바꾼다면, 지금쯤 내 미래도 바뀌어져 있을 것이라고 생각하기 때문이다.

하지만 어느 누구도 시간을 되돌릴 수는 없다. 그렇기 때문에 삶과 죽음, 추억과 후회가 생기는 것이다.

그래서 나는 특별한 일 없는 똑같은 일상을 반복하며 끊임없는 랠리 같은 나날을 보낸다.

2. 수상한 학생

나는 휴대폰에 있는 사진을 정리하다가 중학교 때 배구를 하던 사진을 발견했다. 고등학교에 들어와서는 피곤함이 내 뇌를 잠식한 듯이 모든 것이 힘들고 지치기만 했는데, 사진 속에서 배구를 하던 나는 땀을 뻘뻘 흘려도 전혀 힘든 기색이 보이지 않았다. 어쩌면 '내가 가장 행복했던 순간은 배구를 하던 때였을지도 모른다.'는 생각도 들었다. 초등학교 6학년 때부터 중학교 3학년 때까지 4년 동안 배구를 해 온 걸 돌이켜보면 '내가 꽤 오랜 시간 동안 배구를 했구나.'라고 느껴졌다.

나는 중학교 3학년 때(그러니까 고등학교 원서를 내기 전) 많은 고민을 했다. '남들에 비해서 너무 늦게 시작한 건 아닐까?', '내가 고등학교에 가서도 배구를 계속 할 수 있을까?', '앞으로 내 배구 실력이 더 발전할 수는 있을까?'라는 갖가지 궁금증이 생기면서 점점 더 배구를 못할 것 같다는 확신만 커져갔다. 또 진로가 확실하지 않은 시기에 고등학교 원서를 써야 했기 때문에 그저 공부해야 한다는 강박관념이 컸다. 그래서 배구부가 없는 경북여자고등학교를 1지망에 쓰게 되었다.

경북여고에는 나와 같은 배구부가 여러 명 입학했다. 배구를 하고 싶지만 부상 때문에 그만둬야 하는 친구, 배구를 그만두고 공부에 매진해야 하는 친구, 배구를 하고 싶지만 우리 학교에 배구부가 없어 배구를 하지 못하는 친구

등 여러 이유로 배구를 하지 못하는 친구들이 있었다. 나는 배구를 하다가 부상을 당하고 아무 생각 없이 고등학교에 올라와서는 공부만 해야 한다는 생각으로 경북여고에 왔다가 후회하고 있는 상황이었다. 우리는 서로를 잘 알지 못했지만 '배구' 하나만으로 친해지게 되었다.

어느 날, 우리는 한 친구의 반 앞에 모여 중학교 때로 돌아가고 싶다는 얘기를 했다. 모두들 돌아가고 싶은 이유는 배구를 하던 시절이 행복했기 때문이라고 말했다. 나도 배구를 할 수 있던 때로 돌아간다면 여한이 없을 것이라고 얘기했다. 친구들과 얘기하다 보니 내가 배구부 생활을 정말 그리워하고 있다는 것을 깨달았다. 배구를 그만두려고 경북여고에 오게 되었는데, 배구 얘기만 하면 그때의 감정이 생생해지면서 배구 생각이 내 머릿속을 떠나가질 않았다.

그날 밤, 나는 잠들기 전에 내 휴대폰 안의 배구경기 사진을 보며 생각했다. '내가 그때로 되돌아간다면 계속 배구를 한다고 결정했을까?' 그렇게 나는 의미 없는 생각을 하면서 잠이 들었다.

다음 날, 나는 그 친구의 반에 가고 있었다. 친구의 반에 도착했을 때, 그 친구는 물론이고 다른 친구들 또한 보이지 않았다. 평소였다면 교실 문 앞에서 수다를 떨며 웃고 있을 아이들이 한 명도 빠짐없이 사라져서 의아했다. 나는 다른 일이 있어서 모이지 않는 것이라고 생각하고 내 반으로 걸어갔다. 걸어가는 도중, 누군가가 내 팔을 덥석 붙잡았다. 나는 깜짝 놀라 뒤를 돌아봤다. 나를 잡은 사람은 내 친구가 아닌 다른 학생이었다. 누군지도 모르는 사람이 내 팔을 갑자기 붙잡아 잠시 당황했지만,

'나를 다른 사람이라고 착각했겠지.'

하고 내 팔을 붙잡고 있던 손을 슬쩍 내려놨다. 다시 내 반으로 돌아가려고 하던 도중, 방금 내 팔을 붙잡았던 어떤 학생이 나에게 말했다.

"돌아가고 싶지?"

나는 당황하며 그 학생에게 되물었다.

"엥?"

"빨리 대답해. 돌아가고 싶어, 아니면 그냥 이대로 지내고 싶어?"

알지도 못하는 사람이 갑자기 말을 걸어서 다짜고짜 묻는 것이 "돌아가고 싶냐?"라니, 이게 무슨 상황일까. 내가 말했다.

"난 네가 누군지도 모르는데 갑자기 무슨 소리를 하는 거야?"

그러자 그 학생은 묘한 웃음을 지으며 얘기했다.

"네 친구들이 어디로 갔는지 궁금하지 않아? 네 친구들뿐만이 아닌 다른 사람들도 돌아간다고 얘기했는데. 너도 돌아가길 바라는 거 아니었어?"

나는 흠칫 놀랐다. 어제 우리가 했던 이야기를 들은 것도 아닌데, 그 학생은 마치 내 마음을 읽는 것마냥 이야기를 이어 나갔고, 나는 아무 말 없이 듣기만 했다.

"그러니까 내가 그리워하는 때가 있어서 네가 날 찾아온 거고, 내 시간을 되돌릴 수 있다는 말이지?"

"이제야 이해가 되나보네. 시간은 한 달이고 네가 과거로 돌아가 어떤 선택을 하느냐에 따라 돌아왔을 때에 결과도 바뀔 수 있어. 나 바쁘니까 시간 끌지 말고 5초안에 말해."

그 학생의 말투가 불쾌하긴 했지만, 과거로 되돌아 갈 수 있게 해 준다는 말에 솔깃한 나는 아무 말 없이 고개를 끄덕였다.

"잘 생각했어. 손목 좀 내밀어봐."

내가 손목을 내밀자, 그 학생은 내 손목에 "D-30"이라고 적힌 도장을 찍었다. 나는 의아해하며

"시간을 되돌리는데 웬 도장이야?"

라고 말했다. 그 학생은 "넌 항상 여전하네."라는 의미심장한 말을 남기며 내 뒤로 지나갔다. 뒤를 돌아보자 그 학생은 온데간데없었다. 밤이 되어서도 나는 과거로 되돌아가지 않았고, 아무 일도 일어나지 않았다.

나는 집으로 돌아가 침대에 누워 '얼굴도 모르는 사람이 불쑥 찾아와서

과거로 되돌려준다는 말을 믿다니. 어느 누가 시간을 되돌릴 수 있겠어. 신경 쓰지 말고 그냥 잠이나 자야지.' 하고 잠이 들었다.

그날 밤, 나는 이상한 꿈을 꾸었다. 나는 어항 속에 있는 한 마리의 물고기였고, 좁디좁은 어항을 끝도 없이 헤엄쳤다. 나는 어딘가에 있을 종점을 생각하면서 그 꿈이 깰 때까지 계속 앞으로 나아갔다.

3. 다시 코트 안으로

아침이 되고, 나는 침대에서 떨어지고 나서야 잠에서 깨어날 수 있었다. 잠을 제대로 못 잔 탓일까. 왠지 모르게 온몸의 근육이 쑤셨다. 나는 '그래도 기다리면 나아지겠지.'라는 생각으로 평소와 다름없이 씻고 나와 옷장을 열어보았다. 하지만 옷장에는 고등학교 교복이 없었다. 혹시나 하는 마음에 집안 곳곳을 살펴봤지만 교복은커녕 생활복과 체육복도 보이지 않았다. 내 눈 앞에 있는 옷은 중학교 교복밖에 없었는데, 마치 오늘 입으려고 꺼내놓은 듯 깔끔하게 다려져 있었다.

나는 어제 학교에서 만났던 그 학생이 생각나 다급히 내 손목을 바라보았다. 놀랍게도 손목에 "D-30"이라고 찍혀 있던 도장은 어느새 "D-29"로 바뀌어져 있었다. 나는 내 손목을 바라보며 한참동안 가만히 서 있었다. 다급하게 욕실에 들어간 나는 내 손목에 있는 도장을 지워보려 했다. 하지만 아무리 씻어내도 도장은 지워지지 않았다. 나는 내 방으로 달려가 책상 위에 있는 달력을 살펴보았다. 책상 위의 달력은 내가 작년에 사용했던 달력이었다. '과거의 나'가 어제 운동을 하고 난 후 생긴 근육통이라는 것도, 중학교 교복이 다려져 있던 이유도 전부 중학생 시절로 돌아온 것을 깨닫고, 그제야 내가 과거로 돌아왔다는 것을 실감할 수 있었다.

현실에서는 절대 일어나지 않을 일이 지금 나에게 일어나다니. 기뻐했던 것도 잠시, 나는 걱정에 빠지기 시작했다.

'내가 없는 한 달 동안 원래의 시간은 흘러가는 걸까?', '내가 예전과 다른 선택을 하면 원래대로 돌아갔을 때 완전히 바뀌어져 있을까?'

잡다한 생각이 내 머릿속을 채우며, 생각하면 생각할수록 내 마음만 착잡해졌다.

그때 내 방 안의 긴 침묵을 뚫고 알람 소리가 울렸다. 휴대폰을 쳐다보니 시간은 8시였다. '헉, 지각이다!' 나는 허둥지둥 짐을 싸 집 밖으로 나왔다.

내가 학교에 도착했을 때에는 벌써 8시 10분이었다. 나는 다급히 교문 안으로 들어섰다. 그런데 8시가 지났음에도 불구하고 선생님들이 서계셨다. 나는 혼날 생각에 잔뜩 풀이 죽어 신발장으로 걸어갔지만, 아무도 나를 잡지 않았다.

뒤를 돌아보니 다른 학생들이 아무렇지 않게 교문으로 들어왔다. 생각해보니 중학교 등교시간은 8시가 아니라 8시 20분까지였다. 나는 안도의 한숨을 쉬며 슬리퍼로 갈아 신었다.

그때 강당에서 배구부 친구들이 나왔다. 그 친구들 중 한 명이 나를 가리키더니, 갑자기 나에게로 다가온 후 퉁명스럽게 말했다.

"너 왜 안 왔어?"

나는 아무런 영문도 모른 채 대답했다.

"응?"

"아침 연습 말이야. 네가 어제 모이라고 했었잖아."

그 친구는 배구부 단체 채팅방을 나에게 보여 주었고, 나는 친구들에게 '전국대회까지 얼마 안 남았으니까 아침 연습은 아무도 빠지지 마.'라고 공지했었다

나는 '과거의 나'가 보낸 내용 때문에 학교에 오자마자 배구부 친구들에게 된통 혼났다.

"미안해. 내일부터는 일찍 올게."

"알겠어. 오늘 점심시간에 강당 앞으로 와."

갑작스러운 질문에 당황하긴 했지만, 오늘 친구들이 말해 주지 않았다면 내일은 물론 한 달 동안 천천히 나올 뻔했다.

그렇게 배구부 친구들과 이야기가 끝나고, 나는 교실로 올라갔다. 계단을 오르면서 내가 교실에 들어갔을 때 어떤 식으로 행동해야 자연스러울지 고민했다. 생각에 잠기며 계단을 오르니 어느덧 4층에 다다랐다.

내 기억에 우리 반은 6반이었다. 나는 뒷문을 조심스럽게 열며 뒤에 붙어 있는 좌석 배치표를 보고 내 자리에 앉았다. 내 자리는 좌석 배치표를 보지 않아도 누구나 다 알 것 같았다. 고등학교에서도 책상 위가 지저분하지만 이 정도로 심각하진 않았는데.

'청소 좀 하고 살지.'

나는 내 자리 위에 있는 책과 물건들을 다 사물함에 넣고 책상 서랍 안에 있던 교과서를 가지런히 정리했다.

나는 모든 정리를 마치고 자리에 앉았다. 조금 뒤, 담임 선생님이 우리 반에 들어오셨다. 선생님은 별다른 공지 없이 책을 읽으라고 하셨다.

생각해 보니 우리 반은 자습 시간마다 책을 읽어야 했다. 그래서 자습 시간에 떠들거나 잘 때마다 선생님의 등 따가운 시선이 느껴졌다. 심지어 우리 반의 자습 시간에는 숙제도 할 수 없었다. 나는 아무 생각도 없이 멍을 때리며 자습 시간을 보냈다.

수업 시간은 재밌었다. 지루한 고등학교의 수업만 듣다가 예전에 배웠던 중학교 수업 내용을 다시 들으니 생각보다 훨씬 흥미로웠다. 내가 평소에 잘하지 못했던 과학도 다시 들으니 더 쉽게 이해되었다. 과학 선생님은 평소에 잘하지 못하던 내가 갑자기 답도 잘하고 빠르게 이해해서 놀라셨다. 이미 한 번 들었던 내용을 다시 듣는 것이니 내게는 복습이나 다름없었다. 아무래도 고등학교 수업을 듣던 내가 중학교 수업을 들으니 학습지 한 장을 채우는 것

또한 식은 죽 먹기였다.

고등학교 수업시간보다 5분 더 짧은 중학교 수업시간은 생각보다 빠르게 지나갔다. 어느덧 3교시가 끝나고, 나는 시간표를 보면서 4교시 과목의 교과서를 찾으러 갔다. 그런데 친구들이 하나둘씩 일어나더니, 다들 계단을 내려가기 시작했다. 나는 무슨 일인지 의아해했지만, 생각해 보니 중학교 때에는 3교시가 끝나고 급식을 먹었던 게 떠올랐다.

때마침 교실에서 나온 배구부 주장과 만나 다른 배구부 친구들을 기다린 뒤 같이 급식실로 갔다.

오랜만에 먹은 중학교 급식은 정말 맛있었다. 나는 밥을 다 먹을 때까지 감탄을 금치 못했고, 내 옆에서 같이 밥을 먹던 배구부 친구들은 나를 이상하게 쳐다봤다. 밥을 다 먹고, 우리 배구부는 급식 실을 나왔다. 1층으로 내려와 매점을 거쳐 강당으로 가는 도중에 옆에 있던 거울을 쳐다봤다. “배구부”라는 이름을 달고 단체로 몰려다니는 우리의 모습은 여전히 멋있었다.

우리 중학교는 배구 중심의 학교인데, 배구와 관련된 일이라면 지원을 아끼지 않았다. 그래서 배구부는 학교를 대표하는 운동부이자, 선생님과 학생의 주목을 받는 대상이기도 했다. 또 우리 여자 배구부 말고도 “프로 배구”라고 말할 수 있는 남자 배구부가 있는데, 두 배구부 전체가 모여서 다닐 땐 다른 학생들이 길을 터줄 정도로 위엄이 있었다.

우리는 다른 학생들의 시선을 받으며 강당으로 들어갔다. 고맙게도, 남자 배구부가 네트를 맞춰 주고 있었다. 우리는 모여서 준비 운동을 하고 점심시간 동안 한 게임을 붙기로 했다.

경기가 시작되고, 남자 배구부 쪽에서 먼저 서브를 넣었다.

첫 번째로 서브를 넣은 사람은 배구부 주장인 2학년인데, 2학년임에도 불구하고 큰 키와 뛰어난 실력을 갖고 있어서 주장이 되었다고 한다.

어느 쪽으로 공이 올지 기다리고 있던 참에, 공은 빠르게 네트를 넘어오고 있었다. 나는 공의 궤도를 예측해 적절한 자리에 찾아갔다. 그런데 공은 내 예상과 다르게 떨어졌다. 내 예상대로였다면 정확하게 내가 서 있는 자리에 떨어졌을 텐데, 공은 거의 수직으로 꺾이다시피 떨어졌다.

그 서브는 플로터 서브[1]이다. 하필 수비하는 사람들이 가장 받기 까다로워 하는 공으로 서브를 넣다니!

나는 공을 받지 못해 그 자리에서 그대로 얼어붙었고, 내 옆에 있던 배구부 친구들은 놀란 듯이 나를 쳐다봤다. 나는 재빨리 미안하다고 사과한 후, 다음 서브를 받기 위해 자세를 잡았다. 하지만 2학년 배구부 주장의 서브는 여전히 예측할 수 없었다.

배구부 주장의 서브를 하나도 받지 못해 4점이나 내주었을 때, 옆에 서 있던 친구가 나에게 말했다.

"너 오늘 왜 그래? 컨디션 안 좋아?"

나는 웃으면서 머쓱하게 말했다.

"너무 오랜만에 해서 적응이 안 되네. 미안."

"무슨 소리야? 너 어제도 밤늦게까지 연습하다가 갔잖아. 누가 들으면 한 1년은 쉰 것 같이 말하네."

나의 계속된 실수에 우리 배구부는 물론 남자 배구부까지 당황했다. 결국 이 게임은 온전히 나의 실수로 인한 패배가 되어 버렸다.

아무래도 남자 배구부는 선수 등록이 된 프로 선수에 키도 커서 우리에게 불리한 게임이었다. 하지만 우리는 이기려고 게임을 하는 것이 아니라 배우기 위해서 게임을 하는 것이기 때문에 항상 승패에 연연하지 않았다.

그런데 이번 게임은 상황이 다르다. 내 실수로 인해 팀에게 민폐만 끼치고,

---

1) 플로터 서브 : 손목을 사용하지 않고 오직 손바닥으로 밀어 넣는 서브. 공의 변화가 심하기 때문에 리시브하기 힘든 서브이다.

팀 분위기까지 안 좋게 만들어버린 나는 부끄러워서 얼굴을 들 수가 없었다. 팀원들은 괜찮다며 나를 다독여줬지만, 몇 개월 쉬었다고 이렇게까지 실력이 낮아졌다는 생각에 기분이 좋지 않았다.

나는 수업시간 내내 배구 생각에 잠겼다. 앞으로의 한 달을 어떻게 써야 할지 고민하면서, 예전보다 더 부족해진 실력으로 어떻게 배구를 해야 할 지 막막했고 한 달 안에 원래 실력을 되찾을지도 의문이었다.

과연 내가 잘할 수 있을까?

4. 우리의 네트 플레이

학교 수업이 마친 뒤, 나는 가방을 챙겨 강당으로 향했다. 강당 문 앞에서 서자, 걱정이 앞섰다. 점심시간 때처럼 연습할 때에도 우리 팀에게 지장을 줄까 봐 선뜻 들어가지 못했다. 그러자 뒤따라오던 배구부 주장이 내 어깨를 잡고 얘기했다.

"뭐해? 안 들어가?"

"……."

"안에서 애들이 기다리겠다. 빨리 가자."

내가 대답하기도 전에, 주장은 내 손을 잡고 강당으로 들어섰다.

우리 학교에는 강당이 2개가 있는데, 점심시간에 연습했던 강당은 1층 강당이었고, 방과 후 시간에 연습하는 강당은 다른 건물 3층에 있는 '예체능관'이었다. 예체능관은 1층 강당보다 훨씬 더 넓고, 진짜 대회 경기장 같은 구조이다. 오랜만에 들어가는 예체능관은 감회가 새롭고, 강당이 넓은 탓인지 괜히 심장이 두근거렸다.

우리는 준비 운동을 하면서 수다를 떨었다. 그러던 중, 강당 문을 열고 감독님이 들어오셨다. 친구들은 얘기하던 입을 꾹 다물고 준비 운동에 전념하기 시작했다.

오랜만에 보는 감독님은 여전히 카리스마가 넘치셨다. 배구부를 잘 챙겨 주시지만 운동할 때만큼은 어느 누구보다 진지하신 분임을 알기에 다들 조용해진 것이다.

준비 운동을 끝내고 난 후 우리는 감독님 앞에 모였다. 우리가 모두 모여 열중쉬어 자세를 하고 감독님이 말씀을 꺼내셨다.

"준비 운동은 빠짐없이 했나?"

"예!"

너무 오랜만에 하다 보니 열중쉬어 자세를 취하는 것도, 대답을 크게 하는 것도 만화에서만 보던 배구부 같기도 해서 어색했지만, 내가 다시 배구부로 돌아왔다는 걸 실감했다. 감독님은 계속 해서 말씀을 이어 나가셨다.

"우리가 1학기 때 대구 대회에서 우승했기 때문에 2학기에는 전국 대회를 나가야 한다는 것을 잘 알고 있을 거다. 각 지역에서 우승했던 팀들이 올라오는 것이기 때문에 전보다 더 열심히 연습해야 할 거야. 우리 팀은 절대 빈틈을 만들지 않는다. 알겠나?"

"예!"

"좋아. 그럼 가볍게 코트 10바퀴만 뛰고 온다."

10바퀴를 뛰고 난 후, 감독님은 언더 리시브와 오버 리시브를 각각 100개씩 하고 벽에 대고 100개씩 하라고 말씀하셨다.

'이것도 못하면 어떡하지?'라는 불안감을 가진 것도 잠시, 점심시간에 받았던 남자 배구부 주장의 서브에 비해서는 너무 쉬웠다. 그래도 명색이 센터였으니, 완전히 감을 잃은 건 아닌 것 같아 안도했다.

나는 다른 배구부원보다 일찍 끝내고 주장과 2인 1조로 200개씩 공을 주고받았다. 그러고 난 뒤, 우리는 벽에 대고 스파이크 연습을 했다. 나는 스파이크를 오랫동안 이어 나가지 못했다. 많아 봤자 10개 내외였다.

나는 예전부터 스파이크가 잘 되지 않았다. 제자리에서 때리는 것은 그나마 낫지만 점프하는 타이밍에 맞춰 스파이크를 하는 것은 생각보다 쉽지 않았고, 과거로 돌아와도 여전히 모르는 것은 마찬가지인 것 같았다. 그때 잔꾀를 부려가면서 연습을 안 한 내가 원망스러웠다.

우리는 모두 개인 훈련을 마치고 나서, 편을 짜 경기를 시작했다.

내 포지션은 '센터'로, 수비에 흔들림이 없어야 하고 '레프트'나 '라이트'처럼 강한 스파이크보다는 속공이나 블로킹에 더 신경을 써야한다.

또 "팀의 뇌"라고도 할 수 있는 '세터'가 첫 번째에 공을 받게 되거나 흔들리게 되면, 공격수에게 토스를 올려 주어야 되므로 1초라도 방심하면 안 되는 포지션이다.

코트 안으로 들어가고 센터 자리에 서자, 오늘 했던 실수들이 생각나면서 이런 중요한 포지션을 계속 맡았던 내가 대단하게 느껴질 따름이었다.

편을 다 짜고 난 후 경기를 준비하면서, 웃으면서 얘기하던 배구부 친구들의 입가에는 어느새 웃음이 없어졌다. 비록 연습경기이지만, 다들 진지한 자세로 임하면서 경기에 집중하기 시작했다.

'언제까지 가만히 서 있을 수는 없지.'

우리 팀은 한데 모여서 파이팅을 외쳤다.

경기가 시작되고, 심판을 맡은 코치 선생님의 호루라기 소리가 강당 전체에 울려 퍼졌다.

서브는 우리 팀에서 먼저 넣게 되었고, 레프트 포지션인 배구부 주장이 아웃라인 뒤로 가 서브를 준비했다. 주장이 넣은 강한 스파이크 서브는 내 머리 위를 빠르게 지나가면서 상대편 코트 안으로 넘어갔다. 상대 센터가 공을 받고, 세터에게로 공이 날아갔다. 세터는 곧바로 레프트에게 공을 올려 주었다. 상대 레프트는 강한 스파이크를 날리며, 어느새 배구공은 우리 팀 코트로 넘어왔다.

공은 내 쪽으로 빠르게 날아왔다. 나는 자세를 낮추고 리시브 자세를 취하면서 공을 받으려 했다.

"팡!" 하는 소리와 함께 내가 받은 공은 기분 좋게 우리 팀 세터 쪽으로 올라갔다. 그 순간 짜릿한 전율을 느끼면서 오늘 공을 제대로 받지 못했던 기억이 모두 사라지게 되었다.

우리 팀 세터는 내가 올려 줬던 공을 레프트에게 토스했고, 레프트는 정확하게 상대 팀 코트의 빈 곳을 노리면서 스파이크를 때려, 첫 점수는 우리 팀이 가져가게 되었다. 이제야 내가 왜 다시 배구를 하던 시절로 돌아가고 싶었던 것인지 깨닫게 되었다.

배구를 잘하려면 누구보다 더 많이, 더 오래 연습해야 한다고 말씀하시는 우리 감독님의 말씀이 떠올랐다. 아무리 배구에 재능이 있다고 하더라도 아무런 노력도 하지 않으면 성장할 수 없다는 말을 귀에 피가 나도록 들었는데, 나는 이제야 배구를 꾸준하게 하는 것이 정말 중요하다는 것을 깨달았다.

고등학교에 입학하고 난 후 배구를 6개월 동안 할 수 없어 머리로는 까먹은 것 같았지만, 중학교 시절에 항상 배구만 했던 내 몸이 배구에 대한 "감"을 기억하고 있는 듯했다.

나는 우리 팀 코트로 넘어오는 공을 정확하게 받아내며 우리 팀의 승리로 1세트를 마무리했다. 한 세트를 하고 나니 다시 예전의 감각을 되찾은 것은 물론이고, 점심시간보다 더 민첩해지고 센스가 좋아진 것 같았다.

1세트를 끝내고, 우리는 쉴 틈도 없이 코트 체인지[2)]를 한 다음 2세트를 준비했다. 2세트에는 내가 처음 서브를 시작하게 되었다. 나는 엔드라인 밖으로 나가 스파이크 서브를 넣기 위해 자세를 잡았다.

호루라기 소리가 들리고, 나는 공을 내 머리 위로 띄웠다.

내가 공을 던진 순간, 나는 아차 싶었다.

스파이크 서브를 할 때에는 "내 팔을 쭉 뻗어도 공에 닿을 수 있을까?"라는 의문이 들 정도로 공을 앞에 던지고 스파이크 서브를 해야 하는데, 너무 뒤쪽에 던져 버린 것이다. 한번 던진 공을 잡고 다시 서브하면 경기 규칙에

---

2) 코트 체인지 : 각 세트가 끝난 뒤 또는 일정한 득점 후에 서로 코트를 바꾸는 일

어긋나므로, 나는 재빠르게 주먹을 쥐며 공을 쳤다.

배구공은 네트에 걸리면서 당연히 넘어가지 않았다고 생각해 고개를 숙이고 내 자리로 돌아가고 있었다.

그런데 이게 웬 행운인가! 배구공이 네트 위에서 비틀비틀 거리다가 상대편의 코트에 떨어졌다. 우리 팀은 다 같이 외쳤다.

"서브 에이스[3)]!"

의도치 않은 득점이었지만, 서브 에이스로 우리 팀의 분위기는 한층 더 좋아졌다. 내 서브 에이스 이후로도 좋은 리시브와 스파이크를 이어 나갔고, 어느덧 2세트의 세트 포인트에 접어들게 되었다.

'세트 포인트'는 세트의 승부를 결정짓는 마지막 1포인트로, 상대방과 점수 차가 많이 난다고 할지라도 절대 방심하지 않고 끝까지 경기에 집중해야 한다.

호루라기 소리가 들리고, 어쩌면 이번 게임을 끝맺을 수 있는 서브 차례가 오게 되었다. 우리 팀 주장의 강력한 스파이크 서브로 상대 팀의 리시브가 흔들렸고, 상대 팀은 결국 스파이크로 연결시키지 못해 공은 우리 코트로 쉽게 넘어왔다.

공은 완벽한 포물선을 그리면서 세터가 토스하기 쉽게 올라갔다. 나는 레프트에게 공을 주면서 게임을 마무리할 줄 알고 커버를 준비하고 있었다. 그때 나와 세터의 눈이 마주쳤다. 1초도 안 되는 짧은 시간에 나는 바로 커버 자세를 취소하고 공격을 준비했다.

우리 팀 세터는 나에게 토스를 해 주었고, 나는 뒤에서부터 달려 나와 높게 점프하고, 있는 힘껏 팔을 휘둘러 공을 내려쳤다.

---

3) 서브 에이스 : =서비스 에이스. 공격 팀에서 넣은 서브를 수비 팀에서 받지 못하고 코트 안으로 그대로 떨어지는 것.

점프를 뛰고 난 후, 내가 때린 공은 이미 상대편 코트에 떨어져 있었다. 우리 팀은 환호하며 서로를 부둥켜안았다.

유난 떠는 것이라고 생각할 수도 있겠지만, 연습 경기임에도 불구하고 누구보다 진지하게 경기에 임했기 때문에 평소보다 더 기뻐했다. 내가 마지막에 쳤던 스파이크는 오늘 쳤던 스파이크 중 가장 손에 잘 맞았던 스파이크였다.

우리는 배구공을 정리하고 함께 감독님 앞으로 집합했다. 감독님은 우리에게 더 연습이 필요하다고 말씀하셨지만, 우리가 제대로 하지 못하는 게 있을 땐 바로 지적하시는 분이 오늘은 웬일인지 아무런 지적도 하지 않으셨다.

아직 과거로 돌아와서 연습한 지는 하루밖에 되지 않았지만, 내 실력은 녹슬지 않고 그대로 있다는 사실에 의기양양한 모습으로 감독님께 인사드리고 짐을 챙겼다.

예체능관을 나와 밖으로 나서자 밖은 어두컴컴해졌고, 시간은 벌써 8시를 가리키고 있었다. 나는 약간 부은 왼쪽 손을 쥐었다 폈다 하며 스파이크를 쳤던 감각을 회상해 보고 리시브를 할 때에 느꼈던 짜릿한 전율을 떠올렸다.

나는 집으로 돌아가는 길에 나도 모르게 '학교 가고 싶다.'라고 생각했다. 고등학교에서는 항상 수행평가에 치이고 빈번히 치르는 시험 때문에 쉴 틈도 없었는데, 배구는 온몸에 땀이 날 때까지 해도 내 지친 몸과 마음을 위로해 주는 느낌이었다.

내일 다시 학교에 가서 배구 경기를 할 생각을 하니 신이 절로 났다. 나는 집으로 흥얼거리며 뛰어갔다.

5. 전학생, 알 수 없는 로테이션

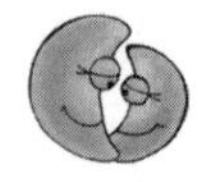

"D-16."

나는 앞으로 16일이 남았다는 것이 선명히 드러나는 손목을 보며 학교로 향했다. 내가 다시 중학교에 다니게 되면서 떠올리게 된 몇 가지 기억이 있다. 첫 번째, 다른 학생들처럼 교복을 차려입고 등교하지 않아도 된다는 점이었다. 배구부는 아침 연습을 해야 하기 때문에 체육복을 입고 등교해도 아무도 혼내지 않는다. 두 번째, 배구부는 수업시간에 자도 다른 학생들처럼 크게 혼내지 않는다. 여자 배구부 중에서 자는 학생은 많이 없었지만, 남자 배구부는 점심시간을 제외하고 계속 잔다. 수업이 마친 후에는 밤까지 운동을 해야 하기 때문에 선생님들도 이해해 주시는 눈치였다. 마지막으로, 수업시간 종이 친 후 수업 도중에 들어가도 대부분의 선생님들은 배구부 훈련이 있다는 것을 알고 계시기 때문에 우리를 혼내지 않으셨다.

나는 다른 것보다 체육복 등교가 허용된다는 점이 정말 좋았다. 다른 학생들처럼 교복을 입고 등교하지 않아도 선생님들께 혼나지 않는다는 점 때문이었다. 배구부가 아닌 학생이 체육복을 입고 등교하면, 선생님들께서는 그 학생을 잡아 운동장 2바퀴를 달리라고 말씀하신다.

오늘도 어김없이 아침 연습을 하고 난 후, 신발을 갈아 신고 우리 반으로 올라갔다. 자습시간을 알리는 종이 울리고, 우리는 모두 책을 꺼내 조용히 책을 읽기 시작했다. 그런데 종이 치는 시간에 칼같이 들어오시던 담임 선생님께서 10분이 지나도 오지 않으셨다. 우리는 웅성웅성 대면서 교실 앞문을 열어 교무실 쪽으로 머리를 내밀었다. 교무실 쪽에서는 선생님이 걸어오고 계셨다. 우리 반 친구들은 재빨리 자리에 앉아 조용히 책을 잡았다.

교실 문이 열리고, 선생님께서 들어오셨다. 그런데 선생님 뒤에는 웬 남학생이 들어왔다. 그 남학생은 배구를 하러 전학 온 남자 배구부였다.

사실 나는 전학생이 어디에서 온 누구인지 알고 있다. 이름은 김성진, 키는 181cm로 동호중학교에서 전학 온 배구부이다. 이때쯤에 배구부 5명이 전학을 오면서 재미있게 3학년 생활을 마무리할 수 있었다. 특히 우리 반 배구부와 빠르게 친해진 덕분에 다른 반 배구부와도 친해질 수 있었다.

종이 치고 난 후, 다른 반 친구들이 우리 반 앞으로 몰려와 전학생을 구경했다. 1교시가 지나도, 2교시가 지나도 다른 반 친구들은 여전히 우리 반 배구부를 보러 왔고, 결국 복도로 통행이 안 될 정도로 우리 반 교실 문은 다른 반 학생들로 붐볐다.

우리 반 앞에 다른 반 학생들이 하나같이 모여 배구부인 전학생을 구경하는 이유는 이상한 소문 때문이었다.

아침 자습시간에 우리 반 앞을 지나가던 학생이 전학생의 얼굴을 보고 다른 반 학생들에게 잘생겼다는 소문을 퍼트려 3학년 전체에 알려지면서 우리 반 앞으로 사람이 붐비게 된 것이다.

나는 교실 밖을 나가 다른 반 친구에게 물었다.

"우리 반에 전학 온 배구부 말이야. 네가 생각했을 땐 잘생긴 것 같아?"

"완전 잘생겼지. 운동도 잘하고 키도 큰데 가뜩이나 잘생긴 배구부라니. 너무 멋있지 않아?"

물어본 내 잘못이지. 내가 우리 반 배구부를 너무 오랫동안 봐서 적응한 것일지도 모르겠지만, 잘생겼다고 말하고 다니는 것은 전혀 이해할 수 없었다. 지금은 아무에게나 물어봐도 잘생겼다고 얘기하고, 친해지고 싶다고 말할 것이다. 그놈의 사악한 본성도 모르니까 말이다.

김성진은 전학 온 후 나와 가장 먼저 친해졌다. 아무래도 배구부는 전학생이다 보니 궁금한 점이 많고 모르는 점도 많았을 것이다. 하지만 옆자리에 앉은 친구와는 별로 친하지 않았던 탓인지, 말하고 싶은 게 생길 때마다 나와 이야기를 나누었다. 문제는 전학생이 수업시간에도 계속 말을 걸어 수업에 방해가 되었다는 점이다.

한 번은 김성진이 수업시간에 나에게 말을 걸었는데 선생님께서 수업에 집중하라고 화를 내신 적이 있다. 그런데 내가 혼날 때 전학생은 자기와는 아무런 상관이 없다는 듯한 표정을 하고 멀뚱멀뚱 앞만 바라보고 있었던 것이다. 나는 수업태도 감점을 받고 다시 수업을 들었다. 이후로도 나에게 장난을 치면 혼나는 사람은 항상 나였다. 선생님들이 보시기에는 조용하고 가만히 있던 아이가 먼저 말을 걸 것이라고는 생각도 하지 못하셨을 것이다. 물론 그런 일 때문에 전학생이 싫은 것은 아니지만, 나에게는 그렇게 장난을 치던 아이가 지금 저 자리에 앉아서 조용한 척하고 있는 모습을 보고 있자니 어이가 없었다.

나는 뚱한 얼굴로 수업을 들었다. 여전히 그 애는 다른 친구들에게 관심을 받고 있었다. 나는 그 아이를 노려보았다.

'언제까지 저러는지 보자.'라고 생각한순간, 김성진과 눈이 딱 마주쳐 버렸다. 나는 당황해 황급히 눈을 돌렸다.

생각해 보니 아직 배구부와 말도 섞지 않았는데, 계속 노려보았으니 전학생의 입장에서도 충분히 이상하게 생각했을 것이다. 나는 한숨을 쉬며 다시 수업을 들었다.

넋 놓고 수업을 듣다 보니 어느덧 마지막 7교시가 다가왔다.

7교시는 역사시간이었다. 역사시간에는 "역사 뮤지컬"이라는 수행평가를 하고 있었다. 모둠으로 뮤지컬을 하는 것이라 4명으로 조를 구성해 조를 편성했다.

조금 뒤에 역사 선생님이 들어오시고, 우리는 수행평가 조대로 자리에 앉았다. 모두 자기 조로 가서 앉았을 때, 김성진은 일어서서 교실 모퉁이에 서 있었다. 선생님은 그 아이를 보고 말했다.

"네가 이번에 새로 전학 온 친구구나. 조를 정해야 할 텐데……. 어느 모둠이 좋을까?"

'제발 우리 조만 아니면 좋겠다.'

나는 선생님의 눈을 피하며 모둠 친구들과 이야기를 나눴다. 그때 선생님이 나에게 말씀하셨다.

"아, 그래. 성은이가 배구부였지?"

선생님은 웃으면서 김성진을 교탁으로 부르고 말씀하셨다.

"저 자리에 앉아 있는 친구가 성은이란다. 저 친구 옆에 가서 앉으면 될 것 같아."

선생님은 김성진과 이야기를 나누고 난 후 나를 교탁 앞으로 부르셨다. 나를 전학생 옆에 세우시더니 우리 둘을 보고 얘기하셨다.

"너희들은 같은 배구부니까 친하게 지내야 한다. 알겠지? 전학 와서 적응도 안 되고 힘들 수도 있으니까 성은이 네가 잘 챙겨 주렴."

나는 웃으면서 말했다.

"걱정 마세요 선생님."

'하…….'

나는 김성진과 같이 자리로 들어가 아까 하던 모둠활동에 대해 다시 이야기했다. 수업시간이 끝나고 난 후, 우리 모둠은 우리가 다른 모둠에 비해 많이 하지 못한 것 같다고 얘기했다. 그때 우리 모둠의 한 친구가 말했다.

"그러면 오늘 마치고 남아서 아이디어 구상 조금만 하다가 가는 게 어때?"

다른 친구들도 찬성하는 분위기였지만, 전학생은 친구들의 눈치를 보며 아무 말도 하지 않았다. 보다 못한 내가 친구들에게 말했다.

"얘 배구부라서 마치고 못 남아. 나도 훈련하러 가야되고. 너희가 오늘 구상해놓으면 내가 아침에 일찍 와서 마무리 지어놓을게."

"알겠어. 오늘 연습 잘하고 내일 봐."

전학생은 당황한 듯 나를 쳐다보았다.

'오늘 처음 보는 친구가 자기를 감싸주니 당황할 만 했겠지.'

나는 아무렇지 않은 척 하며 내 자리로 돌아가 짐을 쌌다.

내가 교실 문을 열고 강당으로 가려고 할 때, 김성진이 내 손목을 잡고선 나에게 말했다.

"같이 가자."

그렇게 나는 얼떨결에 전학생과 같이 강당으로 향했다. 우리는 2층으로 내려가면서 아무 말도 하지 않았다. 그러다가 강당에 도착할 때 쯤 김성진이 나에게 말을 걸었다,

"고마워."

"뭐가?"

"아까 내가 아무 말도 못하고 가만히 있을 때 말이야. 그때 친구들한테 대신 얘기해 줘서 고맙다고."

"아니, 뭘 그런 거 가지고……."

나는 말을 얼버무리며 강당으로 들어갔다. 강당 문을 열고 들어가니 이번에 전학 온 배구부가 일렬로 서서 감독님을 기다리고 있었다. 우리 반 전학생은 강당으로 들어와 나에게 말했다.

"저기, 너 배구화 놓고 갔어."

"아. 고마워."

"이걸로 아까 빚은 갚은 거다?"

김성진은 웃으면서 나에게 배구화를 건네주었다. 여전히 저 친화력은 바뀌질 않는 듯했다.

우리가 얘기하는 동안 여자 배구부도 하나둘씩 모이고 남자 배구부도 모

두 집합했다. 몇 분 뒤 감독님이 들어오시고 오늘 할 훈련에 대해 설명해 주셨다.

"오늘은 새 친구들도 온 겸 시합 한번 붙어 보자. 개인적으로 몸 풀고 30분 뒤에 시작한다."

"예!"

우리는 평소와 같이 코트를 돌고 개인적으로 리시브와 토스를 하며 몸을 풀었다. 나 역시도 개인적으로 리시브와 토스 연습을 마친 뒤 우리 배구부 주장에게 2인 1조로 연습하자고 얘기하러 가고 있었다. 그때 우리 반 전학생이 옆으로 다가와서 말했다.

"야, 나랑 2인 1조로 하자."

나는 다른 사람에게 말한 줄 알고 계속 걸어갔다. 그러자 전학생은 내 이름을 부르면서 크게 소리 질렀다.

"성은아, 같이 하자니까?"

나는 깜짝 놀라 김성진을 쳐다보며 말했다.

"뭐야, 너 내 이름 어떻게 알아?"

"아까 선생님이 말씀해 주셨으니까 알지, 바보야."

전학생은 나를 보며 또 다시 웃었다. 김성진의 말투가 평소와 같지는 않았지만, 나는 대수롭지 않게 넘기며 공을 만졌다. 나는 많은 학생들 중에 왜 하필 나랑 2인 1조로 리시브 연습을 하자는 건지 이해가 되지 않았다. 나는 일단 알았다고 대답한 뒤 전학생과 나란히 서서 자세를 잡았다.

오랜만에 우리 반 배구부와 배구를 하니 감회가 새로웠다. 역시 프로를 준비하는 배구선수는 다르다는 생각이 들었다. 그 아이의 자세를 보면 하나도 흐트러진 것 없이 완벽했다. 자세뿐만이 아니라 실력까지도 완벽했다. 김성진은 우리 학교로 전학을 오기 전에 동호중학교에서 3년 동안 주장을 맡았다. 역시 1학년 때부터 주장을 맡은 데에는 다 그럴 만한 이유가 있다는 것을 느꼈다.

또 김성진은 나와 같은 왼손잡이이다. 확실히 다른 아이들이 오른손으로 때리는 것을 보고 배우는 것보다는 김성진의 스파이크를 보면서 배우는 것이 나에게는 더 도움이 되었다.

나는 계속해서 김성진과 함께 리시브와 토스를 연습했다. 내가 토스를 하자, 계속해서 공을 올려 주던 김성진이 공을 잡고 나에게 다가왔다.

"토스할 때에는 손이 흐트러지면 안 돼."

그러고 나선 내 손목을 잡고 바른 자세를 가르쳐 주었다.

'너무 가까이에 있는 거 아니야?'

나는 내 손목을 잡은 김성진의 손을 내리고 괜히 성질을 냈다.

"나도 할 줄 알거든?"

김성진은 다시 웃으면서 말했다.

"알겠어. 그 고집은 여전하네."

나는 계속 연습을 이어 나가다가 김성진의 말을 다시 떠올렸다.

'여전하다고? 우리는 오늘 처음 봤을 텐데 어떻게 여전하다는 말이 나오지?'

생각해 보니 오늘 김성진과 한 대화는 예전에 했던 대화와 달랐다. 내가 김성진에게 처음부터 말을 걸지 않았기 때문에 일어난 결과일수도 있지만, 오늘따라 김성진은 나를 너무 잘 알고 있는 사람처럼 느껴졌다.

벌써 몸 풀기 시간인 30분이 지나갔다. 감독님이 다시 강당으로 들어오신 뒤, 우리는 경기를 하기 위해 팀을 짰다. 우리는 여자 배구부에서 반으로 나누고 남자 배구부에서 반으로 나눠 혼성 경기를 하기로 했다. 우리는 가위 바위 보로 이긴 사람과 진 사람으로 나누어 둘로 나누었다. 나는 우리 팀의 리시버들, 그리고 주장과 같은 팀이 되었다. 남자 배구부도 얼추 반으로 가른 듯했다.

"이제 어떻게 조를 짜야 하지?"

우리는 새로 온 배구부들과 어색해 선뜻 말을 꺼내지 못했다.

그때 김성진이 나를 가리키며 말했다.

"나 얘랑 같은 팀 하고 싶은데 괜찮지?"

다른 친구들은 끄덕이며 김성진의 말에 찬성했다. 전학 온 남자 배구부 중 몇 명은 김성진을 툭툭 치며 수군수군 거렸다.

'아니, 잠깐. 내 의견은 왜 아무도 안 물어보는 거야!'

내가 친구들에게 말을 꺼내기도 전에, 벌써 나를 제외하고 전부 코트에 들어가 준비하고 있었다.

그런데 우리 팀에 문제가 생겼다. 우리 팀에 세터가 한 명도 오지 않았다. 우리는 머리를 맞대며 어떻게 해야 할지 상의했다.

그때 김성진이 친구들에게 말했다.

"성은이가 세터를 맡는 게 어떨까? 센스도 괜찮은 것 같고, 토스도 잘 올리니까."

"그게 좋겠다. 그럼 성은이가 세터로 가고 예은이가 센터로 옮기자. 성은이 너도 괜찮겠지?"

"응……?"

'쟤는 왜 아까부터 나한테만 저러는 거야.'

나는 고개를 들어 우리 팀 친구들을 쳐다보았다. 모두들 나를 뚫어지게 쳐다보고 있었다. 나는 마지못해 대답했다.

"음……. 알겠어."

"좋아, 그러면 각자 포지션으로 가서 경기 준비하자."

친구들은 모두 자신의 포지션에 서서 대기하고 있었다. 김성진은 라이트에 서 있었다.

"나한테 공 올려 줘. 잘할 수 있지?"

김성진이 나를 쳐다보며 얘기했다. 나도 그에 질세라 김성진에게 대답했다.

"당연하지. 오늘 이기면 다 내 덕분인 줄 알아라."

"알겠어, 알겠어. 파이팅!"

경기가 시작되고, 우리 팀이 서브권을 얻게 되었다.

처음 서브는 김성진이 하게 되었다. 김성진은 아웃 라인 밖으로 나가 서브를 준비했다. 호루라기 소리가 울려 퍼지고, 김성진은 서브를 때리기 위해 공을 바닥에 쳤다. 확실히 공이 손에 감기는 소리는 나와 확연히 차이가 났다.

김성진은 공을 높게 올리고, 새처럼 날아올라 있는 힘껏 공을 내려쳤다.

"팡!"

공은 김성진의 손에 맞으며 가슴이 뻥 뚫리는 듯한소리를 냈다.

공은 빠르게 상대 편 코트로 떨어졌다. 김성진이 친 공은 정말 0.1초 만에 떨어졌다고 해도 과언이 아니었다.

"이게 진짜 스파이크 서브지."

김성진은 우쭐대면서 말했다.

'뭐야, 왜 저래…….'

나는 한껏 들뜬 김성진의 등을 치며 얘기했다.

"집중!"

"나이스 서브지?"

"그래. 다음 서브도 잘 쳐라."

다시 호루라기 소리가 들리고, 김성진은 스파이크 서브를 준비했다. 김성진이 공을 던지고 점프를 뛸 때 나는 배구화 소리가 나면서 또 한 번 공을 세게 쳤다. 나는 앞을 바라보면서 상대 팀 리시버의 시야를 가리고 있었다. 그런데 등골이 오싹해지며 안 좋은 일이 일어날 것만 같은 예감이 들었다. 공은 아까처럼 빠르게 상대 팀 코트로 넘어가지 않았다.

'무슨 일이지?'

하고 생각했지만 나는 뒤를 돌아보지 않고 계속 앞을 바라보고 있었다.

"퍽!"

어떻게 내 불길한 예감은 틀리지를 않는지. 김성진이 세게 친 공은 상대

편 코트가 아닌 내 머리에 그대로 적중했다.

내가 뒤를 돌아보자, 김성진은 모르는 척하며 라이트 포지션으로 돌아왔다. 그렇게 센 서브가 내 머리에 맞았는데도 불구하고 사과 한 번 안 하고 모르는 척을 하다니. 나는 어이가 없었다.

"야, 너 사과 안 해?"

"아, 미안해. 어쩌다 보니 공이 너한테 갔네. 다음부터는 서브 잘 칠게."

"하……."

'내가 참자.'

우리는 경기를 계속 했다. 나는 화가 나서 김성진에게 공을 많이 올려 주지 않았다. 김성진이 나에게 눈빛을 보내며 토스를 올려달라는 신호를 보냈지만, 나는 애써 외면하며 레프트와 센터에게만 토스를 올려 주었다. 나는 김성진에게 계속 공을 올려 주지 않자, 김성진은 나를 바라보며 말했다.

"야, 아까 사과 제대로 안 해서 삐졌냐?"

"아닌데."

"아니긴 뭐가 아니야. 딱 봐도 삐졌네. 내가 잘못했어. 그러니까 토스 한 번만 올려 주라. 내가 네 토스 받으려고 같은 팀 하자고 한 건데……."

'저렇게 말하니까 토스를 안 올려 줄 수도 없고…….'

나는 김성민에게 공을 올려 주겠다고 얘기한 후, 다시 경기에 집중했다. 세트 스코어는 24 : 21이었다. 1점만 더 낸다면 우리 팀의 승리로 끝이 난다.

상대 팀에서 서브가 넘어온 후, 센터가 공을 정확하게 받아서 나에게 올려 주었다. 나는 라이트 쪽으로 몸을 돌려 토스를 했다.

김성민이 가장 잘 치는, 낮고 빠른 토스. 김성민은 스텝을 빠르게 밟고 들어와 강한 스파이크를 날렸다.

아무리 높은 블로킹을 할 수 있어도 스파이크를 하기 위해 뛰어오른 김성민에게는 절대 높이에서 이길 수 없을 것 같았다.

상대 팀 블로커들이 있는 힘껏 뛰어보았지만, 김성진은 등 뒤에 날개가 달린 듯 날아올라 누구보다 높은 타점에서 팔을 휘둘렀다.

결과는 당연히 득점이었다. 김성진은 높이 뛰어오른 후, 그 짧은 시간 안에 상대 팀 코트의 빈 곳을 파악하고 정확히 조준해서 스파이크를 했다.

세터에게는 스파이커가 나의 토스를 좋은 공격으로 연결시킨 것만큼 뿌듯한 일이 없을 것이다. 마치 세터와 스파이커가 하나가 된 듯 공격이 성공하면 동시에 짜릿함을 느낀다.

"나이스 스파이크!"

우리는 서로를 마주보며 기쁨의 하이파이브를 했다.

경기가 끝나고, 우리는 스트레칭을 한 뒤 다시 감독님에게 모였다.

"오늘은 새로 온 배구부들에게 알려 줄 내용이 많기 때문에 연습은 여기까지만 하고 정리하자."

"수고하셨습니다!"

우리는 공을 정리하고 짐을 챙겼다. 다른 친구들이 집으로 가고, 여자 배구부 중에는 나와 주장만이 남았다. 주장은 불을 끄려고 전등 스위치가 있는 쪽으로 걸어가려고 했다. 나는 주장에게 말을 걸었다.

"오늘은 내가 불 끄고 갈게."

"아니야, 매번 내가 하는 일인데 뭘."

"그래도 너만 하니까 미안해서 그래. 얼른 집에 가!"

"알겠어. 그러면 나 먼저 가 볼게. 오늘도 수고했어."

나는 전등 스위치가 있는 쪽으로 가서 불을 끄고 강당을 나왔다.

그런데 밖에서는 김성민이 기다리고 있었다. 나는 김성민을 힐끔 쳐다보며 계단 쪽으로 걸어갔다.

그때 김성민이 나에게 얘기했다.

"너도 돌아온 거지?"

나는 가던 길을 멈추고 뒤를 돌아보았다. 김성진은 내 쪽으로 걸어와서 자신의 손목에 있는 D-1을 보여 주었다.

"너도 이게 있지? 아까 배구 경기하면서 봤어."

이름 외우는 것을 잘 못하던 김성진이 내 이름을 정확하게 기억하는 것도, 나에게 여전하다고 말하는 것도, 또 나를 보고 대담하게 말할 수 있었던 이유도 내가 익숙했기 때문이라는 생각이 들었다.

나는 내 손목에 있는 D-16표시를 김성진에게 보여 주었고, 우리는 감독님이 올 때까지 시간을 되돌린 것에 대해 이야기를 나눴다.

김성진은 서울까지 가서 배구를 하기로 결정했는데, 그 결정을 바꾸고 싶어서 시간을 되돌렸다고 말해 주었다.

아까까지는 아무런 느낌이 들지 않았던 김성진이 나와 같은 입장에 처해 있다고 생각하니 특별하게 느껴졌다.

우리는 내일 학교에 도착해서 더 많은 이야기를 나누기로 했다. 나와 같은 입장의 사람이 더 있다니. 예전에 나에게 말을 걸었던 *수상한 학생*이 내 친구들도 모두 같이 시간을 되돌렸다는 말이 생각났다.

나는 '어쩌면 시간을 되돌린 사람들을 더 찾을 수 있지 않을까?'

하고 기대를 가지며 집으로 들어갔다.

앞으로 16일. 이 시간을 어떻게 효율적으로 활용해야 할까?

6. 전국대회, 마지막 시합

시간은 물처럼 흐르고, 어느덧 7일밖에 남지 않았다. 손목에 적혀있는 D-7은 시간이 얼마 남지 않았다는 것을 강조해 주는 것만 같았다. 내가 지난 23일 동안 한 것은 내 미래를 바꾸기에는 그다지 큰 영향을 주지 않았다. 하지만 이번 전국대회 시합에서 좋은 성적을 거둔다면 7일 후에 돌아갔을 때 완전히 다른 삶을 살고 있을 수도 있다. 그리고 이 시합이 내가 과거로 돌아올 동안의 가장 큰 시합이자, 마지막 시합이다.

우리는 전주로 가기 전, 마지막 연습을 했다. 모두의 눈에서는 진지함이 묻어났고, 이야기할 겨를도 없이 몸을 움직였다. 우리는 온몸이 땀에 젖었고 너무 힘들어서 쓰러질 정도로 많이 연습했다. 다들 기진맥진한 상태로 쉬고 있을 때, 나는 여기서 그만두면 안 되겠다는 생각에 혼자 서브를 연습하였다. 쉬고 있던 배구부 친구들은 나를 보고 독하다며 쉬라고 얘기해 주었지만, 나에게는 정말 간절한 시합이고, 이번 시합이 끝나면 다시는 배구를 못할 것만 같아서 누구보다 더 열심히 연습했다.

오늘의 저녁 연습은 다음 날 우리의 컨디션을 위해서 생략되었다. 우리는 시합 날짜 2일 전에 출발해 적응 훈련을 마친 뒤 경기를 치른다. 그래서 학교를 최소 3일 동안 빠지게 된다.

다음 날 나는 아침 일찍 일어나 가방을 챙겼다. 두근거리는 가슴을 부여

잡고 우리 학교로 향했다. 전주로 출발하기 전, 나는 예체능관으로 올라가 공을 챙기고 있었다. 그때 김성민이 숙소에서 내려와 나에게 응원해 주었다.

"꼭 이겨서 와."

"그래. 올 때 MVP상도 받아서 올게."

김성민은 나를 보고 활짝 웃으며 같이 공을 챙겨 주었다.

"예전에 했던 전국대회는 잊어 버리고. 네가 잘하면 예전의 결과에서 바뀔 수도 있다는 거 알지?"

"그럼, 알지. 나만 믿어."

나는 김성민을 툭툭 치고 공을 챙겨 예체능관을 나갔다. 나는 김성민이 왜 나에게 저런 말을 해 주었는지 알고 있다.

그때에도 지금과 같이 전주에 가서 4등으로 마무리되면서 씁쓸함만 안고 돌아왔는데, 김성민은 그 일을 기억하는 듯했다.

이번에는 우리 팀 전체의 실수를 줄이고 상대방을 빠른 시간 안에 잘 파악해야 한다. 나는 센터의 포지션을 맡으면서 서브를 치는 사람이 어떤 방식으로 서브를 치는지 파악하여 다음 서브를 할 때 특정한 사람의 특징에 맞게 준비해야 한다. 그리고 절대 예전과 같은 결과를 가져와서는 안 된다.

우리는 짐을 모두 챙긴 후 교장실로 향했다. 전주로 가기 전 교장 선생님께 인사를 드리고 출발하기로 하였다. 아직까지는 예전과 다르지 않다. 우리는 차를 타고 전주로 출발하였다.

다들 차에 타자마자 곤히 잠이 들었지만, 나는 쉽사리 잠에 들지 못했다. 내 머릿속은 예전보다 더 잘할 것이라는 기대감와 예전과 같은 결과가 나오는 것에 대한 불안감으로 가득했다.

그때 주장이 나에게 말을 걸었다.

"왜 그래?"

"걱정돼서 잠을 못 자겠어."

"괜찮아, 걱정할 거 없어. 하던 대로만 하면 1등은 식은 죽 먹기 일 거야.

그러니까 조금이라도 쉬어둬."

주장의 말에 조금 안심이 된 나는 얕은 잠에 빠질 수 있었다.

꾸벅꾸벅 졸고 일어나서 창밖을 보니, 어느새 전주 체육관에 도착해 있었다.

우리는 체육관 안으로 들어가 몸을 풀었다. 학교에서 하듯이 코트를 돌고 스트레칭을 한 후, 각자 리시브와 토스 연습을 하였다. 다른 점이 있다면, 다른 학교 학생들과 같이 체육관을 써서 왠지 모르게 눈치를 보게 되었다. 우리가 연습 경기를 하려고 하자, 다른 학교 배구부가 하나둘씩 들어오면서 경기는커녕 개인 연습도 할 수 없는 상태가 되어 버렸다. 우리는 밖으로 나가 개인 연습을 더 하고 밥을 먹은 후 숙소로 돌아왔다. 이대로만 지낼 수 있다면 여한이 없을 텐데.

벌써 시합 날짜가 되었다. 내 손목에 적혀져 있는 날짜는 D-4. 30일의 시간이 남았던 게 엊그제 같았는데 벌써 4일밖에 남지 않았다는 생각에 불안했다.

우리는 10시에 숙소에서 출발해 10시 20분에 체육관에 도착했다. 나는 체육관에 들어서자 넓은 경기장과 많은 사람들을 보고 심장이 빠르게 뛰기 시작했다. 우리 경기가 다가올수록 내 손은 더 떨리고 식은땀을 흘렸다. 이토록 기다렸던 전국대회인데 이렇게 초조해하다니, 한편으로는 예전과 다를 바가 없다고 느껴진 내 모습이 웃겼다.

내가 긴장하며 의자에 앉아 있을 때, 배구부 주장이 내 손을 잡고 얘기했다.

"괜찮아. 떨지 말고 평소에 했던 대로만 하면 1등할 수 있어."

"……."

"이때까지 많이 연습했잖아. 너무 긴장하지 마. 우리가 얼마나 열심히 노력했는데. 물 좀 마시고 시합 준비하자. 다음 경기는 우리 차례야."

나는 고개를 끄덕이며 물을 마시고 크게 심호흡을 했다.

우리와 경기를 붙게 되는 팀은 서울 지역에서 온 팀이었다. 이제 우리 팀이 경기를 할 차례가 다가왔다. 우리 팀은 상대 팀과 악수를 한 뒤 모두 모여 파이팅을 외쳤다.

처음 서브권은 상대방에게 넘어갔다. 시끄러운 경기장 안의 사람보다는 터질 듯한 내 심장소리가 더 크게 들렸다.

'자세는 낮추고 공에만 집중하자.'

"팡!"

상대방의 서브는 큰 소리와 함께 빠른 속도로 내 앞에 왔다. 나는 팔을 쭉 피고 공이 내 팔에 닿을 때까지 가만히 있었다.

공은 내 팔에 맞고 높이 올라갔다. 세터는 레프트에게 토스를 하고 우리 팀 레프트의 강한 스파이크로 첫 득점은 우리 팀이 가져가게 되었다. 우리 팀은 순조롭게 점수를 내며 10 : 3으로 앞서나가고 있었다. 그런데 상대팀에서 선수 교체를 요청했다.

'어, 저 사람은?'

선수 교체되어 센터 자리에 오게 된 사람은 우리와 여름방학 때 붙었던 팀의 에이스, 임혜린이었다. 내가 고등학교에 입학한 후, 혜린이는 서울의 한 고등학교에 뽑혀서 프로 배구선수를 준비하고 있다. 중학교 때에도 배구를 하는 친구들끼리 잘한다는 소문이 돌아 가장 경계하던 친구 중 하나였는데, 하필이면 나와 같은 포지션인 센터라니.

나는 침을 꿀꺽 삼키며 센터 자리로 들어온 혜린이를 보면서 경계했다. 호루라기 소리가 강당에 울려 퍼지고, 우리 팀의 서브로 경기를 재개하게 되었다.

이번 서브 차례는 우리 팀 주장이다. 우리 팀에서 가장 서브가 세고 예측하기 힘든 주장의 서브로 나는 계속해서 우리 팀의 좋은 분위기를 이어 나갈 수 있을 것이라고 생각했다.

주장의 서브는 네트를 넘어 상대팀의 코트로 떨어지고 있었다.

'서브 에이스다.'

나는 당연히 주장의 서브를 아무도 받지 못할 것이라고 생각했다. 그런데 예측하기도 힘든 그 스파이크 서브를, 상대 팀 센터인 임혜린이 받는 것이었다. 임혜린은 디그[4]로 떨어지는 공을 세터 쪽으로 올려 주었다. 모두가 코트에 떨어질 것이라고 예상했던 공을 엄청난 순발력으로 살리면서 경기장은 사람들의 환호성으로 가득 찼다.

내가 방심한순간, 세터는 공을 낮고 빠르게 올려 센터인 임혜린에게 토스해 주었다. 혜린이는 뛰어오르면서 팔을 휘둘렀다.

배구공은 눈 깜짝할 사이에 내 앞으로 떨어졌다. 혜린이는 속공[5](그중에서도 A퀵)을 선보였다. 이때까지 많은 속공을 봐왔지만 아마추어 여자 배구부 중에서 속공을 사용하는 사람은 처음 봤다. 심지어 임혜린은 과거에 속공을 하지 못했다. 나는 혜린이도 나처럼 과거로 되돌아와 열심히 연습한 것이 아닐까 하는 의문이 들었다.

하지만 과거로 돌아왔다고 해서 무조건 이기는 것도 아닌데, 아직 제대로 붙어 보지도 않고 걱정만 하고 있는 내 생각을 다잡고 임혜린을 유심히 관찰했다. 혜린이는 항상 자신이 서브를 받고 난 후 속공을 했다. 어느새 스코어는 20 : 20이 되었고, 한 점만 더 내 준다면 우리 팀은 역전을 당해 사기가 꺾일 수도 있는 상황이다.

서브는 우리 팀 라이트의 차례였다. 나는 라이트에게 다가가 서브를 치고 난 후 자리를 이동하자고 귓속말로 이야기했다. 나는 우리 팀의 서브가 임혜린 쪽으로 가기를 빌었다.

서브가 살짝 휘었긴 했지만, 임혜린이 빠르게 이동해 우리 팀의 서브를

---

4) 디그(dig) : 상대 팀의 스파이크나 백어택을 받아내는 리시브.

5) 속공 : 세터가 띄워 준 공이 정점에 달하기 전에 공격하는 것

잘 받아 올렸다. 공은 세터가 토스하기에 완벽하게 올라갔고, 나는 커버를 하지 않고 네트 플레이를 하기 위해 네트 가까이에 붙었다. 나는 마음속으로 시간을 세며 임혜린이 스텝을 밟기까지 기다렸다.

'지금이다!'

나는 팔을 머리 위로 쭉 뻗고 있는 힘껏 점프했다. 손가락 끝마다 힘을 주어 원 블로킹[6]을 했다. 내 예상은 정확하게 맞아떨어졌다. 혜린이의 속공은 나에게 속수무책으로 막혔다. 관중석에 있던 사람들의 함성소리가 들리면서 우리 팀의 사기는 한순간에 올라갔다. 그렇게 나의 블로킹으로 우리 팀의 레프트와 라이트가 연이어 블로킹을 해 주면서 1세트는 우리의 승리로 끝이 났다.

2세트가 시작되기 전, 우리는 코트 체인지를 하며 작전 시간을 가졌다. 나는 작전 시간 동안 세터에게 말했다.

"혹시 나한테 토스 해 줄 때 높이 올려줄 수 있어?"

세터는 고개를 끄덕였다. 나는 세터에게 작전을 얘기해 주었다. 다른 친구들에게도 얘기해 주자 모두들 괜찮은 생각이라며 찬성했다.

주장이 우리에게 말했다.

"이 경기만 이기면 3등은 확보야. 1세트 이겼다고 방심하지 말고 끝까지 집중하자!"

우리는 다 같이 손을 모아 파이팅을 외치고 다시 코트 안으로 들어갔다. 나는 1세트 경기를 통해 분석한 상대 팀 선수들의 컨디션이나 실력을 생각하며 준비 자세를 취했다.

2세트의 서브는 우리 팀이 먼저 하게 되었다. 그런데 아무도 서브를 치러 가지 않아서 서브 순서를 생각해 보니 벌써 내 서브 차례로 돌아온 것이었

---

6) 블로킹 : 상대의 공격을 네트 근처에서 저지하는 행위

다. 나는 배구공을 잡고 심호흡을 크게 했다. 호루라기 소리가 울리자, 체육관 안의 사람들은 모두 침묵하며 우리 경기를 바라보았다.

나는 공을 위로 던지고 공의 중앙을 조준하며 끊어서 쳤다. 공은 우리 학교 남자 배구부 서브처럼 플로터 서브로 날아가고 있었다. 1세트에 내가 했던 서브는 일반적인 스파이크 서브인데, 2세트에 플로터 서브를 해서 임혜린도 꽤나 당황했을 것이다. 나는 서브를 치고 난 후 재빨리 센터 자리로 돌아왔다.

임혜린은 내 예상대로 플로터 서브에 대비하지 못했다. 배구공이 혜린이의 팔에 빗맞으며 공은 상대 팀 세터가 아닌 우리 코트로 바로 넘어오게 되었다. 이때가 기회라고 생각한 나는 세터와 눈빛 교환을 했다.

세터의 공은 내 위쪽으로 올라가고, 나는 있는 힘껏 뛰어올라 스파이크 자세를 취했다. 어느새 상대 팀에서는 3명의 블로커가 전부 나에게 붙었다. 나는 내 팔을 세게 휘두르다가 도중에 힘을 빼 공을 살살 쳐서 밀어 넣었다. 내가 스파이크를 칠 거라고 생각한 상대 팀의 선수들은 전부 뒤쪽에 가서 기다리고 있었다. 하지만 나는 상대 팀 선수들이 채우지 못한 앞쪽의 공간을 향해 페인트[7]를 날렸다.

결과는 당연히 우리 팀의 득점이었다. 우리 팀은 환상의 호흡을 보여 주며 실수라고는 하나도 보이지 않는 완벽한 플레이를 보여 주었다. 그렇게 우리는 1세트보다 더 수월하게 점수를 따면서 우리의 승리로 경기를 마무리지었다.

아쉽게도 다음 경기는 1등 팀과 붙게 되어서 스코어 2 : 1로 지게 되었다. 하지만 준결승에서는 분위기에 휩쓸리지 않고 우리 팀의 전력을 제대로 보여준 것 같아 만족하는 대회였다. 결국 우리는 예전과 같이 4위가 아닌 3위로

---

7) 페인트 : 상대의 블로킹 위로 공을 살짝 넘겨서 짧게 떨어뜨리는 공격

전국대회를 끝냈다.

우리는 경기가 끝난 후 바로 학교로 돌아가지 않고 전주의 다양한 곳을 돌아다니며 파티를 했다. 노는 것도 즐거웠지만 3등이라는 결과를 가져온 덕분에 더 신나게 즐길 수 있었다. 집으로 돌아오니 내 손목에는 벌써 "D-1"이 적혀 있었다. 내일이면 다시는 배구를 못할 것이라는 생각을 하니 울컥했다.

이제야 내가 진정으로 좋아하는 일이 배구인 것을 깨닫게 되었는데, 다시 재미없고 따분한 고등학교 생활을 하러 돌아가는 것이 마음에 들지 않았다. 나는 혹여나 잠들지 않는다면 다시 원래대로 되돌아가지 않을 것이라고 생각해 피곤한 두 눈을 부여잡고 버티다가 결국 잠들고 말았다.

7. 타임아웃

눈을 떠 보니 나는 원래대로 돌아가 있었다. 내 방에는 중학교 교복이 아닌 고등학교 교복이 걸려 있었고, 책상 위에 있는 책들도 전부 고등학교 책이었다.

'벌써 시간을 다 쓴 건가…….'

나에게 주어진 한 달의 시간은 그 어느 때보다 짧고 강렬했다. 나는 이번 기회를 통해 내가 정말 좋아하는 일은 배구라는 것을 알게 되었다. 배구를 할 때에 느껴지는 짜릿한 전율과 감동은 아무리 큰 부상을 당해도 버틸 수 있는 힘이 되었고, 녹초가 되어서 집으로 돌아와도 다시 배구가 생각나는 원동력이 되었다.

나는 학교에 도착해 다른 반 친구를 보러 복도로 나갔다. 복도를 걸어가는 도중에 나를 과거로 되돌려 보낸 학생과 눈이 마주쳤다. 그 학생은 나에게 다가와서 말했다.

"어때, 재밌었어? 달라진 건 있고?"

"뭐, 생각보다 재미있었던 것 같은 데……. 크게 달라진 건 없는 것 같아."

"그럼 다행이네. 잘 지내."

가던 길을 가려고 한 나는 궁금한 점이 생각나 내 옆을 지나가는 그 학생을 붙잡으며 말했다.

"저기, 넌 누구야?"

그 학생은 기다렸다는 듯이 내 쪽으로 고개를 돌려 이야기했다.

"너는 몰랐겠지만, 난 네 주변에서 쭉 너를 지켜보고 있었어."

나는 불현듯이 나를 도와준 한 사람을 떠올리며 말했다.

"혹시, 김성민이야?"

"아니. 그 친구도 너랑 같이 시간을 되돌려 줬어. 걔는 배구를 그만두길 바라더라고. 결국 바라던 대로 되지는 않았지만 말이야. 어쨌든 난 네가 말한 김성민은 아니야."

나는 다시 자신의 길을 가려던 학생을 붙잡고 다시 물었다.

"그럼 넌 누군데? 말해 주고 가."

"음……. 너랑 중학교 때 배구를 같이 했던 친구?"

나는 깜짝 놀라며 말했다.

"혹시 주장이야?"

그 학생은 내 말에 대답하지 않고 알 수 없는 미소를 지었다.

"시간을 소중히 써. 앞으로 내가 네 시간을 다시 되돌릴 수 없으니까 말이야. 애초에 과거는 바꿀 수 없어. 그러니까 과거에 얽매여서 후회하지 말고 지금 이 순간에 최선을 다해. 미래는 지금부터 언제든지 바꿀 수 있어."

수상한 학생, 그러니까 주장은 인사도 없이 홀연히 사라졌다.

나는 경북여고에 배구부를 만들어 다시 배구를 시작할 것이다. 배구 용품을 사는 것은 생각보다 쉽지 않을 것이고, 연습 공간도 충분하지 않을 것이다. 하지만 나에게 배구가 없는 삶은 숨을 제대로 쉬지 못하는 것과 같이 답답할 것이다. 중학교 때와 같이 전국대회에 출전할 수 있을지는 모르겠지만, 아직 해보지도 않은 것을 어떻게 단정지을 수 있겠는가?

과거에 대해서 연연하지 말자. 우리가 어떻게 시간을 되돌릴 수 있겠는가. 지나간 일보다는 미래를 바꿀 수 있는 현재가 가장 소중한 시간이다. 지금의 상황에 집중하고 노력한다면 어떤 일이라도 반드시 좋은 결과를 가져올 수 있을 것이다.

타임아웃은 상대 팀의 좋은 흐름을 끊기 위해 사용하는 배구의 전략이다. 배구 선수들은 타임아웃을 통해 경기에서 자신이 부족했던 점을 되돌아보고 체력을 회복할 시간을 가진다. 이를 통해 우리 팀에게 지친 마음을 진정시키고 새로운 마음으로 상대팀의 분위기에 휩쓸리지 않고 분위기를 역전시킬 수 있는 좋은 기회이다.

새로운 시작을 위해 잠시 다듬었던 단 한번의 타임아웃.

나의 타임아웃은 여기서 종료된다.

Volleyball

우리는 엄마 딸, 딸 엄마

이서영

2003년 9월 18일생 어릴 때부터 신비한 책을 좋아하고, 특히 6살 때는 UFO에 홀릭 했던 내력이 있다. 세상에서 그 누구보다도 해맑고, 행복할 것 같던 나에게도, 입시, 성적, 경쟁 이런 수식어가 무자비하게 붙어 17년 인생의 쓴맛을 느끼는 중이다.

취미는 영화 보기, 팝송 듣기, 잔잔한 lofi 힙합 듣기, 잡지 모으기, 새로운 사진들을 모아 방 한편 꾸미기, 외국 드라마 보기이다. 평범하지만 나를 가장 행복하게 해 줄 수 있는 것들이다. 최근에 푹 빠진 영화는 '내가 너를 사랑할 수 없는 10가지 이유, 플립, 내 첫사랑을 너에게 바친다.'라는 영화이다. 나한테 그런 운명적인 무언가가 찾아왔으면 좋겠다.

요즘 가장 좋아하는 건 주말에 늦잠자고 일어나서, 또 다시 침대에 누워서 가장 좋아하는 색감의, 스토리의 일본 드라마들을 보는 것. 내가 가장 좋아하고 매일매일 봐도 질리지 않을 것 같은 최애 드라마는 '호타루의 빛' 이 드라마를 보면서 남모르게 소박한 로망들을 키워왔다.

최근에 생긴 로망은, 시골 한적한 바닷가 마을에서 사는 것. 대청마루에 앉아서 수박 먹는 것. 바닷가에서 밤새도록 앉아 있는 것. 빨리 자유의 몸이

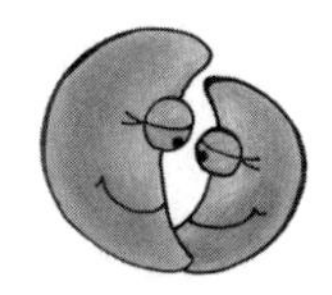

되는 것

그냥 해보고 싶고, 나를 가장 행복하게 해 줄 수 있는 그 '무언가'를 매일 기다리는 중, 언젠가는 멋있는 사람이 될 것이라는 그 '미래'를 매일 기다리는 중

.

나는 그런 평범한 17살 대한민국 여고생이다.

.

내가 이 책을 쓰게 된 이유는 대한민국, 아니 전 세계 모든 십대들을 위해서이다. 불확실한 세상에 대한 반감 혹은 미래의 고민으로 잔뜩 휘감겨, 길을 찾고 싶은, 위로 받고 싶은 십대들이 조금이나마 숨을 돌릴 수 있게 해 주고 싶었기 때문이다. 이 책을 몇 명이 읽을지, 어떤 사람이 읽을지, 어쩌면 아무도 끝까지 읽지 못한 그냥 나의 기록으로만 남을지 그런 건 어떻게 되도 상관없다. 하지만 단 한 가지 절실한 목표는 이 책을 통해 17살 때 내가 느꼈던 혼란스럽고 복잡한 감정을 남기는 것이다. 어른이 된 그때도, '지윤'이에게 대입되어 17살의 나를 만나고 싶다. 꼭 그럴 수 있으면 좋겠다.

#0. 작가소개

#1. 우리 가족은……

#2. 엄마 진짜 왜 그래?!

#3. 학교라는 감옥

#4. 내가 제일 잘나가

#5. 이 세상은 알 수 없어

#6. 유체이탈

#7. 비즈니스 교환일기

#8. 주말 그리고 내일

#9. 이 글을 마치며

잘나가는 엄마! 학교라는 감옥의 죄수 딸!

달라도 너~무 다른 두 사람에게

상상하지도 못할 '무언가'가 다가온다.

우리 가족은……

우리 가족을 소개할게.

일단 내 이름은 '최지윤', 대한민국 5000만 국민 중에서도 지극히 평범한 17살 여고생이야. 학교는 숨 돌릴 틈도 없이 바쁘고, 쏟아지는 과제에 그냥 매일 매일이 우울의 연속 그 자체지. 넌 내 말 무슨 말인지 알아? 암튼 그냥 힘들다고. 엄마 말로는 내가 사춘기가 늦게 왔대. 그냥 엄마가 하는 말 그 자체가 너무 듣기 싫고, 진절머리나 이거 나만 그래? 물론 아무도 내가 고민이 많고, 우울하고, 힘들어 한다는 건 엄마도 몰라. 아무도 몰라. 학교에서는 언제나 웃고 활발하고, 집에서도 말수는 적지만 꽤 유머러스한 사람이거든. 그래서 그런지 진짜 내 모습을 드러내기가 더 힘들고 괴로운 일이 되어 버린 것 같아. 넌 내 말 무슨 말인지 알아?

.

.

우리 엄마는 은행을 다니는 샐러리 걸이셔. 책임감도 강하시고 카리스마도 엄청난 금융 책임자이자 부장을 맡고 있어. 지금은 여러모로 금융 상품을 기획하려 하는 것 같아. 매일 회의 때문에 늦게 오고 일찍 나가고, 암튼 정확히 엄마가 뭘 하는지는 잘 모르겠고 궁금하지도 않아. 은행이라니, 이해도 안 되는데 굳이 내가 설명할 필요는 없을 것 같으니까. 어릴 때는 멋있어 보이고 그랬는데, 이제는 유별난 엄마가 좀 짜증나기까지 하더라. 어차피 집에서는 다른 엄마들보다 더 예민하고 깐깐한 아줌마면서. 매일같이 잔소리만 해대고, 공부가 그렇게 쉬웠으면 내가 이러고 있었겠니? 딸에 대해서 묻는 건 오직 성적 이야기 뿐, 엄마가 지금 무슨 생각을 하고 있는지 사실 잘 모르겠어. 왠지 쓸쓸해 보이기도 하지만 갱년기인가? 나도 친구 같은 엄마 있으면 좋겠다!

.

.

아빠는 그래도 내 편인 거 같아. 왠지 모르게 아빠는 동네 아저씨 같이 푸근하면서 내 입장을 잘 이해해 주지. 엄마랑 갈등은 딱히 없는 거 같은데? 사실 잘 모르겠어. 아빠 엄마 고르라면 난 무조건 아빠!!! 맛있는 것도 많이 사 주고, 그냥 잔소리도 안 하고, 친구 같으면서도 위엄 있는 아빠가 나는 좋아

.

.

마지막으로는 내 동생 '최준우' 그냥 제일 철 없어 보이는 11살 남동생. 나는 저 나이 때 공부만 했는데, 매일같이 축구 타령. 얼굴도 거의 못 보는 거 같아. 내 이름을 알기는 할까?

엄마 진짜 왜 그래?!

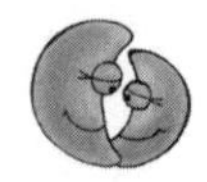

-

빠빰빰빠빠빠빰

아침부터 귀를 때리는 알람소리에 뭔가 더 반항하고 싶어 침대에 몇십 분을 누워 있는 나 자신. 어제 재밌는 드라마 결말을 다 보고 자느라 5시쯤에 눈을 잠깐 감았더니 너무 피곤한 것 같았다.

'에이, 10분 늦게 일어난다고 안 늦어'

나는 그렇게 근거 없는 논리를 되새김하고 포근한 이불 속에 파 묻혀 가장 평화롭고 바보 같은 아침을 만끽하는 중이었다. 뭔가 학교 가기 싫은 딱 그런 아침이다. 그리고 뭔가 일어날 것 같은 딱 그런 아침이었다. 우리 집의 아침은 한번도 평화로운 적이 없었다. 3일 전에는 준우가 아침부터 새로운 축구화를 사달라고 찡얼찡얼 거리는 바람에 소동이 났었고, 2일 전에는 아빠가 회식을 거하게 치르고 와서 엄마한테 호되게 한소리 들었고, 어제는 엄마 혼자 흰머리가 너무 많이 난 것 같다고 혼자 화장실에서 고함을 지르는 바람에 가족들 전부 놀랐던 날이었다.

으으, 오늘 아침에 또 무슨 사단이 날지 이제는 기대도 안 될 만큼 흔해 빠진 일이다. 그런 잡생각을 하는 바람에 바보 같던 나의 여유도 만끽하지 못

하고 침대에서 일어났다. 엄마의 시끄러운 잔소리 덕분에 나의 아침은 통째로 뺏긴 셈이다. 뻐근한 어깨를 주물주물 마사지 하고, 세수를 하고, 불편하기만 하고 이쁘지도 않은 교복을 입고, 빨리 학교에 갈 준비를 했다. 오늘 아침에 무슨 일이 생겨도 나는 기분 좋을 자신이 있다. 왜냐하면 오늘 아침에 2학년 6반 선배들 축구 시합이 있기 때문이다. 내가 가장 응원하는 선배가 공격수라는 말에 일찍 집을 떠날 수밖에 없었다. 이제 나가야지 하고, 방문을 열고는 아빠에게 인사했다.

-

"학교 다녀오겠습니다."

엄마한테도 인사해야지. 엄마는 아침밥 만드는 중, 그렇게 맛있지는 않아도 매일매일 먹어야 한다면서 만들어 주는 엄마가 왠지 고맙게 느껴진다. 그래도 오늘만큼 중요한 날에는 아침밥 정도야 패스!

"엄마 학교 다녀올게요, 오늘은 진짜 빨리 가야 해서 아침밥은 그냥 안 먹을게~"

이정도로 효녀처럼 말했으니 엄마도 이해해 주겠거니 하고 신발을 신었다. 그러나 엄마는 못 꺾는 법.

"최지윤 너는 애가 얼마나 싸가지가 없는 거야? 몇 번을 말해야 알아들어? 엄마가 아침밥 꼬박꼬박 먹어야 한다고 한두 번 말하는 거니? 당최 애가 사람 말을 어디로 듣는 거야?! 선생님이 그렇게 가르쳤어? 아니면 엄마가, 아빠가 그렇게 하라고 가르쳤어?"

갑자기 총알처럼, 공기 사이사이를 매꾸는 엄마의 숨 막히는 잔소리에 점점 나는 짜증이 나 버렸다.

"엄마, 나 오늘 약속 있어요. 내일은 꼭 먹을게."

엄마한테는 최대한 예의를 갖추어야 한다. 좀 짜증나지만 그래도 내가 잘

못 한 건 맞으니깐 최대한 나의 상황을 밝히어 양해를 구했다. 사자같이 눈을 치켜뜬 엄마에게 말대꾸 하지 말라고 그렇게 세뇌당해 왔지만 도저히 참지 못할 것 같았다.

"엄마! 내가 바쁘면 바쁘거니 하면 되지, 누가 아침밥 해 달래? 엄마 멋대로 해놓고 왜 강요하는 거야? 엄마나 먹어 나 바쁘니까. 그리고 앞으로 아침밥 하지 마요, 편의점에서 먹으면 되니까."

그렇게 말하고 나는 세차게 문을 박차고 등굣길을 떠났다. 2학년 선배의 멋있을 것이라고 백 번 기대했던 축구 경기도 보기 싫었다. 그 순간만큼은.

-

문을 너무 세게 차서 엄지발가락이 찡 너무 아팠고, 그 옆에 발가락들도 움찔거리는 것 같았다. 엄마를 이해할 수 없다. 어쩌면 그 무서운 갱년기일지도 모른다. 아침밥이 뭐가 그렇게 대수인지 나한테도, 준우한테도 매일같이 아침밥의 중요성을 되새긴다. 꼬박꼬박 받아먹는 준우를 생각하니깐 갑자기 더 짜증난다. 그래서 더 먹기 싫은 걸지도 모른다. 바빠 죽겠는데, 아침밥으로 고작 이런 걸로 아침부터 기분을 잡아먹어야 하는지도 모르겠다. 날씨는 좋고, 다리는 아프고, 원래 엄마가 태워 주는 날인데, 진짜 너무너무 짜증나는 아침이다. 대한민국에 나만큼 불행하고 짜증나는 아침을 보내는 학생은 없다는 것에 확신한다. 학교로 가는 길이 이렇게 오래 걸리고 찜찜한 건 굉장히 오랜만인 것 같다.

-

"최지윤~같이 가자."

이 목소리는 아마도 세희인 것 같다. 초등학교 6학년 때 처음 만나 지금까지 우정 아닌 우정을 이어가고 있는 친구다. 집은 바로 옆옆 집이어서 매일 같이 다녔지만, 이 자식 요즘 밤마다 뭐 하는지 모르겠다. 전화를 해도 감감 무소식인데다가, 최근에 부모님이 개인사정으로 세희만 홀로 두고 휴양을 가셔서 아무리 초인종을 눌러도 답이 없다. 그래도 세희는 내 자잘구레한 고민 마저도 진지하게 들어 줘서 정말 힘이 많이 된다.

"들었지? 들었지? 오늘 2학년 6반 선배들 축구 시합이 있다고. 보러 갈 거지? 지호 선배의 멋진 드리블! 생각만 해도 너무 완벽해. 빨리 보고 싶다. 뭐야? 또 무슨 일? 표정 진짜 안 좋은 데?"

자식, 이제 내 표정까지 읽는다. 천하의 세희라 할지라도 엄마랑 다툰 얘기는 일일이 하고 싶지 않았다.

"아무것도 아니야. 그냥 오늘따라 배가 너무 아프길래, 아침에 뭐 잘못 먹었나 보다. 그래서 그런데 오늘 축구 경기는 못 볼 거 같아 미안해."

그렇다, 오늘 아침 내가 먹은 건 정말 맵고, 짜고, 이상한 소스가 가미된 엄마의 맛없는 잔소리, 너무 많이 먹어서 탈까지 나 버렸다.

-

으구, 우리 딸 어찌나 말을 안 듣는지, 몸에 이상한 벌레라도 꼬인 게 아닐까 걱정이 태산이다. 아니면 귓구멍이 막혔나? 어릴 적에는 내 무릎에 누워서 귀도 파고 했는데. 갑자기 옛날 생각이 난다. 아침에 일어나는 건 예나 지금이나 똑같이 나한테는 곤욕이다. 더군다나 6시에 일어나서, 배불뚝이 신랑과 열심히 운동하는 우리 집안의 유망주 준우와 사춘기여서 말은 쥐똥만큼 안 들어도 뭐든지 열심히 하는 딸을 위한 밥을 만들기 때문에 분주하다. 아침 일찍 배달해 주는 짜장면 집은 왜 없는 건가. 아! 짜장면 집도 아침밥 만드느라 분주할지도 모른다.

아침에 일어나면 우리 집 배불뚝이 씨는 아침 뉴스를 보면서 딴청을 피우고, 준우는 아침부터 새로운 축구화 타령을 하고, 지윤이는 쥐 죽은 듯이 누워 있다. 왜 나만 힘들어야 하는지 억울하다. 그래도 '이게 엄마인걸, 난 한 가정의 엄마니까' 몇 번을 곱씹으며 열심히 아침을 만들었다. 전기밥솥의 뜨거운 아침 노래 소리를 들으면서, 어제 마저 못했던 청소를 하고, 지윤이를 깨웠다. 적어도 8번은 더 깨운 것 같다.

20대 때 좋아하는 대학교 선배를 위해 열심히 배웠던 조금은 낡은 내 요리 실력이지만, 우리 식구를 위한 든든한 아침밥이 되어 주겠지. 지난번 5월달, 기분 전환 할 겸, 박 대리랑 같이 쇼핑간 날 발견한 예쁜 접시에 따뜻한 나의 사랑이 듬뿍 담긴 세상에서 가장 맛있어 보이는 미역국을 담아서 모두들 자리에 모이기를 기다렸다.

"학교 다녀오겠습니다."

뭐지, 빨리 집에서 벗어나고 싶다는 갈망이 뒤섞인 목소리는. 연이어 들리는

"엄마 학교 다녀올게요, 오늘은 진짜 빨리 가야 해서 아침밥은 그냥 안 먹을게~"

무서울 정도로 다정한 목소리는? 뭔가를 잔뜩 기대하고 있는 듯한 이 목소리는 최지윤이구나. 뛰쳐나가 붙잡고, 소리를 쳐 봐도 밥은 안 먹는단다. 심지어

"누가 아침밥 해 달래? 엄마 멋대로 해놓고 왜 강요하는 거야? 엄마나 먹어 나 바쁘니까. 그리고 앞으로 아침밥 하지 마요, 편의점에서 먹으면 되니까" 라며 50 다 된 엄마의 심장 한쪽에 찡한 상처를 남기고 떠나 버렸다. 지윤이가 잔뜩 화풀이를 하고 난 현관문 맞은편에 서 있는 그때 내 모습은 얼마나 망가졌을까? 나는 누가 뭐래도 지윤이의 하나뿐인 엄마인데. 그때 내 쓸쓸한 모습은 떠올리기 싫다. 이제 슬슬 각오를 해야 하는 걸까?

학교라는 감옥

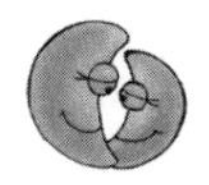

-

그놈의 시간표는 7교시까지 빽빽히 채워져 잔혹하고도 숨 막히는, 마치 좀비가 득실거리는 기차 꼬리칸같이 가득 메워져 있다. 시계는 조금의 여유도 주지 않고 자기 멋대로 빨리 갔다가도 느려지는 게 그냥 괘씸할 뿐이다. 초록색 커다란 칠판은 마치 몇백 년의 기록을 써 내려 온 조선왕조실록마냥 빼곡하고도 진지하다. 내 옆에 있는 친구도, 내 대각선 친구도, 내 단짝친구도, 옆 반 친구도 이제는 경쟁의 대상이 되어 버리고, 나 또한 누군가에게 그러한 경쟁의 대상이 되어 버린다는 참혹한 현실이 아직 17살 어린 나에게 너무 빼저리게 아프게 느껴진다.

'차라리 내가 줄리엣이라면, 가문의 반대를 무릅쓴 안타까운 사랑으로 막을 내리는 그 소설 속 여주인공도 지금 나보다는 더 행복하고, 절실한 사랑을 했던 추억이 있지 않는가. 차라리 내가 인어공주라면, 가슴 아픈 결말의 또 하나의 여주인공이지만 누군가를 뒤에서 지켜보며 가장 뜨겁게 사랑했던 기억이, 물거품이 되어도 바다 속 어딘가에 존재할 텐데. 차라리 내가 저 바다 깊은 곳 심해아귀라면, 누군가에게는 두려운 깊은 바닷속이어도, 깜깜한 바다 아래에서 가장 빛나는 존재가 되지 않는가…… 아 인간의 삶은 왜 이리고단하고도 쓸쓸하여 나를 괴롭게 하는가……'.

"야! 이놈의 자식아, 수업 중인데 창문만 바라보고 무슨 잡생각을 하냐? 어? 수업태도 불량 벌점 2점이다. 한 번만 더 걸리면 벌점 2배로 뛰니깐 조심하거라. 알겠냐?"

망했다. 선생님은 지금 나의 고민에 대해서 얼마나 알고 계실까? 무슨 고민이 있는지 물어보지도 않고 다그치기만 하겠지. 이런 답답한 세상에서 연약한 나는 어떻게 버텨야 할까? 정말 모르겠다. 누가 내 17년 동안의 미스터리를 풀어 줬으면 좋겠다.

-

그렇게 찜찜한 1교시를 마치니, 2교시는 조별 신문 만들기 수행평가였다. 조별로 앉으라고 해서 겨우겨우 우리 조원들을 자리에 앉혔다. 우리 조원들은 누가 봐도 망한 조다. 아무도 조별과제에 참가하지 않았다. 이게 만약 가족이라면 콩가루 집안은 무슨, 그냥 가루다 가루. 아무리 내가 연락을 하고 해달라고 부탁을 해도 실적은 제로, 중간점검 결과 우리 조는 최하점이었다. 내가 할 수밖에 없다는 걸 깨달았기 때문에, 몇날 며칠을 고민해서 신문의 구성과 내용을 다 마련했다. 그날 밤 엄마는 나한테 정말 잔소리를 퍼부었다.

"왜 그런데 네가 나서서 고생하니?! 좀 물러서도 되는 거 아니야? 맨날 힘든 건 자기가 다 해요 다해, 그렇게 호락호락하게 다 해가면 애들이 널 뭐라 생각하겠냐? 만만하지 만만해 쯧쯧, 넌 너희 조원들이 너랑 똑같은 점수 받으면 만족해? 엄마도 이렇게 말하기는 싫은 데, 너도 좀 양보하고, 더 당당하게 말해 봐, 같이 해달라고. 너만 보면 내가 답답해서 그냥 미치겠어. 아주 그냥 으휴."

이렇게 말이다. 으…… 그날을 생각하니까 화가 치밀어 오르는 것 같다. 정말 그 말을 듣는 순간 책상을 엎고, 뜨겁게 달아오르도록 에너지를 힘껏 돌려 조사하고 있던 나의 순진한 노트북을 부수고, 엄마한테 소리 지르고 싶었다. 하지만 엄마 말이 맞는 말인걸 뭐. 이건 엄마에 대한 분노가 아닌 것 같다. 그냥 모두의 부탁을 순진하게 들어주는 바보 같은 나에게 대한, 그리고 그 머저리 같은 조원들에 대한 분노였다. 어쩌면 엄마한테 소리 지르고 싶었던 건 그 잠시나마 안기고 싶었을 수도 있다. 힘들어도, 하기 싫어도, 나라도 해야 점수를 받으니까. 그래서 나는 할 수 없이 신문내용을 준비해서 4명한테 나누어 주었다. 정말 열 받는다. 어찌어찌 우리 조의 신문도 한 페이지를 장식했고, 생각보다 괜찮은 결과물을 만들어 냈다. 물론 전부 내가 한 거지만, 그 애들이 한 거라고는 완성된 기사 오려서 풀 붙이기. 그거라도 해 줘서 정~말 고맙다. 정말 이 정도면 바보다.

-

하루는 저녁을 짜게 먹었는지 목이 말라 한밤중에 물을 마시러 주방으로 갔다. 그때 어두운 거실을 뚫고 너무나도 깊고 큰 한숨소리가 들렸다. 아니다 울음 소리였다 분명. 아주 작은 틈새 사이로 빛이 들어왔다. 살짝 틈을 열어보니, 지윤이가 분노가 섞인 표정으로 눈물을 삼키고 있었다. 곧 책상을 부술 것 같았다. 비싼 책상인데. 갑자기 화가 났다. 며칠 전부터, 자기 조원들은 일을 안 한다고 불평하던 것이 생각나서이다. 개미만큼은 아니더라도, 베짱이가 기타 치는 힘만큼이라도 도와줬으면 좋겠다고 나한테 짜증 아닌 짜증을 내며 고민을 털어놓았다. 서툴고, 위협적인 방법이어도 나한테 그렇게 말 해 준 건 2년 만이다. 정말 독특한 모녀일지도 모른다. 그때만큼은, 내가 누구보다 든든한 사람이 되고 싶었다. 하지만 울고 있는 지윤이에게 내가 꺼낸 첫 마디는

"왜 그런데 니가 나서서 고생하니?! 좀 물러서도 되는 거 아니야?"
라며, 지윤이를 더 화나게 만들어 버렸다.

나도 모르게 분노가 차올라 그만 폭발하고 만 것 같다. 어쩌면 지윤이의 그 무거운 뒷모습이, 회사에 남아 모든 일을 책임지고, 잡일을 하며, 시간마다 흰머리를 만들며 스트레스 받고, 힘들어 바보 같은 그냥 일벌레인 내 모습이 보여서일지도 모른다. '나는 바보가 아니야, 나도 알아.' 잠시나마 지윤이가 말했다. 물론 들리지는 않았다. 하지만 지윤이의 눈물 고인 눈이 말했다. 지윤아, 그냥 조금만 더 참자. 바보 같은 나를, 그런 점만 쏙 빼닮아서 앞으로도 힘들 것 같다는 생각이 들었다. 그래도 난 응원해 줄 자신이 있다. 각오가 되어 있다. 이게 부모고 엄마이니까.

-

3교시는 한문시간이었다. 한자들은 정말 봐도봐도 모르겠다. 선생님이 재미있으셔서 들을 만했지만, 언어능력 꽝인 나에게는 고문이었다. 그렇게 50분이 끝나고 나서 교실을 빙 둘러보면, 그냥 전쟁이 끝난 후 폐허된 마을 같다. 불은 꺼지고, 아이들은 기다란 담요를 둘러 머리는 헝클어진 그 상태로 바로 누워서 뻗어 버린다. 아마 좀비들이 잠을 잔다면 저런 모습일 것 같다. 그렇지만 문득문득, 나만 힘든 건 아니구나 라고 생각했다. 이 친구들도 저마다의 고민이 있고, 저마다의 고통이 있고. 우리는 학교에서 몇 배의 고통을 얻기도 하지만 이렇게 내 옆에서 같이 힘들어해 주고, 고통받고 어쩌면 우리는 그 누구보다도 강인한 단합력을 가진 인류일 것이다. 이들을 위한 짧은 10분을 내가 방해할 자격은 없다.

언젠가 엄마가 말했다.

"너무 뻔한 말, 진짜 힘든 나에게 아무것도 도움 안 되는 그냥 교과서 읽기 수준의 말. 엄마는 지윤이한테, 꿈을 붙잡아라, 지금부터 자기 자신을 결정해라 라고 섣불리 말 못하겠어. 엄마도 17살이 있었으니깐. 엄마도 너만큼 힘들어 봤으니까. 엄마는 단지 우리 딸이 항상 웃고 있으면 좋겠다. 그게 울고 있는 얼굴이어도, 너의 마음만큼은, 정신만큼은 언제나 맑고 깨끗하게 있으면 좋겠다."

이 말을 들었을 때, 솔직히 엄마가 술을 조금 드신 줄 알았다. 평소에 나한테 이런 말은 잘 안 하는, 소위 말하는 '걸크러쉬'이기 때문에 더더욱 엄마의 따뜻한 말이 낯설게 느껴졌다. 그러나 지금 다시 떠올려 보면 정말 나를 위한 엄마의 진심이라고 생각이 든다.

'가끔은 엄마도 내 생각 하는구나'

-

이제 집에 갈 시간이다. 세희는 오늘도 스트레스성 위염이 심해서 집에 일찍 돌아갔다. 철없어 보이기도 하던 세희도 나름의 고민이 있구나 생각하면서 집으로 걸어간다. 다리가 무겁다. 12시간 이상을 낮은 책상과 딱딱하기 짝이 없는 앉은뱅이 의자에 엉덩이를 붙이고 있으니 다리가 퉁퉁 부을 수밖에 없는 것 같다. 집에 가면 아무도 없을 거다. 준우는 축구 클럽 캠프, 아빠는 회식, 엄마는 야근. 나는 이 세상에서 가장 외로운 장녀이다. 세희 집에서 공부하려 했지만, 오늘 세희가 많이 아프니까 못 갈 것 같다. 현관에 들어서서 본 기다란 복도는 너무 쓸쓸했다. 복도 불을 켜고, 아무도 없는 거실 불을 켰다. 그 순간조차도 너무 외로웠다. 누군가가 없어서 외로운 건 절대로 아니다. 아닐 것이다. 그 대신, 나를 안아 주고, 반겨 줄 사람이 없어서 외로운 거다. 책상에 앉았다. 앉기 싫지만 앉았다.

나는 대한민국의 고등학생이니까. 아, 사실 이렇게 말하면 내가 무슨 전교 1등일 거라고 누군가는 생각할지도 모른다. 절대 아니다. 나는 중간에서 중간들과 치열하게 경쟁하고 있는 극히 평범한 학생이다. 그래서인지 더 슬프다. 조금 더 잘해서 상위권이 된다면 지금보다는 가족에게 더 인정받을 수 있을 것이다. 차라리 아예 못하면, 내가 노력해서 성적이 올라가는 그런 결과를 보여 드릴 수 있다. 근데 난 뭘까? 힘든 건 몇 배로 힘든데, 왜 아무런 변화도 없이 변화도 없이 매일 같은 자리를 맴돌아야 할까. 그런 생각이 들수록 더 괴로웠다. '학생이 이런 부정적인 생각만 해도 되나? 좀 더 귀엽고 깜찍한 생각은 못하나?'라고 생각한다면 그것도 아니다.

나는 나의 힘든 일들을 누군가에게 잔뜩 털어놓고 싶을 뿐이지 절대로 우울증에 시달리거나 매일매일 힘든 생각만 하는 건 아니다. 그렇지만 막상 나에게 떠오르는 감정들과 생각은 이것뿐. '어린애가 말만 잘하네'라고 생각한다면 그런 쓸데없고, 무식한 생각은 버렸으면 좋겠다. 그들이 나를 얼마나 알고, 내가 얼마나 힘든지 알고는 있을까? 왜 어른들은 몰라 줄까, 왜 어른들은 자신들만이 힘들고, 희생하는 존재라고 생각할까. 사실은 나도 힘든데, 사실은 그들의 아이들도 힘들 텐데 말이다. 그리고 그런 미운 어른들의 중심에는 우리 엄마도 있을 것이라는 데에 나의 전부를 걸겠다. 정말 우리 엄마는 나를 모른다. 알려고 하는지도 의문이다. 나의 고민은 앞으로도 엄마에게 털어놓지 못할 것 같다.

-

우와, 대박. 늦잠은 정말 대단한 발명이다. 오늘은 기다리고 기다렸던 주말이다. 드디어 드라마를 마음 놓고 볼 수 있구나. 너무 행복하다. 물론 그것도 학원을 다녀와서의 이야기이지만. 주말이기에 학원을 가도 드라마 정주행만 생각하면 시각이 후딱 지나간다. 그래서 학원은 가나마나 법칙!

일단은 늦잠을 잔 관계로 샤워는 잠시 미뤄 두기로 했다. 역시나 바쁜 건 토요일도 마찬가지인 것 같다. 엄마는 아침 일찍 출장을 나갔기 때문에 아침은 안 먹어도 된다. 왠지 마음이 편했다. 그 지긋지긋한 아침밥이 없어서. 빨리 옷을 입고 다소 무거워 보이는 학원 가방을 메고 급히 뛰쳐나갔다. 5분만 미친 듯이 달리면 늦지 않는다. 5분은 나의 골든타임!! 사거리의 신호등이 깜빡깜빡 거린다. 초조하다. 저 신호를 못 건너면 5분은 물 건너간다. 그러면 단어 시험 재시험이 걸리고, 밀린 수업 시간만큼 남아서 선생님의 특별 과제를 할 수도 있다.

'조금만 더, 조금만! 조금만 더 뛰면 건널 수 있어!'

여기까지 하도록. 못 건넜다. 이토록 절망적일 수 있나. 어쩔 수 없이 2분을 기다리기로 했다. 그나저나 날씨가 너무 더웠다. 뛸 때는 못 느꼈지만, 내 등 뒤로 땀방울이 줄줄 흘러내리고 있다. 게다가 머리는 하루 못 감았다고 떡이 제대로 져서 수습 불가의 상태에 도달했다. 와우, 내 모습을 보지 않아도 나는 보인다. 사람들이 나를 얼마나 웃기게 쳐다보는지 너무너무 잘 보인다. 뭐, 이게 나의 라이프스타일인데, 마음에 안 들어 시비를 건다면 별수는 없다. 나 같아도 이런 차림으로 동네를 비집고 다니는 사람이 있다면 웃겨서 그 자리에 주저앉아 웃을지도 모른다. 물론 그 웃음은 조롱 반, 진심 반이겠지. 그러고는 생각하겠지.

'부끄러운 줄 모르나?'

이게 바로 요즘 유행하는 내로남불(내가 하면 로맨스, 남이 하면 불륜의 줄임말) 사상인가? 어쨌든 학원에 도착을 하게 되었고, 그때부터 시작되었다. 지옥 훈련이.

-

나의 학원 스케줄은 정말 평범하다. 주변 친구들이 부러워할 정도로 한가하다. 친구들이 내 학원 일정을 부러워할 때마다 의문이 생긴다. 첫 번째로는, '나 바쁜 여자야 인간들아.', 두 번째 '도대체 학원을 몇 개를 다니길래 이러냐.', 세 번째 '어쩌면 우리 엄마 꽤 착할지도'

뭐 이런 생각들? 친구들이 얼마나 학원에 찌들어 살면 이런 나를 부러워하는지 약간 궁금하기도 하다. 내가 다니는 학원은 총 3개. 21세기? 아니 이런 상태라면 몇 세기 정도 유지될 현재 대한민국 교육의 주된 과목인 국어, 수학, 영어 학원을 다니고 있다. 국어는 주 3회, 수학은 주 5회, 영어는 주 4회의 주기로 다닌다. 그리고 국어학원에서 평균 소비 시간은 5시간, 수학 학원은 3시간, 영어학원은 4시간이다. 꽤나 인간적이라고 생각하지만 내 육체는 철저히 이 시간표를 거부한다. 내 엉덩이는 충분한 고통을 받아 지끈지끈 거리고, 내 머리는 띵하고 몇 바퀴를 제자리에서 맴돌고, 손에는 힘조차 들어가지 않아 내가 지금 무엇을 쓰고 있는지 감각조차 잃게 된다.

내가 제일 잘나가

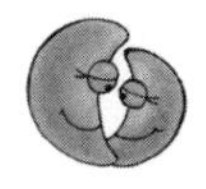

-

"윤 부장님, 빨리 처리 못해 주시는 건가요?"

"부장님, 이러다가 늦겠어요. 빨리 좀 부탁드려요~"

"이번 프로젝트 마음에 들더군요. 이번에도 기대하겠소."

"부장님, 저 오늘 약속 있어서 그런데 먼저 가 봐도 될까요?"

"윤 부장님, 그렇게 안 보이는데 은근 쪼잔하지 않아? 혼자서 쿨한 척 다 하시더니, 일할 때는 진짜 미울 정도로 쪼잔하다니까."

"윤 부장님, 이번에 조금 실망했어. 솔직히 나는 부장님 낙하산 약간 의심되던데……"

윤 부장, 윤 부장, 윤 부장님, 실망. 이제 이런 수식어들, 나를 평가하는 말들은 질렸다. 난 그냥 이 평범한 사회의 평범한 어른이다. 이제 와서 애같이 무슨 타령이냐고 손가락질하고, 비웃을지도 모르겠지만, 나도 17살, 18살 꿈이 있었고, 로망이 있었고, 그냥 영원히 소녀로 머물고 싶었던 사람이다. 내가 원해서 어른이 된 것도 아니다. 시간이 지나면서 어른이 되었다. 어른? 이제 와서 새삼 느끼지만 어른이 뭘까? 어른이 된다는 게 도대체 뭘까? 난 아직도 어리다. 얼굴이? 몸매가? 말투가? 하하. 그런 게 아니고 내 마음이 어리다는 거다. 영원할 줄 알았던 청춘도 끝나고 갑작스럽게 어른이라는 직책을 받들어 왔지만, 난 결코 달라진 것이 없다. 시간 참 빠르다. 어느샌가 나에게는 지켜야 할 가족이 생겼고, 지켜야 할 나의 임무와 일들과 무거운 사회적 지위가 생겼다. 십 대의 내가 꿈꿔 왔던 수십 년 후의 모습은 한번도 실현하지 못했다. 어느 틈에 내 추억 한 편으로 자리 잡은 빛바랜 편지 봉투를 쥐고 울었던 날을 떠올려 본다. 어른이니까, 누군가의 엄마니까, 강해야지만이 본보기가 될 수 있으니까. 그것도 아주 숨죽이고 울었다.

–

"이번 프로젝트를 통해 다양한 연령층의 고객분들을 대응할 수 있을 것이라는 생각이 듭니다. 마케팅 효과도 뛰어날 것입니다."

휴, 드디어 끝났다. 뭔가 나만 혼자 전부 짊어지고 해나가는 기분? 지윤이가 수행평가로 고민하던 모습이 겹쳐지는 기분?

승진 시험도 얼마 남지 않았다. 46세 나이지만 공부의 굴레에서 벗어나지 못하는 건 예나 지금이나 다를 게 없다. 모두가 의심하던 '낙하산'이라는 타이틀을 벗어나고 싶다. 도대체 어디서 굴러온 소문인지는 모르겠지만, 일일이 상대하고 해명하고 싶지는 않다. 난 누구보다 값진 실력을 가지고 있고, 당당하고, 떳떳하니까. 실력으로 복수할 것이다. 보란 듯이 성공해서 누구에게도 지지 않는 회사원이 되고 싶다. 그리고 누구에게도 지지 않는 엄마가 되고 싶다.

–

"저희 가족은 엄마, 아빠, 동생, 그리고 나 4인 가족입니다."

이 멘트 초등학생 때는 매년 했던 것 같다. 행복한 가족 소개라고.

"저희 엄마는 은행에서 일을 합니다. 그리고 아빠는 평범한 회사원이시고, 동생은 아직 어려요."

덧붙여 간략한 개인 소개 시간. 어릴 적 친구들이 항상 물었다.

"은행에서는 뭐해? 어제 어떤 사람이 은행에서 연예인 봤다는데, 너희 엄마도 연예인 봐? 연예인 많이 만나? 돈 많이 벌어?"

그래서 나는 우리 엄마가 정말 유명한 사람이라고 생각했다. 여자지만 꽤나 높은 고위직이시고, 돈을 많이 벌고, 엄청난 단위의 돈을 후다닥 책임지고. 모든 것을 쥐고 있는 원더우먼이라고 생각했었다.

하지만 이제 다르다. 엄마의 매일매일 생활패턴과 상상과는 다르던 모습들을 보고 머리로나마 이해할 수 있게 되었으니까. 거창한 일이 아니었다. 웬만한 평일은 늦은 밤까지 잡일 반복이다. 한번은 슬쩍 들어봤는데, 아직도 교묘하게 농땡이 피우는 사람들이 많다고 한다. 우와, 역겹다. 어른이 돼서 칠칠맞게 농땡이라니…… 차라리 그 일자리 나한테 줬으면 좋겠다. 내가 더 잘할 거 같다. 그리고 엄마는 외부 출장도 잦아 주말에 얼굴 볼 시간은 적다. 매일 새로운 상품 출시를 위해 회의를 다니거나, 이벤트를 기획하거나, 책임자이기에 부하 직원들의 실수까지 전부 책임지고 혼나거나. 가끔은 엄마가 얼마나 지쳐 있을지 조금 걱정되기도 한다. 엄마가 무슨 고민을 하고, 걱정을 하는지 가끔 궁금하기도 했지만, 심오하고 나에게는 이해하기 어려운 내용일 것 같아서 쉽게 물어보지 못했다. 어쩌면 대단한 고민이 아닐지도 모르는데.

-

"부장님, 부장님도 오늘 회식 오시는 거죠? 프로젝트도 성공적으로 끝났는데, 시원하게 한잔해요 같이!"

성공적으로 끝나? 그래 누구 덕에 손 하나 까딱 안 하고 되게 기분 좋으

시겠다. 나는 회사 단체 회식이 제일 싫다. 매일 모여서 하는 얘기는 쓸데없는 자식자랑, 노후자랑뿐. 하지만 이게 바로 현실. 오늘은 또 누가 무슨 자랑을 하려는지…… 일단 지윤이에게 회식이 있어서 늦는다고 알려야지. 그렇게 생각하고 전화기를 켰다. 참 오래 쓴 낡은 핸드폰이다. 어릴 때부터, 한 물건에 정이 가면 쉽게 버리지 못했다. 그리고 수첩 구석탱이여도 괜찮으니까 언제 누구로부터 어떤 귀한 선물을 받았는지 꼭 써 두었다. 쉽게 잊지 않기 위해서. 이 핸드폰은 내가 과장 승진을 성공하고 남편이 사 준 것이다. 핸드폰을 켜자마자 처음으로 찍은 사진은 솜사탕을 입가에 잔뜩 묻히고 활짝 웃던 7살의 지윤이 사진이었다. 참 예쁘고 귀여웠다. 그 뒤로 핸드폰에는 지윤이 사진이 잔뜩 있었다. 쉽게 지울 수 없는 소중한 추억들을 이 핸드폰 속에 꼭꼭 간직해 둔 것이다.

"부장님! 뭐하세요. 빨리 갑시다~!"

잠시나마 그 기분을 추억하려고 5초 정도 멍하니 있던 나를 부르는 소리. 지윤이에게 전화를 해 두고 그동안의 지친 몸을 좀 풀러 가야겠다. 비록 그 자리가 나에게 맞고, 수고한 나를 위한 자리는 아니지만.

-

"어."

"어, 지윤아. 밥은 먹었어?"

"아니, 이제 라면 끓여 먹게. 왜요? 언제 와?"

"지윤아 라면 먹지 말고, 엄마가 해둔 찌개랑 밥 먹어. 든든하게 먹어야지. 오늘 엄마 회식이라 좀 늦을 것 같아. 식탁 정리 해 두고 먼저 자고 있어."

"어."

오예! 오늘은 엄마가 늦게 오는 날. 방금까지 혼자 있어서 조금 쓸쓸하긴 했지만, 엄마가 늦게나마 돌아온다는 말을 들었다. 아빠는 야근인 것 같고, 준우는 합숙을 갔다. 고로, 나는 오늘 밤 조금이나마 자유라는 사실! 일단 학원숙제부터 끝내고 놀아야겠다. 수학 숙제 범위는 6장, 영어 숙제는 독해문제 10지문만 분석하고 풀어 두면 된다. 엥? 수학 6장, 영어 10지문? 이건 밤새도 못 끝낸다. 드라마도 보고 싶고, 영화도 보고 싶은데 해야 할 게 너무 많다. 아마 오늘도 취미생활과는 인사를 해야 할 것 같다.

아니다. 작전 변경. 나의 멀티 능력을 믿어 보기로 했다. 핸드폰은 내가 최근에 빠진 드라마를 켜 두고, 수학 문제를 풀기로 했다. 오히려 이게 집중도 더 잘되고 흥미가 생길지도 모른다. 엄마는 모르는 비밀로 조용히 숙제를 마무리해야겠다.

이 세상은 알 수 없어

-

오늘도 어김없이 학교로 간다. 엄마 은행 방향이랑 학교 방향이 같아서 우연치 않게 고등학교는 교문 앞까지 엄마가 태워 준다. 오늘은 개운할 정도로 아침에 일찍 일어났다. 그리고 엄마가 따뜻하게 끓여 준 스프에 빵을 찍어 먹었다. 아침밥도 제대로 챙겨먹고, 엄마 기분도 괜찮아 보인다. 준우는 아직 합숙이라 집에 없어서 축구화 타령을 듣지 않아도 된다. 아빠는 야근 근무로 조금 지쳐 있었지만 어느 때와 다름없이 신문을 읽으며 뉴스를 보는 사치를 부르고 계신다. 오늘 뭔가 완벽한 날이다. 가끔 이런 날이 있다. 세희랑 오랜만에 같이 차타고 가고 싶었다. 그래서 전화를 해 보았지만, 역시 먼저 간 것 같다. 학교 교문에 가장 이상적이게 도착하는 시간대를 위한 가장 이상적인 시간에 엄마 차 뒷자리에 올라탔다. 오늘은 정말 완벽한 날이 될 것이다. 그래서 생긴 기습 계획! 완벽한 하루를 위해서 오늘 밤은 어떤 일이 있어도 영화를 보고 자려고 한다. 왜냐면 그냥 보고 싶으니까.

학교 교문에 가장 이상적인 시간인 7시 40분 도착 완료.

너무 완벽해서 조금 두려워지기 시작했다. 혹시 계단을 올라가다 넘어져서 이상한 꼴을 보이지는 않을까. 갑자기 담임 선생님이 60대 엄격한 여자 선생님으로 바뀌지 않을까. 친구들이랑 놀다가 넘어져서 혀를 콱 깨물지는 않을까. 그렇게 이상한 생각과 완벽할 거라는 자신감과 함께 교실 문을 열었다.

-

다행이 아무런 문제도 없었다. 친구들과도 모두 웃으며 나와 인사를 나누었다. '역시 완벽해' 감탄사가 스스로 나올 수밖에 없었다.

"지윤아, 오늘 학교 마치고 시간 있어?"

희지가 물었다. 그 말은 분명 같이 놀고 싶다는 말이다. 확실히 오늘 학원도 없고, 내일 학원 숙제쯤이야 새벽에도 충분히 할 수 있을 것 같다.

"오늘 별 계획 없어. 학원도 없고. 왜?"

왜 묻는지 알면서도 도로 왜 묻는지 물었다. 어디로 놀러 갈지 궁금해졌다. 오랜만에 학교 마치고 노는 거라 노래방도 가고, 맛있는 디저트도 먹고, 쇼핑도 하고 싶었다. 이런 망상을 하고 있는 찰나 지희가 대답했다.

"학교 마치고 좀 할 얘기가 있어서. 마치고 강당으로 와 줄 수 있어?"

응? 뭐지? 노는 거 아니었어? 왜? 나 뭐 잘못했어? 점점 불안해져 갔다. "그럼 같이 영화 보러 가자!" 이런 말을 기대했던 나에게 뜬금없이 할 얘기라니. 점점 무슨 이유인지 궁금해져 갔다.

지희의 의미심장한 말과 알 수 없는 약간의 불쾌한 표정이 내 머릿속을 계속 맴돌았다. 도무지 알 수 없는 상황에 말려든 나. 영어 수업이 시작되었다. 역시나 지문은 정말 길었다. 무슨 상황인지 그 실마리를 알 수 없을 정도로 복잡한 내 감정과 닮았다. 오늘 나간 진도는 지문 2개. 지문의 내용은 '친구와 다툼을 완화시키는 방법'에 관한 지문과 '감정을 조절하는 효율적인 방법'에 관한 지문이었다. 마치 나에게 해답을 주는 듯한 기분이 들었다. 동시에 지희의 따가운 눈초리가 느껴졌다. 괜스레, 영어 시간이 찝찝하고 무섭게 느껴졌다.

"최지윤, 너의 경험을 말해 봐라. 친구랑 다투고 나서는 어떻게 대처하는 것이 좋을까?"

네 선생님? 무슨 말씀이시죠? 그 말씀은 도로 제가 묻고 싶은 건데요?

"잘 모르겠어요."

몇 초 고민한 끝에 나온 가장 현명한 대답이었다.

"알겠다. 나중에 너만의 방법을 알게 된다면 나에게 보고하도록. 그리고 수업 집중하거라."

보고? 부끄러운 일이구나. 선생님 저는 선생님 질문에 대한 대답을 영원히 못 찾을 것 같아요. 오늘 제 인생에서 또 한 번 무서운 트라우마가 생길지도 몰라요. 영원히 친구들과 대화를 못할 수도 있어요. 그러니까 보고 같은 소리는 하지 말아 주세요.

-

어느덧 6교시가 되었다. 적어도 50분 뒤에는 지희와 또 다른 누군가와 만나게 되겠지. 지희에게는 쉬는 시간 동안 아무 말도 못 꺼냈다. 물어 보고 싶은 것들은 엄청 많았지만, 뭐라고 말을 시작해야 할지도 모르겠고, 내 성격상 막상 말하려고 하면 긴장되어서 그냥 찌질해 보일 것 같았다. 6교시 내내 그동안 내가 했던 잘못이나 짐작되는 것들을 생각해 보았다. 첫 번째로 짐작되는 것은 시험이 끝나고 불안한 마음에 지희에게 꼬치꼬치 점수를 물어본 것이다. 당시 지희는 그런 내가 너무나도 귀찮다는 눈을 했고, 표정도 매우 어두웠다. 그냥 나를 물어뜯을 것 같은 그런 표정이었다. 그래도 그때는 빠르게 사과했다. 그리고 두 번 다시 그런 짓은 하지 않았다. 두 번째로는, 지희한테는 말 안 하고 동아리에 가입한 것이다. 사실 지희에게 말을 해야 하는 이유를 몰랐기 때문에 스스로 가입한 것이다. 그런 나에게 지희는 왜 내 멋대로 하냐며 약간 화를 냈다. 그때는 나도 화가 났었기 때문에 사과는 제대로 못했다. 그래도 '우정'이라는 끈끈한 무언가가 자연스럽게 다시 다가가게 만들어 주었다. 지희한테 미안한 일은 이게 전부 인 것 같다. 그 이상은 없다. 나는 결백하다. 별일이 아니기를 빈다.

-

"그게 무슨 말이야? 난 정말 그런 적 없어. 너희들이 오해하고 있는 게 아닐까?"

"우리가 오해해? 그럼 우리 둘 다 쌍으로 정신이 나갔다는 말이야? 최지윤 네가 오해한 거라고."

머릿속이 새하얗다. 아무 말도 할 수가 없었다. 무슨 말을 해야 친구들이 나를 믿어 줄까 알 수가 없었다. 아무 말도 하기 싫었다. 지금 이 상황을 피하고 싶었다. 결백한데, 진심으로. 아무도 믿어주지 않는다.

"그럼 너 가방에 있는 거 여기 전부 다 털어놔 봐. 네가 그렇게 결백하다는 증거가 있으면 되잖아. 빨리 가방 이리 내놔 봐!"

내가 왜? 라고 소리 지르고 싶었다. 하지만 상대는 2명. 나로서는 도무지 이길 힘이 생기질 않았다. 별수 없이, 내 가방의 지퍼를 전부 열어 안에 있던 물건들을, 아직 걸레 물기가 남 아있는 강당바닥 위에 우르르 쏟아 부었다. 별 다를 거 없던 내 가방이다. 언제나 들어 있던 파우치, 세희가 생일 선물로 사 준 커다란 필통, 오늘 복습해야 하는 책, 지갑, 이어폰, 파일 그게 전부였다. 이렇게 나의 죄는 없는 것이 되었다. 당연한 결말이지만.

"봐, 아무것도 없지? 너희들이 찾고 있는 건 나한테 없어. 그럼 갈게."

드디어 당당히 말한 나는 가방을 주섬주섬 챙겼다. 그 순간 나는 내 눈을 의심했다. 복습할 교과서 사이에 처음 보는 커다란 물건이 있었다. 나도 모르게 거기에 손이 가서 잡았다.

"아."

순간 나도 모르게 탄식이 나왔다. 핸드폰이다. 핸드폰이 나왔다. 내 것이 아닌 누군가의 핸드폰이. 그리고 처음 보는 지갑도 나왔다. 물론 내 것이 아니었다.

"와, 대박. 그렇게 뻔뻔하게 말하더니. 결국에는 최지윤 너였네."

무섭다. 이 친구들 무섭다. 결코 내가 저지른 만행이 아니다. 난 절대로 도둑질을 하거나, 남의 물건에 함부로 손을 대는 사람이 아니다. 이것만큼은 자신 있게 말할 수 있다.

-

역시 내 인생에서 완벽한 날은 없었다. 언제나 실수투성이였고, 잘 되다가도 꼭 마지막에 수가 틀어버린다. 어제 아침처럼 완벽할 것이라고 기대한 것이 큰 실수다. 어제에서 오늘이 되는 밤, 나는 새벽을 꼬박 새웠다. 오늘 학교에 가면 어떤 일이 일어날까. 오늘도 어제처럼 친구들이 웃으면서 인사해 줄까? 너무 불안 했다. 내가 죄가 없다는 걸 증명하고 싶었지만, 내 가방에는 두꺼운 지갑과 핸드폰이 들어 있었다. 어떤 말을 해도 변명이다. 학교 가기 싫다. 엄마에게 알려야 할지 너무 고민이다.

아침 해가 떴다. 학교 가기가 두렵다. 항상 내 옆에 있던 사람들이 오늘 어떤 모습을 하고, 어떤 얼굴로 나를 바라볼지 너무 두렵다. 그런 고민을 알 리가 없는 엄마가 소리쳤다.

"최지윤, 빨리 나와서 밥 먹어. 오늘 엄마 일찍 나가야 해."

듣기 싫다. 조금 더 누워 있고 싶다. 오늘 학교 가기 싫다. 이대로 영원히 잠들어 버리고 싶다.

"엄마, 나 오늘 학교 좀 쉬면 안 될까요?"

조금 신중하게 물었지만 돌아오는 대답은.

"네가 하고 싶은 것만 하고 살면 다 되는 줄 알아? 빨리 일어나서 준비해!"였다.

-

최지윤, 어제부터 계속 이상한 곳을 응시하고, 기운도 없어 보이고, 무슨 일이 있는 것 같다. 오늘 아침에도 대뜸 학교 가기 싫다고 말하고, 물론 나는 빨리 준비나 하라고 다그쳤지만 역시 걱정된다. 힘들어 보이길래 아침에 태워줄 테니까 빨리 준비하라고 했지만 그냥 걸어간다고 내 요청을 거절했다. 역시 무슨 일이 있는 것 같다. 아침부터 회의가 잡혀 있었다. 바쁘게 자료를 포개어 회의실로 뛰어 갔다. 오늘부터 새로운 프로젝트가 시작된다. 또 나만 뼈 빠지게 바빠질 것 같은 예감이 든다. 회의의 끝자락이 보일 무렵, 전화가 왔다. 문자 메시지 거절을 보냈다.

'회의 중이라 연락을 받을 수 없습니다. 나중에 연락드리겠습니다.'

비즈니스 멘트. 이 시간에 나한테 전화를 할 사람은 없다. 지윤이도 지금쯤 1교시 수업 중이고, 준우는 합숙에서 열심히 땀 흘리며 훈련을 하고 있을 시간이다. 우리 남편도 아마 열심히 일하고 있을 시간이다. 그러니까 급한 일은 아닐 것 같다.

-

학교가 가기 싫다. 교문 앞까지 잘 걸어 왔는데, 교문을 통과해서 교실로 들어가려 하니까 발걸음이 멈춰 버렸다. 드라마에서 봤던 것처럼 내가 들어가면, 친구들의 모든 웃음소리와 이야기 소리가 멈추고 나를 손가락질하며 수군수군 될 것 같다. 도둑질하는 애라고, 반에 도둑이 있다고. 그래서 오늘은 어떤 일이 있어도, 하늘이 두 쪽 나도 절대 학교에 안 갈 거다. 급하게 교문을 빠져나와 구석진 곳으로 향했다. 선생님께 연락드리려고 했지만, 도무지 무서워서 말을 못 꺼낼 것 같다. 선생님이 반 애들한테다 '오늘 지윤이가 일이 있어서 못 온다고만 연락이 왔다. 무슨 일 있는 거냐?'라고 말하기라도 한다면 지희한테 찍힐 것이다. 그냥 학교 땡땡이 쳐야지라고 잠시나마 생각했지만, 무단결석이 입시에서는 매우 치명적이라는 말이 번뜩 떠오르고 말았다. 지금 시간은 8시 2분이다. 빨리 연락드리면 괜찮을 것 같다.

'선생님 저 최지윤입니다. 오늘 몸 상태가 많이 안 좋아서 학교를 쉬어야 할 것 같아요. 죄송합니다.'

휴, 아프다고 하는데 학교에 굳이 나오라고 하는 선생님은 없다 아마도?

-

막상 학교를 땡땡이 치고 나와도 할 것이 없다. 집으로 돌아가려고 했는데, 아무 연락 없이 집에 일찍 들어가 있으면 또 난리가 날 것 같다. 멀리 떠나고 싶었다. 모처럼 얻은 조용한 나만의 시간인데, 이렇게 하고 싶었던 것들이 없었구나 라고 생각하니깐 참 비참한 것 같다. 영화를 보기로 했다. 평일이라 아무도 없는 영화관에 들어가 슬픈 영화 하나 골라서 마음껏 울어 보고 싶었다. 영화 한 편을 골랐다. 외국 영화였다. 시한부 소녀의 삶? 좀 많이 슬플 것 같지만, 괜찮다. 지금은 좀 울어야 된다. 핸드폰을 꺼놓고, 생수 한 병을 사서 영화관에 들어갔다. 역시나 사람은 없었다. 적어도 한 6명 정도는 있을 거라 생각했지만, 이런 무거운 주제의 영화는 커플들이 찾지 않는 것 같았다. 옆쪽 상영관에서는 커플들과 사람들이 웃음소리가 끊이질 않는다. 하지만 부럽지는 않다. 다행히 상영관에 나 혼자라 마음껏 코도 풀고, 울어도 볼 수 있다. 다행이다.

영화가 시작했다. 기대된다. 오랜만에 보는 영화이자, 처음으로 학교를 빼고 영화관에서 보는 영화이다. 영화 한 편이 끝나면 무거운 마음이 조금이라도 사라졌으면 한다. 광고가 나오는 동안 다음에는 어딜 갈지 조금 생각해야겠다. 내가 부산이나, 포항 같은 바닷가 마을에 살았으면 바다라도. 앞 뒤 위 아래 꽉 막힌 도시라서 이것도 저것도 못하는 것 같다. 그런데 바다가 너무 가고 싶었다. 지금 나 돈 없는데, 그래도 티켓 살 돈은 있을까? 지갑을 열어 봤다. 엄마가 매달 용돈을 넣어 주는 체크카드가 있었다. 그리고 현금은 4만 5천 원! 티켓은 살 수 있을 것 같다. 영화가 끝나는 시간은 11시 20분이다. 그 때 기차 타고 부산 바닷가에 간다면 꽤나 시간도 넉넉하다. 티켓을 알아 보았다. 12시에 출발하는 기차가 있었다. 다짐했다. 오늘 제대로 힐링 해 보자고. 천천히 바닷길을 따라 걸으면서, 앞으로 학교에서 어떻게 생활할지 생각해 보기로 결정했다. 기대된다. 영화가 끝나면 학원 선생님께도 말씀 드려야겠다.

\-

"네, 조심히 들어가세요."

지윤이가 학교를 안 갔다고 선생님께 연락이 왔다. 조금 예상은 했지만 애가 워낙 겁도 많아서 당당하게 학교를 빠질 거라고는 확신을 못했다. 근데 결국에는 빠졌다. 아무리 학교를 뺀다 해도 지윤이는 갈 곳이 없다. 애가 돈이 있는 것도 아니고. 너무 걱정된다. 이렇게 엄마 마음을 조여야 하니 최지윤? 하여튼 요즘 아이들은 어디로 어떻게 튈지 모른다. 전화를 6번 정도 했지만 안 받는다. 어디에 갔는지도 모르기 때문에 더 걱정이 되는 게 부모 마음이다. 혹시 다치기라도 할까 봐, 이상한 것들에 유혹 될까 봐 걱정되서 일이 하나도 손에 안 잡힌다. 몇 2시간이 지나도 전화는 통 연결이 되지 않는다. 집에 오면 아주 혼날 줄 알아라.

\-

아, 정말 좋다. 바다에서 불어오는 바람과 냄새. 아무도 내가 어디 있는지 모르는 지금 이 순간이 꿈만 같다. 오늘은 아무도 나를 방해하지 않았으면 좋겠다. 바닷길을 따라서 조용히 걸어보았다. 그리고 잠깐 자리에 앉아서 이런저런 생각을 해 보았다. 앞으로 학교생활을 어떻게 할까 많이 생각했지만, 도무지 답을 얻을 수가 없었다. 내가 어떻게 그 답답한 누명을 벗을지, 내가 범인이 아니라고 당당히 얘기할 수 있을지. 아마도 못할 것 같다. 그나저나 왜 내가 이런 일로 해명까지 해야 하는지 알다가도 모르겠고, 너무 힘들다. 집에 들어가는 걸 생각하니 답답하다. 일단 지금 이 시간을 즐겨야지. 언젠가 엄마랑 오고 싶은 곳이었다.

'최지윤, 너 어디니?'

기겁해서 폰을 순간 꺼 버렸다. 엄마가 전화를 12통이나 하고, 문자 테러를 했다. 나이 40에 유치하게 문자 테러라니……. 보아하니, 선생님이 따로 엄마한테 연락을 한 것 같다. 진짜 왜 이렇게 쓸데없이 친절하시냐 우리 담임 선생님은…….

일단 엄마한테서 온 연락은 잠시 무시하기로 했다. 어차피 6시간 뒤면 집에 들어갈 텐데, 굳이 이렇게 소란 피울 필요는 없다.

사진을 남겨두고 싶었다. 아직은 좀 이른 시간인데다, 피서철도 다 지나서 바닷가 근처에 사람이 거의 없었다. 바닷가에서 낚시를 하는 이상한 할아버지께 사진을 부탁했다. 꽤 그럭저럭 잘 나온 사진이다. 포즈도 어정쩡하지만 그래도 처음으로 한 일탈을 기록할 수 있어서 좋은 사진이다. 부산에 도착한 지 2시간 정도가 지났고, 현재 시각은 3시를 조금 넘기고 있다. 아침부터 공복 상태인지라 배가 너무 고프다. 너무 고파서 걸을 힘도 없다. 핸드폰을 켜서 열심히 검색을 했다. 주변에 저렴하지만 맛있는 밥집을! 역시 한국인의 밥심은 어딜 가도 절대 떠나지 않는 것 같다. 그렇게 겨우 도착한 밥집에서 나는 맛있는 고등어 정식을 배부르게 먹었다. 하얀 쌀밥에 짭조름한 고등어를 얹어 먹으니 너무너무 맛있었다. 밥을 먹고 나오니, 막상 바다가 있는 부산이어도 할 거리가 없었다. 식상한 걸 하고 싶지 않았지만, 정말 떠오르는 게 없었다. 그래서 그냥 집에 돌아가기로 했다. 결국 나의 일탈은 이렇게 짧고 비싸게 끝났다. 우선 집으로 향하는 기차를 탔다. 해는 약간 지고 있어서 밖을 구경하면서 가기로 했다. 정말 예뻤다. 나도 모르게 노을에 푹 빠져 있었다. 잠깐 음악을 들었다. 정말 슬펐다. 내일은 학교를 가야하니까. 이제 절대로 친구 같은 건 생기지도 않을 것 같다. 세희마저도, 나를 떠날 것만 같다.

-

밤 8시가 훌쩍 넘어가고 있다. 밖은 점점 어두워지고 있는데, 지윤이의 발자국 소리는 눈곱만큼도 들리지 않는다. 엄마 심장이 얼마나 조이는지, 지금 수명이 얼마나 단축되고 있는지 모르는 것 같다. 핸드폰으로 아무리 문자를 해도 답장이 없어서 전화를 수 차례 해 보았지만, 이마저도 지윤이에게 닿지 않는 것 같다. 걱정되어서 일도 제대로 못 하겠고, 집에 돌아와서도 초조해 죽을 것 같다. 4식구가 끼여 앉으면 너무 좁던 소파도 오늘은 허전하다. 매일 밤 혼자 일찍 집에 들어와서 공부하는 지윤이가 얼마나 쓸쓸할지 조금 알 것 같다. 아니다, 지금 이게 문제가 아니야!! 밤 9시가 넘어가면 비가 온다고 들었다. 아마 우리 딸은 우산 챙길 생각은 하지도 못했을 것이다. 비가 와서 교통사고라도 날까 봐 도저히 맨 정신으로는 기다릴 수가 없다. 한시라도 빨리 나가 봐서 찾는 방법 밖에 없는 것 같다.

뚝_뚝_

가느다란 빗방울이 조금씩 떨어졌다. 내 손에는 노란색 지윤이의 우산과 몇 시간째 내 손에서 벗어나지 못하는 핸드폰이 있다. 비가 더 거세지기 전에 지윤이를 찾는 게 우선인 것 같다. 일단 지윤이가 있을 법한 곳을 생각해 보았다. 우선은 피씨방? 이런 곳은 우리 쫄보 지윤이가 절대 못 들어가는 곳이다. 아마도 피씨방이나 노래방은 갔을 리가 없다고 생각한다. 두 번째로 짐작이 가는 곳은 영화관이다. 지윤이는 영화 보는 걸 좋아하는 것 같았다. 최근에는 가족끼리 영화를 보러 갈 시간이 없어서 종종 혼자 방에서 보는 것 같았다. 가끔 훌쩍 거리는 소리가 들리지만 모른 척 하고 지나간 날들이 꽤나 있다. 요즘 고등학생들 취향이 뭔지 잘 모르겠다. 지금 상영하는 영화를 찾아보니 왠지 지윤이가 좋아할 법한 영화가 없는 것 같았다. 전쟁 이야기, 시한부 이야기. 아마 지윤이는 남녀의 뜨겁거나, 때로는 가슴 아픈 사랑 이야기를 좋아하지 않을까? 나 혼자 열심히 추리한 결과! 답을 얻지 못했다.

진짜 제발 엄마 속 좀 썩이지 말거라 지윤아. 빨리 다른 행선지를 정해야겠다.

-

막상 동네에 도착하니 6시도 되지 않았다. 이대로 집에 들어가면 인생에 몇 번 있을까 말까 한 땡땡이를 허무하게 날리는 기분이 들것 같았다. 6시 정도 되면 친구들도 하나둘 학교를 나올 시간이 되가는 거다. 누구랑 만날까? 잠시 생각해 보았지만, 지금 나를 만나 줄 사람은 어디에도 없다. 그래서 용기를 내서 정했다. 노래방에 가기로. 노래 부르는 건 정말 좋아하지만 요즘 들어 통 노래를 부를 기회가 없던 것 같았다. 집에서 부르자니, 가족들 눈치만 잔뜩 보고. 한번은 집에 아무도 없는 것 같아서 좀 불렀다가 훈련을 끝마치고 돌아온 준우에게 호되게 혼났던 기억도 있다.

"여기가 누나 집이야? 누나, 노래를 그렇게 큰 소리로 부르려면 적어도 아이미 3단 고음 정도는 거뜬히 해야지. 노래도 못하면서 집에서 그렇게 민폐 끼치지 마. 옆집에 사과하러 가자. 가기 싫으면 그냥 부르지 마!"

이렇게 말이다. 요즘 초딩들 진짜 무섭다. 어디서 배운 말버릇이냐고 누나답게 좀 혼내 주고 싶었지만, 준우는 악력부터 나와는 다르다. 절대로 힘으로는 준우를 못 이길 것 같았다. 그래서 논리로 밀어붙였다.

"야, 최준우, 너는 운동만 하니까 무식하고 말버릇도 없냐? 이게 어디서 금쪽 같은 누나한테 덤비냐? 쪼매난 초딩 주제에. 야, 너 18의 제곱이 뭔지는 알아? 그것도 모르면서 까불지마."

그때부터 집에서도 노래를 부를 수 없게 되었다. 까짓거 동생 무시하고 부르면 된다고? 나도 자존심이 있지 두 번 다시 기습공격 당하기 싫다 퉤--

아무쪼록, 노래방에 가서 그동안 불러 보고 싶었던 노래들을 짱짱한 에코와 함께 뽐내고 싶었다.

사실 노래방은 가기가 무섭다. 우리 집 앞 노래방에는 소위 일진들도 되게 많다. 떡하니 교복을 입고, 노래방 입구에서 담배나 쩍쩍 피우고, 아무리 하찮아 보여도 내가 그 사이를 지나갈 자신이 없다. 특히 오늘 같은 날 거기서 우리 학교 학생이라도 만나면 정말 부끄러울 것 같았다. 그래도 한 번 사는 인생! 결심한 대로 해 보자!

노래방 입구에는 역시나 일진들이 담배를 펴대고 있었다. 그래도 괜찮다. 조용히 눈에 안 띄게 들어가면 되니까. 가장 끝쪽에 있는 방에 들어가서 1000원짜리 지폐를 2장 넣었다. 일단 가장 좋아하고 자신 있는 '비틀즈'의 'let it be'를 불렀다. 역시나 참된 불후의 명곡인 것 같다. 여고생 취향은 동 떨어진 것 같다고 엄마도 친구들도 놀렸지만, 이 세상에 여고생 취향이 어딨냐? 내가 부르고 싶은 거 부르는 거지. 7시가 돼서야 노래방을 나왔다. 이제 거의 저녁 시간인지라, 하늘은 푸른색과 보라색이 섞여 오묘한 감정에 빠져 들게 만들었다. 집집마다 저녁 시간인지라 가지각색의 집 밥 향기가 났다. 불과 몇 시간 지나지 않았지만 집 밥이 그리워 졌다. 이제 돈도 없고, 갈 곳도 없다. 집에는 가기 싫다. 동네 공원 그네에 걸터앉아서 몇 시간이라도 있을 작정이다.

엄마들은 어릴 적 우리들에게 줄곧 말했다. 해지기 전에 집에 들어오라고, 늦으면 위험하다고. 이제 나는 그런 소리를 들을 나이가 아니다. 부모님의 굴레에서 벗어나지 못한 아이들이 다 집으로 가고 남은 공원 놀이터는 너무

나 조용하다. 오랜만에 그네에 앉아서 실컷 날아보았다. 중학교 이후로 쪽팔려서, 아니 시간이 좀처럼 없어서 그네는 거의 만날 수 없었다. 그래도 저녁하늘을 보면서, 집 밥 향기를 맡으며, 높이 발돋움질을 하니까 너무나도 상쾌했다. 어릴 적부터 그네만 타면 생기는 버릇이 있었다. 힘차게 시동을 걸어 그네가 중력을 이기고 높이 올라가고 있을 때 즈음에, 눈을 꼬옥 감고 몸을 약간 뒤로 빼는 것. 마치 최면에 걸려 하늘을 떠다니고 있는 듯한 기분이 든다. 몇 번이고 최면에 걸리고 나니 갑자기 뚝 끊겨 버렸다. 잊고 있었다. 서둘러 그네를 멈추었다. 그리고 그네에 걸터앉아서 핸드폰을 켜 보았다. 이제껏 꺼두었기 때문에 아마도 엄마한테서 전화가 많이 왔을 것 같다.

'부재중 전화 8통'

'새로운 메시지 23통'

상상 그 이상으로 엄마에게서 연락이 왔었다. 끔찍해. 전화를 안 받으면, 문자에 답을 안 하면 나름 일이 있겠거니 하고 넘기는 걸 못하는 엄마가 너무 짜증난다. 아마 이 상태로 연락도 씹고 집에 들어가면, 그 누구도 상상치 못한 일이 벌어질 수도 있다. 어쩌면 엄마가 너그럽게 이해해 줄 수도 있겠지만, 우리 엄마는 그런 훈훈하고 인지한 분이 아니다.

"이 정도도 이해 못해 주나?"

나도 모르게 툭 내뱉은 말과 함께 무언가가 툭 하고 둔탁한 마찰음을 내며, 핸드폰 위에 떨어졌다. 비다. 비가 온다. 전혀 예상치 못했던 비였다. 집에서 공원까지는 적어도 10분 거리이다. 왜 이렇게 모든 일이 꼬여 버렸을까? 왜 지금 내 옆에는 아무도 없는 걸까?

나도 모르게 엉엉 소리 내서 울어 버렸다.

–

"정말 어디 있는 거야!"

내일 출근도 해야 하고 할 일도 산더미인데, 집 나간 딸 찾으려고 비 오는 밤 생고생을 할 줄은…….

밖으로 나온 지 거의 30분쯤 된 거 같다. 아닌가? 그냥 내 다리가 무거워져서 느끼는 '체감 시간'일 수도 있다. 갈 곳도 없는 딸이 다시 돌아올 곳은 집이라는 사실을 잘 알기 때문에 그냥 이쯤에서 슬슬 돌아갈 준비를 하려고 했다. 근데 공원 놀이터에서 마냥 큰 아이가 우는 꼬질꼬질한 울음소리가 들렸다. 처음에는 변성기가 일찍 온 여자아이가 길을 잃거나 미아가 되어 우는 소리 같았다. 그래도 누군가의 딸일 터이고, 나도 한 가정의 위대한 어머니로서 그 아이를 도와주려고 다가갔다. 놀라지 않게 다가갔다. 다른 이들이 나를 보면, 끔찍한 범죄자로 볼 수도 있다. 그래도 아이에게 도움이 되고 싶은 마음은 변하지 않았다. 역시 모성애는 대단하다.

최지윤? 네가 왜 여기 있어? 왜 여기 있는지 모르겠다. 지윤이다. 그 변성기가 일찍 온 소녀가 우리 딸 지윤이다. 왜 울고 있는지는 물어 볼 틈이 없다. 비에 홀딱 젖어 물에 놀이터 구석에 놓여 있는 그네에 걸터 앉아 있었기 때문이다. 이 날씨에 그 정도로 젖으면 감기는 별 문제 없이 가볍게 한 방 먹을 수 있다. 무슨 일이 있었는지는 물어 볼 틈이 없다. 빨리 집으로 데려가야겠다. 집으로 가는 그 10분 동안 우리는 아무 말 없이 조용히 걸어갔다. 왠지 모르게 어색한 기류는 피해갈 수 없는 건가?

-

"최지윤, 일단 씻고 나와. 씻고 뭐 좀 먹고 엄마랑 얘기 좀 하자."

'싫어. 내가 엄마랑 무슨 얘기를 해? 하고 싶은 말 없어. 엄마는 엄마 딸이 영문도 모른 채로 애매한 왕따를 당하는 걸 알게 되면 어떡할 거야? 찾아가서 따질 수 있어? 내가 얼마나 힘들고 무서운지 알아? 그냥 번지르르 기름

잔뜩 베인 응원의 말, 희망의 말 몇 마디만 해 주면 되니까. 그러니까 쉽게 여길 수 있겠지만 나는 달라. 엄마랑 할 얘기 없으니까 당분간은 모른 척해 줘요.'라고 나는 속으로 말했다.

지금은 아무 생각이 없다. 엄마한테 우는 모습까지 보인 것도 창피해 죽겠는데 왕따? 애매한 왕따? 이런 걸 가지고 엄마랑 마주 앉아 얘기 하고 싶지 않다. 죽어도 말하고 싶지 않다.

"엄마, 나 씻고 빨리 잘게요. 밥은 괜찮아. 아까 먹었으니까."

엄마 제발, 이 이상 트집 잡지 말아 줘요…….

"최지윤, 앉아 봐. 뭐가 문제야? 엄마가 얼마나 너 걱정하면서 돌아다닌 줄 알아?! 연락을 한 번도 안 보고, 부모 속 썩히는 게 요즘 니들 취미니? 빨랑 씻고 나와!"

네. 네. 네. 잘 알겠습니다.

-

거실에 앉아 조용히 생각해 보았다. 방금은 내가 말이 심했다. 하지만 지금 신경 써야 할 것은 지윤이에게 지금 무슨 일들이 일어나고 있는지이다. 한 번도 내 앞에서 약한 모습을 보이거나, 힘든 내색을 한 적이 거의 없는 아이인지라 일은 더 신경이 쓰인다. 어떤 말을 먼저 꺼내야 할지, 지금 이대로 모녀 관계가 무너질는지. 조용히 연습을 해 봐야겠다.

"음, 지윤이는 엄마에게 차마 하지 못한 말이 있니?"

아니다. 이건 좀 부담스러운 말투이다.

"지윤아, 말해 보거라."

미쳤다. 이런 말투는 너무 아닌 듯하다. 무난하게 가기로 정했다. 역시 중간이라도 가는 게 좋은 거니까. 근데 조금 두렵다. 지윤이가 꺼낼 말이 너무나도 무거운 주제이면 나도 좀 당황해서 아무런 대책을 세울 수 없을 것이다.

이럴 때 참 곤란하다. 어른이고 엄마여서, 항상 이성적이고 침착해야지만 모범이 되고, 든든한 존재가 된다는 게. 나도 사람인데, 나도 겁쟁이인데. 그래도 하나뿐인 딸에게 하나뿐인 든든한 엄마가 되고 싶다. 이번 일을 통해 대화로 잘 마무리하고, 모녀 관계 회복도 좀 기대해보고 싶다는 것이다. 하하.

쿵!

엄청난 파열음이 들렸다. 욕실 문 뿌러지겠다 지윤아…… 방금 샤워를 마친 지윤이가 여전히 어두운 표정을 하고 있다. 일단 여기 좀 앉아 보라고 말을 해야 하는데. 그냥 방으로 들어가려 하는 기세다.

"최지윤, 이리로 와 봐."

실패다. 너무 긴장한 탓에 마치 모퉁이에서 삥 뜯으려는 형님 같이 지윤이를 붙잡아 버렸다. 지윤이는 굉장히 귀찮다는 표정을 하고 터벅터벅 내 맞은 편 자리로 갔다. 음, 이제 말을 해 봐야지. 이렇게 조용한 집에 단 둘이 있는 것도 오랜만이고, 단 둘이 마주 앉은 것도 오랜만이다. 단 둘이 이야기하는 건 백만 년 전 이야기. 솔직히 지윤이가 먼저 말을 꺼냈으면 좋겠지만 지금 표정을 봐서는 내가 뭘 물어도 답하지 않을 것 같다. 그냥 내가 반신반의로 말 거는 편이 더 좋은 선택지가 될 것이다.

"지윤아……"

"도둑……"

겹쳤다. 지윤이를 부르는 내 목소리와 뭔가를 말한 지윤이의 목소리가. 분명 도둑이라고 했다. 도둑이 무슨 의미인지 도통 모른다. 도둑맞은 건가? 최근에 산 건 옷 몇 벌이 다이고, 귀중품도 다 집에 두고 당기는데. 아무런 짐작이 가지를 않는다.

"도둑 맞았어? 뭐를?"

내가 물었다.

"……."

왜 대답을 안해?

"지윤아. 도둑맞은거야? 엄마가 묻잖아."

반항 하는 거니?

"도둑이라고"

뭐라는 거야 정말. 엄마가 이해할 수 있게 말해 주라 제발.

"도둑? 지윤아 무슨 말인지 모르겠어. 엄마가 어떻게 이해하면 될까?"

가장 좋은 방법은 항상 친절하고 침착한 것. 일단 지윤이가 상황을 설명해 줄 때까지 기다려보자.

"도둑맞은 게 아니고, 도둑이라고."

"……."

"내가."

뭐라고? 마지막에 뭐라고 했지? 내가 들은 게 맞는 건가 싶은데? 다시 물으면 금방이라도 울 것 같은 표정을 하고 있다. 내가 생각할 수 있는 상식의 선에서 짐작되는 것은 단 한 가지. 지윤이가 도둑질을 했다는 것. 그것밖에는 답을 유추할 수가 없다. 화가 난다. 지윤이에게 몇 번이고 몇 년이고 도둑질은 나쁘다고 가르쳐 왔다. 모든 부모가 그랬을 거지만. 그래도 우리 딸만큼은 절대로 윤리와 도덕에서 어긋나는 행동을 하지 않을 것이라고 믿었다. 그리고 만약 그런 짓을 했다면 호되게 혼낼 생각이다. 그럼 이때까지 울던 게 도둑질을 했다는 죄책감 때문인가? 울만한 걸 가지고 울어야 용납이 되지. 이번 일은 제대로 짚고 넘어 가야 할 것 같다.

-

내가 용기내서 밝혔는데, 왜 엄마는 오히려 화난 표정을 하고 있어? 설마 내가 도둑질했다고 생각하는 건지도 몰라. 마음대로 생각해. 엄마는 나에 대해서 아무것도 몰라. 말문이 막힌 거야? 나한테 그렇게 해 줄 말이 없는 거야? 빨리 오늘이 끝나고, 이런 상황도 끝났으면 좋겠다.

-

지윤이가 소파에서 벌떡 일어나더니, 발을 일부러 탁탁 디디며 방으로 들어갔다.

"띠리릭"

마침 남편이 왔다. 하필이면 이런 애매한 상황에서 오냐. 정말 눈치가 없어도 너무 없다.

"야! 최지윤. 아직 얘기 안 끝났어. 빨랑 와서 다시 앉아. 도둑질이 그렇게 쉽게 용서될 일이야?"

화가 나서 나도 모르게 냅다 소리를 질렀다.

"몰라! 엄마가 뭘 아는데? 도둑질? 엄마 눈에는 내가 도둑질 잘할 거 같은 애로 보여? 진짜 싫다."

소리치며 들리는 답장. 얼씨구. 이렇게 나온다 그거지. 앞으로 모든 지원 끊겠다. 보자보자 하니까 엄마가 보자기로 보이나. 도둑질이고 뭐고 간에, 싸가지 없는 거, 예의 없는 거 절대 용납 못한다. 그렇게 알아라. 최지윤. 엄마도 긴 말 안한다. 행동으로 보여준다.

"엄마 같은 엄마 절대로 필요 없어!!!"

"너 같은 딸 절대로 안 키워!!!"

-

눈을 뜨니 벌써 6시 30분이다. 어젯밤에 너무 울다가 잠들어서 인지 약간 어지럽다. 뭔지는 모르겠지만, 몸도 뻐근하고. 무엇보다 너무 추운데? 오늘은 토요일이다. 일단 학교는 안 가니까 주말 동안 어떻게 문제를 해결할지 생각할 시간이 있다. 다행이다 정말로. 맞다. 학원숙제! 어제 화나서 일찍 자느라 학원 숙제를 안 했다. 지금이라도 바짝하면 충분히 할 수 있을까? 빨리 책상

에 앉아야겠다. 이렇게 누워 있다가는 또 잠들지도, 흠냐흠냐

책상으로 가는 길이 이렇게 멀었나? 그리고 나 키가 커진 것 같다. 왠지 모르게. 성장호르몬 분비가 10시부터 새벽 2시까지 활발하다고는 하지만 어제 한 번 일찍 잤다고 키가 이렇게 클 수 있을까? 기분 탓이겠지. 모기 물렸나? 아까부터 이마가 너무 간지럽다. 박박 긁으려고 해도, 얼굴에 흉터 생기면 곤란하니까 살살 만져봐야지. 엥? 주름? 나 주름 생긴 거야? 말도 안 돼!!! 역시 스트레스는 모든 병의 원인인가 보다. 숙제는 덜 하더라도 일단 체력을 비축해두는 일이 우선인 것 같다. 10분만 더 자자.

-

큰일이다! 늦잠을 자 버렸다. 마치 10대의 성장기가 다시 돌아온 기분이다. 빨리 아침밥도 차리고, 씻고, 청소해야 하는데. 남편 출근 시간이 얼마 없으니 오늘 아침은 그냥 구운 식빵에 잼을 발라 먹는 레시피로 결정! 이제 씻어 볼까? 오늘이야말로 지윤이랑 어색한 관계를 회복하고 싶다. 일단 빨리 씻어야지. 우선 요즘 부쩍 늘어난 기미제거를 위한 팩을 올려야겠다. 20대 이른 나이에 취직한 그때는 이렇게 빠른 속도로 폭삭 늙을 줄 몰랐는데, 너무 초췌해졌다. 무엇보다 시간도 그렇게 많은 편이 아닌지라 자기관리는 꿈도 못 꾼다. 내가 최대한으로 할 수 있는 자기관리라고는 아침에 일어나 5분 정도 이 팩을 하는 것이 전부이다. 화장도 대충하고, 머리도 대충 말리고 나가도, 언제나 급한 게 내 일이다. 잠깐 팩을 뜯어서 얼굴에 턱 얹었다. 너무 익숙한 흐름이라 이제는 거울을 보지 않아도 그냥 할 수 있다. 이제 늦잠을 자고 있을지윤이를 깨우러 가야겠다. 학원숙제도 분명 안 했을 텐데. 어제 일도 일인 만큼 오늘 아침은 평소와 다르게 상냥하게 깨워야겠다.

-

지윤이는 이불을 칭칭 감고 자고 있다. 덥지도 않은가?

"최지윤씨, 빨리 일어나시죠?"

이 말투는 좀…… 그런가? 그래도 나에게 있어서는 정말 상냥한 목소리와 말투라고! 근데 꿈쩍도 안 하네?

"최지윤, 빨리 일어나. 학원 늦겠다."

순간 확 이불을 걷어찬 지윤이. 깜짝이야!!! 근데 그것보다 더 깜짝 놀랄 일이 일어났다.

유체이탈

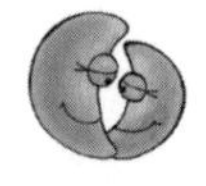

–

"엄마? 아니지. 나? 아니야. 나야. 난데 왜 내가 아니지? 뭐야!!!!!!"

내 눈 앞에 내가 서 있었다. 아니다. 분명 이건 꿈이다. 나는 지금 깨어 있지만, 나를 보고 있다. 그러니깐 이건 즉, 항상 시점이 엇갈리는 꿈이다. 분명히. 아얏! 꼬집은 오른쪽 볼이 너무 아프다. 불긋불긋 달아오르고 있는 것 같다. 게다가 볼은 탄력이 없다. 그리고 내 눈에 비치는 내 얼굴은 엄청 일그러져 있다. 그러지 마…… 내 얼굴에 자꾸 주름을 만들지 말라고! 나는 나의 팔목을 붙잡고 전신 거울 앞에 멈춰 섰다. 확실하다. 일단 영혼이 바뀐 거다. 영혼이탈 종류의 영화랑 드라마랑 소설을 너무 많이 봐서 그런지 생각보다 나는 침착하게 상황을 파악했다. 앞에 있었던 나의 반응은 기분 내려고 그냥 해 본 거다. 그렇지만 내 몸속에 들어 있는 다른 영혼은 절대로 침착해질 수 없는 것 같다. 얼굴을 무척이나 일그러뜨리며 기꺼이 비명을 지른다.

"안 돼애애애애애애!!!!"

영혼만 바뀌어서 그런지 꽤나 하이톤의 목소리였다. 내 목소리가 이렇구나. 아니다. 감상하고 있을 시간이 아닌걸. 지금 내 가짜 가죽을 봐서는 엄마랑 영혼이 바뀐 것 같다. 원인은 알 수 없다. 보통 영화에서는 몸이 바뀌는 원인을 찾아서 그 행동을 똑같이 하던데, 아무리 생각해도 이유가 없다. 나에게 말을 걸었다. 엄마라고.

"엄마, 상황파악은 됐어요? 우리 이제 어떡해요?"

나는 나름 침착하게 엄마에게 질문을 던졌다. 어떡하긴 어떡해. 엄마가 답을 알 리가 없잖아. 그래도 오늘은 주말이니까 약간의 여유가 있다. 바로 학교를 간다고 했으면 그냥 콱 죽어 버리려 했는데 말이다.

-

어제 일로 어색한 사이가 풀린 것도 아닌데, 우리 둘 다 마주 앉아 있다. 이런 황당한 사건을 어떡해 이야기해 나가야 할까? 일단 몸은 바뀌어 버렸으니까, 앞으로의 일에 대해서 생각하는 것이 가장 좋은 방법일 것 같다.

"엄마, 몸은 이미 바뀌었어요. 대책을 찾을 때까지는 서로의 역할을 좀 생각해 두는 게 좋을 것 같아요."

영화 덕분에 나는 어떤 방식으로 서로의 정보를 공유하면 좋을지 약간 감이 왔다. 막상 행동하려니까 너무 황당해서 혼란스럽기는 하지만. 엄마가 나의 도톰한 입술을 움직이며 말했다.

"만약에 말이야…… 그러니까…… 우리가 몸이 바뀐 거라면. 네가 엄마 대신에 회사에 간다는 거야? 정말 그 방법밖에 없는 거야? 그럼 엄마는 너를 대신해서 학교를 가고? 이게 말이 된다고 생각해?"

생각보다 침착하지 못한 아줌마군. 엄마가 이렇게 당황하다니 생각보다 웃기다. 근데 정말 내가 엄마 대신 회사를 가야 해? 아무리 빨리 어른이 되고 싶다고 생각했어도, 이렇게 빨리 어른이 될 마음은 없었는데 말이다. 일단은 엄마가 무슨 일을 하는지 알아야 하지만 알고 싶지 않은 걸? 그래서 내가 먼저 알려 주는 게 좋을 것 같다.

"일단 엄마, 엄마는 학창 시절 경험이 있지? 그냥 하던 대로 해요. 엄마는 쉽겠네요. 난 해 본 적도 없는 회사 생활을 해야 하는데."

근데 심각한 사실이 하나 있다는 걸. 말할 수 없다. 내가 이유도 모르고, 어정쩡하게 왕따를 당하고 있다고. 엄마한테 지금 말하는 것보다, 엄마가 알아가는 편이 더 좋을지도 모르겠다.

"지윤아, 회사는 그렇게 쉬운 게 아니야. 엄마도 이렇게 쩔쩔 매는데, 다닐 수 있겠어? 이참에 사표라도 낼까? 정말 어떡해?"

엄마. 진정해요. 17살 여고생한테 무서운 건 생각보다 없다는 걸. 오히려 내가 실적을 올릴지도 모른다고!!

"일단 해 봐요. 엄마는 학교로, 나는 회사로"

-

아침밥은 역시 내가 해 두는 게 좋을까? 그래도 이상한가? 교복입고 아침이라니. 남편이 보면 놀랄지도 모르니까. 그나저나 나도 아직은 젊은 피가 흐르는 건가. 교복을 보니까 왠지 모르게 두근두근 거린리다. 학교라니 26년 전인데. 그때나 지금이나 달라진 건 없겠지 뭐. 평범하게 반 애들한테 인사하고, 수업 집중해서 듣고, 밥 먹고, 도시락인가? 아니지 급식이지 요즘은. 맞다. 지윤이한테 알려 줘야 할 것들이 너무나도 많은 데. 뭐 전화도 있고. 차차 해 나가면 되겠지. 내 영혼도 금방 돌아올 테니까. 교복 입는 건 정말이지 오랜만이다. 사이즈도 얼추 맞고. 나름 이쁜데? 하긴 이건 다이어트에 열을 올리고 있는 지윤이의 몸이니까. 일단 지윤이를 깨워야 하는데. 지윤이는 요리도 못하고, 한다 해도 다 터진 계란후라이 정도가 최선인데, 할 수 없이 일찍 일어나서 내가 하는 게 좋을까? 아! 정말, 아침부터 복잡하다. 거실로 나와 보니 여전히 남편은 신문, 내 몸은 서툰 아침 준비를 하고 있다.

"굿 모닝!!"

학생이 되어서인지, 너무 신났나? 후라이팬으로 한 대 칠 거 같은 눈으로 지윤이가 째려 보고 있다. 배불뚝이 남편도 '오늘 쟤 머리가 어떻게 됐나?'라는 눈초리로 신문 사이를 힐끔힐끔 왔다 갔다 하며 본다. 헤헤헤. 어색한 웃음이라도 지어 보며. 식탁에 앉았다. 아침밥은 기대도 안 한다. 그래도 오랜만에 이런 호황을 누리다니. 걱정보다 기대가 앞서면 안 되는 건가? 그래도 나는 너무 좋은 걸! 그날의 걱정은 괜한 걱정이라고!

-

설마, 나 아침밥 해야 하는 건가? 어젯밤에, 회사 갈 생각으로 몸을 뒤척이며 고민했다. 그냥 회사도 아니고, 은행인데. 나 수학 진짜로 못하는데. 내가 잘못해서 누군가의 재산이 순식간에 날아가기라도 하면 어떡하지? 회사 실적도 안 나와서 짤리면 어떡하지? 그날은 실적 올려놓겠다고 그렇게 잘난 척 떵떵 거렸지만. 막상 월요일 아침이 되니 눈앞이 캄캄해졌다. 일단, 계란 후라이를 시도해보기로 했다. 아빠가 의심하지 못하게, 최대한 무난한 요리가 좋을 것 같다. 당분간은 빵이나, 소시지, 베이컨 같은 외국식 아침으로 간단하게 차리는 게 들키지도 않고 좋을 것 같다.

아침 일찍 일어나서 메뉴 고민을 하고, 맨 정신도 아닌데, 불 앞에 서서 요리를 한다는 게 너무 두렵다. 일단 몸은 일어났지만, 손이 쉽게 떨어지지 않는 게 막막하기만 하다. 계란 한 개를 먼저 까서 기름을 두른 팬에 올렸다. 벌써 망한 삘이다. 그래도 집중! 집중이 살 길이다. 아빠 계란 한 개를 완성하고 나서, 두 번째 계란을 까려는데,

"굿 모닝!"

뭐냐. 엄마 장난해요? 안 하던 인사를 그렇게 요란하게 해대니까 아빠가 겁먹은 것 같다. '17살 무섭다.'라고 생각하는 것 같다. 진짜 장난하나. 빨리 먹고 나가시길. 몸은 40대 아줌마여도, 난 미성년자이다. 운전 같은 건 할 줄도 모른다. 아침부터 붐비는 지하철을 타고 회사에 가야 하기 때문에 서둘러

야 한다. 아침밥은 못 먹을 것 같다. 8시까지 출근이라니! 지금이 7시 20분인데!!!!

-

몇 년 만의, 교문이냐! 너무 반갑다 학교야! 그동안 지윤이가 학교에서 뭐하는지도 궁금했고, 혹시 좋아하는 남자애가 있는지도 궁금했고, 성적도 궁금했고! 요 며칠 동안 낱낱이 파헤쳐 주겠다! 1학년 10반? 분명히 1학년 10반은 맞지만, 1학년이 몇 층이지? 보통 1층인가? 일단 1층에는 교무실 밖에 없는 듯했다. 계단을 올라가기로 했다. 치마가 좀 짧은 것 같아서 걸을 때마다 신경 쓰인다. 도대체 계단은 어떻게 올라가는 거야? 근데 학교가 전부 나에게 관심집중인 것 같다. 왜 다 나만, 아니 지윤이만 쳐다보는 거지? 혹시 지윤이가 학교 짱이거나 퀸카인 건가? 뭐, 엄마 닮아서 조금 이쁘긴 하지만 그래도 이 정도로 유명할 리는 없는데…….

찾았다! 1학년 10반. 복도 맨 끝에 있어서 화장실이랑도 가깝고, 뭐 나름 괜찮은 것 같다. 잘 봐두고, 학교 위생상태든, 선생님이든 피해가 되는 것들은 다 민원 접수할 참이다. 교실 문을 열기 전에 약간 고민했다. 이 정도 인기면, 열자마자 "안녕!"이라고 외쳐도 무색할 것 같다. 음 좋아 이걸로 가자!

"안녕!!"

안녕? 내 10대의 생활이 또 한 번 찾아오는 경쾌한 인사. 그런데 퀸카가 아닌 것 같다. 반 아이들이 전부 웅성거리며 나를 힐끗 쳐다본다. 뭐 묻었나 싶지만. 얼굴에 뭐 좀 묻은 거 가지고 그렇게 쳐다 볼 일인가? 너무 쌀쌀 맞다. 하여튼 요즘 애들 싸가지란. 그냥 앉아 있어야지. 근데 내 자리가 어디야? 제일 착해 보이는 여자 아이에게 물었다. 손가락으로 내 자리를 짚어 주었지만, 왜 이러는 거야? 라는 눈빛과 동시에, 여전히 나를 밀어내려는 눈치였다. 의미불명.

담임 선생님이 들어오셨다. 지윤이 걱정도 해 주시고 좋은 선생님이신 것 같다. 나 때는 말이야, 조금만 반항하면 일어나서 모둥이로 맞고, 손바닥 맞고 그랬는데. 요즘 애들 꼬라지를 보고도 저렇게 상냥할 수 있을까 싶다. 대충 반을 둘러보니, 선생님 와도 인사는 안 하고, 화장하고 꾸미고, 다리는 덜덜 떨고, 치마는 속바지도 아니고, 보는 사람도 좀 생각할 필요가 있는 애들이 많다. 어른으로서 한마디 정도 해 주고 싶었는데, 나는 지금 지윤이 몸이잖아. 지윤이가 오늘 아침에 몇 번이고 당부했다.

"엄마, 누가 봐도 무서운 애들한테는 말 걸지 마요. 그리고 웬만해서는 공부만 하고. 학교에서 놀거나 그러지 말고, 놀 시간 없을 수도 있어요."

이렇게 말이다. 저런 꼬맹이들이 뭐가 무섭다는 건지. 아침 조례가 끝났다. 선생님이 불렀다. 무슨 일이길래?

-

나는 운전대를 잡아본 적이 없다. 어릴 때부터, 운전대는 질색이다. 고로 아침부터 지하철을 타고 회사로 출근 해야한다. 엄마가 알려 준 지하철을 타고, 정장을 빼입은 50대 배 나온 아저씨, 입 냄새가 심한 아주머니, 뾰쪽 구두를 신은 20대 여자 회사원, 머리부터 발끝까지 명품으로 치장한 40대 후반 아줌마, 키도 크고 얼굴까지 잘생긴 고등학생 사이에 낑겨, 움직이는 지하철을 따라 왔다리 갔다리 하고 있는 나의 모습을 상상하니 웃기다. 택시를 타는 게 훨씬 빠를까 생각했지만, 아침에 차가 꽤나 막히는 것 같았다. 출근부터 쉽지가 않다. 학교 등교와는 색다른 느낌. 엄마는 지금쯤 뭐하고 있을까? 내가 잠깐 예상을 해 본다면 아마 담임 선생님과 면담을 하고 있을 것 같다. 엄마 부탁해요. 그 일은 내 힘으로는 도저히 해결할 수가 없었어요. 그리고 오늘 저녁에 아무것도 묻지 말기로 약속해 줘요. 제발.

드디어 회사 근처 지하철역에 도착했다. 은행도 많고, 회사가 즐비한 곳이라 그런지, 사람들이 우르르 내리는데 깔려 죽을 뻔했다. 정말 내가 잘할 수 있을까? 하나라도 실수가 생기면 엄마가 짤리는 건데. 회사에 도착했다. 입구를 들어가는 게 너무 무서웠다. 그래도 나는 부장. 버젓이 승진한 멋진 여성 부장이라고. 엄마의 자존심은 절대로 무너뜨리지 말기. 10개 중 1개를 성공하더라도, 엄마의 자존심은 절대적으로 지킬 것이다.

문을 열었다. 엄마가 알려준 바에 따르면 8시 20분에 바로 회의가 있는 것 같다. 지금이 7시 58분이니까. 미리 들어가 있어야지. 그나저나 높은 구두는 정말 불편한 것 같다. 또각또각 걷고 있지만, 몸이 옆으로 왔다갔다 흔들려서 참 웃길 것 같다. 엄마 미안. 엄마가 말하기를 이번 회의랑 프로젝트는 엄마를 비롯한 책임자 3명과 부하직원 4명이 진행한다고 했던 것 같다. 내가 그 동안 본 거에 의하면, 지난 번 프로젝트도 지지난 번 프로젝트도 팀원은 많아도, 엄마가 다한 것 같았다. 매일 밤마다 높은 굽으로 숨도 못 쉰 퉁퉁 부은 다리를 두드리며, 또 다시 책상에 앉아 몇 번이고 고민하고, 전화하고. 엄마가 이번 프로젝트만큼은 최대한 손을 떼라고 했다. 원래 이런 말하기도 싫지만, 의심도 싫지만, 부하직원들은 항상 놀기만 한다고. 이번에 제대로 책임감을 가지고 해 줬으면 한다고. 엄마의 역할은 모르는 걸 알려 주고, 느슨해지지 않게 보이지 않는 줄을 팽팽하고도 든든하게 잡아당기는 것이다. 엄마가 무슨 말을 하려는지, 어떤 심정인지는 너무나도 잘 알겠지만, 한 가지 모순이 있다. 부하직원들이 모르는 건 나도 모른다. 그래서 정했다. 핸드폰은 항상 켜 두고, 내가 쉬는 시간에 맞춰서 문자를 하는 걸로. 딱 5일만, 딱 5일만, 딱 5일만 버티면 주말이니까.

-

"선생님한테 좀 더 자세히 설명해 줄래?"

아이고, 제가 뭘 어떻게 설명합니까. 나는 최지윤이 아니라고요.

"왜요? 지윤이한테 무슨 일 있어요? 아, 아니. 제가 뭐 이상한 행동이라도 했나요? 짐작 가는 게 없어서요. 다시 한번 알려 주세요. 지윤이한테 물어볼 게요. 가 아니고, 일이 어떻게 번졌는지 다시 생각해 볼 게요."

나 진짜 미쳤나. 지윤이랑 몸이 바뀐 게 너무 헷갈린다. 그나저나 역시 무슨 일이 있는 게 확실하다. 아직 지윤이한테 들은 게 없어서인지, 지금 너무 혼란스러운걸. 그렇다고 선생님 앞에서 문자를 할 수도 없는 거고 곤란하네. 일단 자초지종을 듣고, 좀 재치 있게 대처하면 되지 않을까? 뭐 큰일도 아닌 것 같고. 근데 말이다. 순간 훅 하고 뭔가 지나갔다. 지윤이가 의미불명의 소리를 한 일이. 도둑이라고 말했다. 분명 도둑이라 말했고, 내가 자꾸 화를 내서 이렇게 몸이 바뀐 거니까.

"선생님, 설마 제가 도둑이라고 그러시는 건가요?"

이 말은 한 게 잘한 걸까? 제발

"무슨 말이니 지윤아? 도둑이라니?"

라는 대답이 나왔으면. 제발.

"선생님도 인정하기는 어렵지만, 맞아."

네? 뭐라고? 다시 말해 주세요 선생님. 우리 지윤이가 도둑이라고요? 그럴 리가 없잖아요.

"설마. 지윤이가. 아니 제가. 무슨 증거로요?"

일단 이야기를 파악하는 게 필요하다. 지윤이가 뭘 훔쳤는데?

"지윤이도 알다시피, 지희랑 지희 친구 핸드폰 말이야. 그 아이들 말로는 지윤이 가방에서 나왔다는데? 증거도 있더라. 선생님도 지윤이가 그럴 아이가 아니라고 믿었지만, 이번 일은 제대로 짚고 가는 게 좋을 것 같구나. 부모님께도 오후에 연락을 드릴 거고. 내일이나 모레쯤 시간 되실 때 학교로 오셔서 자세하게 말씀드릴 거야."

아뇨. 그 부모님은 이미 사실을 다 알고 있어요. 부탁이요. 우리 지윤이는 절대로 그럴 아이가 아니라는 걸 난 누구보다 잘 알고 있다고요. 일단 계속 통로를 확보하는 게 좋을 것 같다.

"네, 저는 당당하니까 지희랑도 얘기하고, 부모님께도 잘 말씀 드려 볼게요. 근데 증거는 뭔가요? 제 가방에서 나왔다는 증거가 어디 있어요?"

이것 좀 잠깐 볼까? 선생님이 노트북을 키셨다. 그러고는 학교 관리자 게시판에 들어갔다. 모니터 속에는 여자아이가 있었다. 뭔가 억울한 표정을 짓고 있는 최지윤이. 지윤이의 가방은 걸레 물기가 남아 있는 강당 바닥에 널브러져 있었고, 지윤이는 한 시라도 지지 않기 위해, 자기는 결백하다고 말했다. 이 영상은 아마 지희라는 계집애나 그 친구가 찍은 거 같지만. 게시물 제목은 '도둑이에요. 처벌 부탁드려요.'였다. 다행히 학교 관리자만 볼 수 있지만, 아마 저런 걸 찍고 올리는 친구들이라면, 분명 다른 곳에서도 지윤이의 영상이 떠돌아다닐 것이다.

"선생님, 이건 지희랑 좀 더 얘기해 볼 게요. 일단 잘 알겠습니다."

역시나 그런 거다. 그래서 애들이 지나갈 때마다 기분 나쁘게 쳐다보며 수군거렸던 거다. 최지윤은 왜 말 안 하는 거야? 공부하랴. 학원 가랴. 숙제하랴. 바쁜 건 알겠지만, 이런 심각한 일은 부모님께 먼저 알리면 금방 해결되는 건데. 그렇게 찜찜하게 1교시가 시작되었다.

-

엄마. 그동안 이렇게 힘든 일을 해 왔던 거예요? 왜?

회의만 했지만 너무 힘들었다. 내가 그쪽 분야의 지식이 적어서, 아니 없어서의 탓도 있지만, 왠지 모르게 일이 꼬이면 책임자인 엄마에게 눈길이 쏠렸다. 심지어는 부하 직원도 아니꼽다는 눈으로 엄마를 쳐다봤다. 눈물이 터질 것 같았다. 영혼이 바뀌면 눈물샘도 바뀌는 거니까. 사회생활이 마음대로 되지 않고, 힘들고, 지치고, 그만하고 싶다는 걸 약간 들어는 봤지만 한번도 겪어 본 적이 없다. 학교는 작은 사회라고들 하지만. 아니다. 진짜 어른들의 사회는 너무 크고 잔인하다. 엄마한테 미안해지는 건 기분 탓이 아니다. 엄마가 그동안 얼마나 많은 스트레스를 받아왔는지 알려고 하지도 않았고, 오히려 틱틱 짜증만 부렸다. 이제 6시간 동안 창구가 열릴 것이고, 창구가 닫히고 나서도, 기본 10시까지 자리에 앉아서 또 다른 손님들과 금융 시장을 위해서 희생해야 한다. 엄마 미안. 난 정말 몰랐다. 엄마 자리는 다행히 이름이 적혀 있어서 찾기 쉬웠다. 앉으니까 잠이 쏟아졌다. 회의는 장차 40분 정도였고, 그 긴 40분을 남들의 시선에 쫓기고, 시선에 맞추고, 드러운 비위에 맞추며 존심을 깎였으니 너무나도 진이 빠졌다. 곧 쉬는 시간이다. 엄마한테 생존 문자라도 보내야지. 엄마 핸드폰을 처음으로 켰다. 배경에는 어릴 때 내 사진이 있었다. 정말 내가 봐도 귀엽다. 뭔가 마음이 찡했다. 내가 엄마를 잊고, 친구들 비위를 맞추며 학교생활을 할 때, 엄마는 또 다른 세계인 '사회'라는 곳에서 남들의 비위를 맞추며 살았다는 것. 그리고 그럴 때마다 핸드폰을 켜서 의미 없는 문자여도 좋으니, 나의 순수한 어릴 적 모습 한 번 보려고, 그리고 아무도 모르게 힘든 순간들도 삼키며 다시 시작했다는 것. 한없이 슬프고 미안해서 이미 울고 있는 것 같다. 엄마한테 죄송해서. 내 자리, 아니 엄마의 자리에 앉아 보았다. 앉아 있으면 고객들은 엄마를 비롯한 직원들을 위에서 내려다보고 있다. 갑과 을. 손님은 왕처럼. 그렇지만 난 절대로 꿀리지 않는 여고생이다. 내 파워를 보여 주지. 은행 문이 열리고, 약간 술 취한 아저씨가 휘청휘청 걸어 들어온다. 대낮부터 진하게 한잔 한 것 같은 기색이다. 걸어오더니 번호표도 안 뽑고 창구에 앉았다. 그 아저씨 얼굴을 마주하고 있는 직원은 엄마가 입이 마르도록 칭찬해서, 귀에도 익고, 꽤 본 적도 있는 20대 초반의 나이에 고등학교만 졸업한 '윤하'라는 언니이다. 언니도 꽤나 당황한 기색이었다. 술 취한 아저씨 입 냄새와 그 위협적인 말투. 첫마디는 이거였다.

"아가씨, 예뻐구먼. 나 통장 좀 보여 줘."

무슨 개떡 같은 소리야. 관리 아저씨가 말리면 조심스럽게 아저씨의 팔을 잡았지만, 이내 뿌리치며 고래고래 은행이 뜯겨 나가도록 소리를 질렀다.

"에이씨, 야. 너 이름 뭐야? 냅둬!"

부득부득. 난 정의로운 17살이야. 적당히 해라.

"너희들 뭔데, 내가 만만해?! 이런 차림이니까 병신 같지? 생각하는 꼬라지하고는 너거들 먹여 살리는 건 나 같은 손님들이야! 알아! 그럼 손님한테는 깍듯이 대하는 게 원칙이지 뭐? 팔목을 잡아? 드러운 것들."

어이 아저씨. 방금 선 넘었다. 나는 창구 뒤, 책임자 자리에서 일어나 또각또각 위풍당당 구두를 조종하며 아저씨한테 다가갔다. 흥, 엄마보다 키도 쪼매난 대머리 주제에 말은 드릅게 많네. 아저씨의 까칠까칠한 정수리가 보였다.

"뭐야? 너 뭐여? 왜? 뭐하게?"

내 팔은 허공을 찔러 속도를 붙였다.

–

학교는 너무 오랜만이기도 하고, 지윤이의 문제로 도통 수업에 집중이 안 됐다. 절대 핑계는 아니다. 저녁 9시까지 야간자율학습이라는 것을 마치고 이제 집으로 돌아갈 시간이다. 왜 그토록 지윤이가 야자를 싫어하는지 오늘 처음 알았다. 취지는 좋지만, 그렇게 집중이 되는 건 아니었다. 오히려 시간낭비라는 생각도 들었다. 학교에 가면 마냥 신날 줄 알았다. 근데 아니다. 일단 집에 돌아가서 지윤이랑 마저 이야기를 끝내야 할 것 같다. 자초지종을 들어보고 앞으로의 일과 해결책을 세우는 걸로.

–

"최지윤, 이리로 와 봐."

지윤이가 나를 보자마자 의미심장하게 웃었다. 왜 웃기냐? 자기 얼굴을 처음으로 보는 거니까 웃길 수도 있겠지. 암튼 지윤이와 또 다시 마주 앉았다.

"일은 어땠어? 사회생활이라는 건 참 힘들지?"

오늘을 계기로 지윤이도 한 번 성장했으면 하지만

"별로? 학교 당기다가 가니까 살 만하던데?"

이런 싸가지.

"그나저나, 지윤아. 너 학교에서 친구랑 다퉜니?"

이제 본론이다.

"왜? 뭔 일 있어요?"

모르는 척하기는.

"너 도둑이라며. 선생님께 들었어."

또 이야기를 질질 끌다가는 계속 모르는 척하게 될까 봐 단도직입적으로 물었다. 잠깐 당황한 모습을 보였지만 지윤이는 처음부터 끝까지 나에게 설명해 줬다. 생각보다 순순히 말해 줘서 놀랐다. 아닌가? 함정이 있는 건가? 똥치우라는. 그나저나 꽤 심각했다. 도둑으로 오해받고 있다고. 정말 아니라는데, 그 눈은 정말 아니라는 억울한 눈빛이 맞았다.

"엄마, 엄마는 나 믿어요?"

처음으로 듣는 말.

"당연. 엄마는 너를 믿어. 최지윤을."

처음으로 따뜻한 말을 건넸다.

"일단 알겠어요. 지희가 나한테 무슨 이유로 그러는지는 짐작이 안가요. 정말 최악의 경우는……."

최악의 경우? 그게 뭔데?

"선배! 설마 선배?!"

선배라니?

"엄마, 지희는 2학년 2반 윤호 선배 팬이에요."

윤호? 그래서 뭐? 걔 잘생겼니? 내일 보러 가야지.

"그러니까 윤호 선배 조심해요. 축구부이고, 꽤 생기고. 아마 지희는 질투해서 그럴지도. 윤호 선배가 나한테 잘해 주던 게."

뭐? 풉. 이번 발언만큼은 지윤아, 못 믿겠다.

"너한테?"

좀 기분 나쁠 수도 있지만. 설마라는 마음으로 물었다.

"응, 우리 맞은 편 아파트에 살아요. 그리고 학교 축제 때 선배반이랑 준비하면서 좀 친해진 것 뿐이에요, 별로 대단한 사이도 아닌데. 지희 걔 완전 웃기다."

그렇단다. 뭐 지윤이가 말하는데 믿을 수밖에. 일단 지윤이의 엄마로써 내가 해결할 수 있는 만큼 이번 일은 해결해 두는 게 좋을 듯하다.

"엄마, 우리 그거 해요."

응? 뭐?

"교환일기, 아니, 그 왜. 그러니까. 그 초등학생 때 엄마랑 쓰던 교환일기 부활시키자구. 나한테 아직 있으니까."

뜻밖의 제안에 뜻밖의 대답을 했다.

"대환영."

비즈니스 교환일기

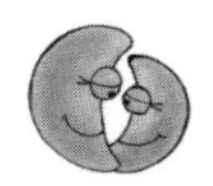

교환일기를 써 본 적이 있는가? 초등학생 때 엄마가 매일매일 교환일기를 써 보자며 사 둔 노란색 병아리가 그려진 두꺼운 수첩은 아직 5장도 채 넘겨지지 않았다. 순간 웃음이 나왔다. 닮아도 이상한 곳만 닮아서인지 둘 중 어느 누구도 새로운 장을 시작하려 하지 않았다. 그 모습이 머릿속에 그려져 낄낄 웃었다. 10년 만에 다시 시작한 교환일기는 조금 특별하다. '비즈니스 커플'이 있다면 '비즈니스 교환일기'도 있는 법. 이 일기는 오로지 엄마와 나의 정보 공유와 각자 직면해 있는 문제해결을 위한 수단으로 추억 팔이 일기장이 아니다. 이 신비한 일기장은 준우에게도, 아빠에게도 들키면 안 되는 철저한 보안자료이다. 벌써 몸이 바뀐 지 3일 정도 지났다. 주말이 다가오면, 또 한 번의 기회가 생길지도 모른다. 어제 엄마가 먼저 일기장에 무언가를 써 두었다.

2019년 6월 18일 화

최지윤은 보아라. 오늘 학교에서 그 윤호라는 남자애를 보고 왔다. 훤칠하게 신랑감으로 딱 이더구나. 단, 방심하지 말 것. 윤호 주변에는 여자아이들이 많아. 아마

선배가 너한테 아무런 감정과 의도 없이 잘 대해 준 행동들이 누군가에게는 오해를 불러일으키지 않았을까 조심히 추측해 본다. 엄마로써 이번 일은 몸이 돌아 올 때까지 최선을 다 하겠다. 너의 마음을 확실히 정해 두는 편이 좋을 것 같다.

나의 마음을 정해? 엄마가 잘 해결해 줬으면 하는 마음도 크지만, 엄마의 방식이 영원히 나를 더 왕따로 만들지 않을까 걱정된다.

출근하고 점심시간 몰래 일기장을 꺼내어 오늘 날짜를 적고 엄마의 일기에 답해 보았다. 일기니까 솔직히 적을까? 아니면, 그냥 대답만 할까?

2019년 6월 19일 수

엄마 도대체 무슨 말이에요. 잘 해결되고 있는 거 맞죠? 엄마 은행은 다행히 큰 사건은 없지만, 꽤 진상 고객이 많네요. 두들겨 패고 싶은 주먹을 엄마를 위해 잘 참고 있어요.(ㅎㅎ) 그리고 엄마 이렇게 사회생활이 힘든 줄은 상상도 못했어요. 그냥 그렇다구. 오늘 마치고 학교에서 무슨 일 있었는지, 어떤 진전이 있는 지 자세히 알려줘요. 문자라도 해 봐요.

일기는 요 정도로 써 두고 일을 해야겠다. 오늘은 회식이 있다고 했다. 나는 술 마시면 절대로 안 된다. 절대로!! 작년 여름 방학, 시골에 계신 친할아버지가 잠깐 막걸리를 주셨다. 친구들이 막걸리는 좀 달다고 해서 의심치 않고 먹었다가 그야말로 아기 개가 되었다. 회식 안 가고 싶은데, 박 대리님이 가자고 계속 졸랐다. 자기가 살 것도 아니면서……. 내가 생각하는 회식은 사장 급 정도 되는 아저씨가 자리의 분위기를 쥐고 있고, 그 비위에 맞추어야 하는 그런 자리이다. 과연 내가 그곳에서 잘 견딜 수 있을까?

–

회식 장소는 맛있는 고기집이다. 역시 시간대가 늦어서 그런지, 회사에서 하루 종일 스트레스 받은 몸을 이끌고 온 직장인들이 꽤 있었다. 하나같이 오른 손에는 젓가락과 고기를, 왼손에는 노랗게 물든 맥주잔을 들고 있었다. 엄마 회사 직원들도 전부 자리에 앉았다. 나는 정장 바지를 입어서 편하게 앉았지만, 옆에 있는 여직원들은 치마를 입고 있어서 불편해 보였다. 치마 신경 쓰느라 제대로 못 먹을까 봐 앞치마를 챙겨 와서 나눠 주었다. 고기가 나왔다. 내가 제일 좋아하는 돼지갈비이다. 돼지갈비는 뼈에 붙은 양은 코딱지만 한 고기가 제일 맛있는 법이다. 양념이랑 잘 어울려서 뼈만 쪽쪽 빨아 먹어도 일품이다. 나는 최대한 술 권유를 피하기 위해서 고기를 구웠다. 한 번도 구워본 적 없는데, 술 피하면서 밥 먹는 것보다는 차라리 태우는 게 나을 것 같다. 고기가 조금씩 맛있는 색깔을 찾아가고 있을 때 즈음 시작됐다. 엄마 승진 동기이고, 실적도 막상막하이지만 싸가지가 없기로 유명한 아저씨. 이 아저씨는 정말 잘 알고 있다. 그 잘난 아들이 명문과학고를 다니고, 그 위에 있는 성인 딸은 음대에 다닌다고. 그에 비하면 우리 엄마는 평범한 인문계 고등학교에서 왕따나 당하는 딸과 축구에 몰두해 공부는 따라잡지 못하는 초딩 아들이 전부이다. 뭐 여기까지는 사람 사는 게 그렇다고 넘길 수 있다. 그런데 말이다. 이 주둥아리 가벼운 아저씨는 머가리도 아니, 생각하는 것도 어쩜 그렇게 가벼울까. 회식자리에서 처음으로 끊는 스타트가 자기 아들 자랑이라니. 아저씨는 이렇게 말한다.

"우리 고놈 아가 말이지, 이번에 국어 문제 2개 틀려가지고 전교 2등이란다. 그 자시기 그, 국어가 차암 안 돼. 으짜믄 좋을까에 지점장님. 지점장님 아드님 국어 하나는 기양 도사지에? 좀 알려 주십사 합니다."

아이고, 아들이 국어 2개 틀리가지고 전교 2등해서 하늘이 무너지겠어요. 그 으짜믄 좋겠노. 나는 국어 9개 틀려서 전교, 하. 그게 지금 자랑이라고 씨부리는 건지, 아니면 정말 속상해서 씨부리는 건지. 옆에 앉아 있던 조 과장님 표정은 나보다 더 가관이었다. 하마터면 맥주를 그대로 엎을 뻔했다. 조 과장님은 그 아저씨랑 입사 동기이지만 승진이 늦어졌다. 그리고 조 과장님은 나랑 동갑인 딸이 있는데, 아무리 열심히 공부해도 항상 234등이다. 얼마나 가슴이 찢어질까. 조 과장님은 단순히 승진이 한 번 늦었다는 이유로, 나이도 똑같은 그 아저씨 그러니까 그 싸가지 아저씨한테 선배질 당하고, 머리 조아리며 사과하는 어느 집안의 가장이시다. 조 과장님 딸 이야기는 우리 엄마가 나한테 항상 말해 줘서 너무 안타까웠다. 한번도 조 과장님의 딸을 경쟁상대로 인식해 본 적이 없다. 언제 한 번 만나서, 같이 고민도 털어놓고, 친한 친구가 되고 싶었다. 왜냐면 나랑 똑같으니까. 하지만 그 아저씨의 도를 넘는 발언은 계속되었다.

"조 과장, 그 조 과장 딸내미는 으뜬가? 소문에서는 전교 권에서 논다는데. 윤 부장도 딸내미 억수로 공부 잘한다매. 그 곱게 키워 가가지고 우리 아들내미랑 혼인 시켜 뿌자꼬. 하하하하."

어이가 없네. 조 과장님이랑 우리 엄마랑 내가 아픈 부분만 콕콕 찔러서 말하는 거랑, 뭐? 느그 아들이랑 결혼? 순간 내 머릿속의 버튼이 눌렸다.

"그만하세요! 조 과장 귀한 딸이랑, 우리 집 귀한 딸이 뭐? 누구 아들이랑 결혼해? 죽어도 100억 줘도 안 시켜요. 조 과장 딸도 우리 딸도, 더 멋있고 훌륭한 남편과 더 든든한 시아버지 만나서 결혼시킬 꺼니까. 혼자 김칫국 마신다 해도 작작해야지. 더럽게."

미쳤다. 저질러 버렸다. 홧김에 나도 모르게 이런 실수를. 지점장님 표정은 왠지 어마어마한 것을 본 나무늘보마냥 입이 떡 벌어졌다. 옆에 있던 부하직원들은 이 아줌마 한 건 했네 라는 표정을 지었다. 그리고 조 과장은 터져 나오는 웃음을 참지 못하는 것 같았다. 아저씨는 안 그래도 작은 두 눈을 부릅뜨다 파르르 감으며 애써 웃음을 짓고 있었다. 고기가 탄다. 빨리 먹어야지.

-

회식이 끝나고 나니까 12시가 훌쩍 넘었다. 엄마한테서 문자가 왔다.

'내일이면 끝'

이게 무슨 말이지……? 답장은 나중에 하기로 했다. 너무 피곤하다.다행이도 술은 잘 피했지만, 오늘 회식을 거점으로 엄마가 미움 받을지도 모른다. 집으로 돌아오는 택시를 타고 곰곰이 생각했다. 이것이 리얼 사회라고. 내가 그렇게 잘못한 건 없어도, 어른들의 사회에서는 이런 발끈은 용서되지 않는다고. 어떡하지 진짜. 오늘 일기는 미리 써 두었지만, 찜찜해서 한 개 더 써야겠다. 차마 엄마 얼굴을 보고는 말할 수가 없다. 말했다가는 정말 어떻게 되도 모른다.

2019년 6월 19일 수 한 번 더 씀

엄마, 회식은 정말 최악인 듯. 나 술은 안 마셨어요. 계속 고기만 구웠지. 근데 엄마 진짜 큰일일 수도 있어요. 놀라지 마. 그 엄마 승진 동기인 그 왕 재수 아저씨 있지. 그 아저씨가 회식에서 도를 넘는 말을 했지. 첨에는 자기 아들이 국어 2개 틀려서 전교 2등이라고 해서 좀 화났지만, 그래도 이건 내가 모자란 탓이니까. 근데 그 뒤에 조 과장님 딸이랑 내 이야기하면서 잘 키워서 자기 아들한테 시집오라고 했어. 근데 홧김에, 진짜 잠깐 정신이 나가서 나도 모르게. 드럽다. 우리 딸들은 더 훌륭한 남편, 든든한 시아버지랑 결혼시킨다. 라고 말했어. 용서해 줘요. 그럼 고해성사 끝.

-

오늘은 수요일. 주말이 되기까지 딱 절반을 지윤이의 몸으로 지낸 날이다. 오늘이야말로 지희랑 단도직입적으로 부딪혀보려고 한다. 혹시 모르는 몸싸움을 대비해, 치마 밑에는 체육복 바지를 단단히 입어두었다. 지윤이가 그렇게 입고 학교 다닐 때 엄청 뭐라고 했지만, 막상 체육복 바지가 없으면, 치마 아래로 신경이 쓰여서 몸이 근질거린다. 어제 지윤이가 말한 그 윤호라는 애를 보고 왔다. 굉장히 잘 생겼다. 지윤이가 말한 대로라면, 윤호가 지윤이에게 관심이 있다는 건데, 40대 아줌마는 어떠니 윤호야? 농담이다. 보아하니, 윤호란 아이는 인기도 꽤 있던 것 같다. 유일하게 지윤이랑 아직도 얘기하는 세희의 힘을 빌렸다. 세희도 요 며칠, 지윤이를 피하려는 것 같았지만, 역시나 소꿉친구는 돌아왔다. 내가 아니라는 걸 증명하기 위해 혼자서 꽤나 생각한 것 같다. 고맙다 세희야, 아줌마가 몸 돌아오면 맛있는 것 좀 사 줄게. 혼자 살면 심심할 텐데. 본론으로 들어와 세희의 추측을 간단히 정리해 보았다. 먼저 배경상황은 그 지희라는 애와 윤호는 중학교 때 잘나가던 학교 커플이었다고 한다. 그러다 고등학교에 올라와서 윤호가 아무 이유도 없이 잘나가는 여자 '지희'를 찼다고 한다. 지희는 영문도 모른 채 윤호를 추궁하다가, 윤호가 우리 딸 '지윤'이에게 관심이 있다는 걸 찾아 냈다. 자기보다 급도 낮아 보이는 여자 애가 남자친구를 빼앗았다는 분노에 지희는 지윤이를 도둑으로 몰아내 학교에서 영원히 쪽팔리게 하려 했다는 것이다. 여기까지가 세희의 추측이다. 하지만 아무리 생각해도 윤호와 지윤이의 접점은 없다. 그래서 오늘! 수요일! 윤호를 직접 찾아가기로 했다. 아침에 일찍 윤호라는 선배의 반에 가 있으면 될 것 같다. 윤호는 축구부 부장이라 아침 일찍 학교에 나와 훈련 준비를 한다고 들었다. 윤호라는 친구 반 앞에 서서 있는데 긴 복도 끝에서 훤칠하게 생긴 꽃미남이 걸어오고 있었다. 휘말리지 말자. 절대 난 40대 아줌마라구!!!! 긴장하지 말자! 그 꽃미남은 마치 후광이 나는 것 같았다. 내 첫사랑과 닮은 것 같기도 했지만, 일단 나의 목적은 윤호와 우리 딸 지윤이의 관계를 알아내는 것이다.

"안녕? 지윤이? 1학년 최지윤 맞지?"

"아! 안녕하세요. 혹시 저 아세요?"

나는 수줍은 소녀 모드를 장착한 것 같은 얼굴과 강인함을 더해 지윤이를 좋아하지 않게 만들려 했다.

"응, 너 항상 축구 보러 나오지 않았어? 저번에 나한테 주스도 사 줬었잖아. 그 정도는 절대 안 까먹거든!"

응? 최지윤 너 이 지지배, 아침밥 안 먹는 급한 이유가 축구 경기였어? 그리고 주스도 사 줘? 돈 없어서 버스도 못 타겠다더니 아주 그냥 난리가 났구나!!!

"하하하, 그렇죠. 선배님 혹시……."

아! 안 돼! 순간 너무나 도망가고 싶어서, 왼쪽 다리는 이미 뒤를 향해 쭈욱 뻗어 있었다.

"혹시…… 그."

"이번 주말에 시간 되니?"

"네?"

"부탁이 있어서, 네가 필요하거든."

아니, 이 나이 먹고 고백을 받다니. 참 곤란하군. 일단 된다고 해 봐야겠다.

"네……."

"그럼, 토요일 아침 9시에 호루라기 공원에서 보자!"

"네…… 시합 열심히 다 하시고."

-

설마 내가 고백 받은 건가? 그럴 리가 없는데. 일단 지윤이한테 고백을 할 이유가 단순히 주스랑 응원이라면 정말 좋은 남자아이가 맞는 것 같다. 그런데 다른 꿍꿍이가 있는 것 같았다. 아무도 없는 교실에 엎드려서 조용히 생각해 보았다. 오랜만이다 이 느낌. 창문 너머 운동장은 몇 분 간격으로 울리는 깊은 호루라기 소리가 들린다. 지금의 고등학교는 내가 학교 다니던 시절보다 더 힘들고 고단하고 외롭지만, 나에게는 새로운 학창시절을 경험할 수 있었다. 그치만 문득 지윤이가 떠올랐다. 언니나 오빠가 있는 것도 아니고, 서투른 부모의 딸로 스스로 알아가야 하는 것도 많았고, 그렇게 몇 년을 혼자 부쩍 커 버린 지윤이에게는, 고등학교는 익숙하지 않았을 것이다. 나도 지윤이에게는 더 좋은 엄마, 그리고 친구가 되고 싶었지만. 그런 애잔한 생각을 하며 나는 가방에서 일기장을 꺼내 들었다. 지윤이랑 오랜만에 주고받는 교환일기이기도 하고, 우리 둘만 아는 내용이 잔뜩 적힐 테니까 왠지 재밌고, 기대도 되는 것 같다. 어제, 그러니까 수요일 밤, 회사 회식을 끝끝내 마치고 돌아온 지윤이가 뭔가를 끄적거린 흔적이 있다.

뭐라구우?!!!!!! 최지윤, 너 이 자식!!! 결국에는 한 건 했구나. 지윤이 왈, 김 차장한테 도를 넘는 말을 했다는 것이다. 나한테 용서를 구하려고 살짝 떠 보려던 일기지만, 그래도 지윤이가 있는 세계는 놀이터도, 학교도 아닌 사회인데…… 좀 참았어야지 최지윤!

아, 회사로 돌아가면 이제 정말 큰일이 일어날 수도 있겠다. 그 재수 없는 김 차장의 비아냥거리는 입놀림, 그리고 안절부절 못하는 조 과장. 이렇게 된 이상, 나도 너무 심사숙고할 필요는 없는 것 같다. 일단 윤호라는 아이를 만나서,

"선배, 선배 저 좋아해요?"

후후후 아주 좋아. 이렇게 선 공격을 해 두어야지. 최지윤, 잘나가던 엄마가 너의 학교생활을 찬란하게 만들어 주마.

주말 그리고 내일

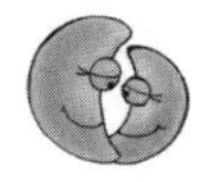

-

드디어 기다리던 주말이다. 오늘은 학교의 인기남이자, 지윤이의 학교생활에 불쑥 난입한 문제남 '윤호'를 만나는 날이다. 오늘 아침, 9시까지 호루라기 공원에서 만나기로 했다.

우리 집에서 호루라기 공원까지는 6분 정도 걸린다. 지금 시각은 8시 57분. 내가 학교에서 잘 나갈 무렵에 연애고수 친구들이 주고 받던 말이 있다.

"원래 데이트 한 4분 정도 늦어 줘야 해. 안절부절 더 애타게 나의 존재를 기다리게 하는 거지, 하하하."

과연 그럴까? 나도 왕년에 잘 나가기는 했지만, 연애는 못해 봤단 말이다. 회사 다닐 때는 시간에 쫓겨 사는 사람들을 이해할 수 없었다. 나는 누구보다도 시간이라는 개념에 있어서는 가장 완벽한 사람이었다. 회의가 그날 아침에 생겨도 절대 늦지 않고 항상 15분 전에는 착석하여 자료들을 검토했고, 손님과의 중대한 약속도 절대 시간에 쫓기지 않도록 만들어 냈다. 그런 내가 작정하고 지각이라니…… 혹여나 지윤이의 이미지에 금이 갈까 봐 고민했지만, 이게 매력이 된다면야! 급하게 화장실에서 마지막 볼일을 보고 나오는데 지윤이가 소리쳤다.

"엄마! 지금 그 꼴로 어딜 나가! 그 옷차림은 또 뭔데!"

내가 뭐 어때서.

"궁금하냐? 네가 한 번도 못해 본 거 하러 간다! 왜!"

"뭐? 설마 막 데이트나 그런 건 아니지?"

"맞으면? 어떡할래? 한대 칠래? 엄마가 니 어깨 좀 펴 주는 건데 말이야."

"하. 그런 옷차림으로는 어깨는 개뿔, 얼굴도 못 들고 다녀요. 제발 엄마 부탁해……. 그 이상한 티는 뭐고, 거기다가 그 선글라스는 뭐에요."

맞다. 나도 모르게 눈가의 기미를 가리려고 선글라스를 챙겼다. 아 참. 그때 지윤이가 내 팔을 붙잡고 잽싸게 날아갔다. 지윤이는 자기 침대에 예쁜 원피스를 턱 던졌다. 이걸 입으라고 주는 건지 벼룩시장에 갔다 팔라고 주는 건지. 암튼 하도 고집을 피우는 바람에 입었다. 화장도 고치고 나니까 내가 제일 싫어하는 지윤이가 거울 앞에 있었다.

-

저 시계탑 앞에 색이 잘빠진 청바지와 부담스럽지 않은 깔끔한 티를 입은 남자 아이가 서 있었다. 앞머리를 한 번 정돈해 주고,

"안녕? 아…… 안녕하세요. 선배."

미쳤다. 안녕? 이라니 그것도 아주 발랄하게.

"어 안녕? 우와 학교에서랑은 또 다른 느낌이구나."

"정말요? 하하. 많이 기다렸어요?"

"아니, 나 방금 왔어."

그짓말 시계를 몇 번이나 보던데 크크.

"죄송해요. 집에 성질 나쁜 강아지가 하도 못살게 굴어……."

"아 괜찮아. 잠깐 여기 좀 앉아 보자."

선배 그러니까 그 윤호라는 총각과 나의 영혼과 지윤이의 몸은 어느샌가

나란히 벤치에 앉았다. 떨린다. 설레서가 아니라, 무슨 말을 할지 궁금해서. 역시 내 눈에는 쪼그만 꼬맹이에 불과하다. 잘생기고 훌륭한 인품이지만 나를 넘어트릴 수는 없는가 보다. 사실 몇 번이고 "저 좋아해요?"라며 연습했지만 그건 좀 아닌 것 같아 저쪽에서 먼저 입을 떼기를 바랐다.

"저, 지윤아. 너 도둑이야?"

와 참나. 첫 마디가 그거냐. 정말 만약 이 상황을 지윤이가 직접 겪었더라면 울고불고 혼자 상처 받고 그랬을 것이다. 이런 고약한 자식이 다 있나.

"하고 싶은 말이 그거예요? 선배. 선배가 저를 얼마나 아는데요? 고작 주스 몇 번 사 준 거, 아침마다 엄마랑 싸우면서까지 경기 보러 가는 거. 그저 나는 너 같은 잘난 사람 어깨 뽕 채워 주는 게 다지? 실망이네요. 도둑? 도둑이라는 더러운 타이틀이 붙는다는 게, 당사자한테는 얼마나 고통이고 지켜보는 가족들마저 얼마나 안쓰러워하는지는 알고 말하는 거예요? 그냥 안녕히 계세요."

너무 분해서 벌떡 일어서서 막 달리기 시작했다. 우리 딸이 뭔데 너희 같은 애들한테 의심받고, 눈치 보면서 살아야 하는데? 그때 내 손목을 확 잡으며 중저음의 목소리가 들렸다.

"난 진실을 알아."

-

"야, 최지윤. 너 미쳤어? 갑자기 왜 그래? 이걸 왜 뿌리냐고!! 너 또라이지?"

신기하게도 우리 집 주소까지 조사했다. 지희라는 녀석은 우리 집 대문 밖에서 몇 번이고 초인종을 눌러대고서는, 다짜고짜 면전에다 대고 화를 냈다. 이럴 땐 화끈하게, 그리고 제대로 대응해 줘야지!

"그래 맞아. 근데 너희들 진짜 유치하다. 너희들 잘나가? 하하하 내 눈에는 그냥 쪼마난 애들로밖에 안 보여."

"그래서 뭐. 어쩌라고. 너 같은 찐따에 비하면 잘나가는 거지. 남친도 있고……."

"야, 너 디게 웃긴다. 남친 있는 거랑 잘나가는 거란 무슨 상관인대? 제발 눈 좀 뜨고 봐 봐. 여기저기서 너만 보면 수군거려. 나한테 사과해."

드디어 사건의 실마리를 찾았다. 한지희라는 애 정말 웃기고 교활하다. 우리 지윤이를 위험에 빠트리려고 꽤나 준비한 모양이다. 그러나 나는 절대 지지 않아.

"네가 관리자 댓글에다가 내 동영상, 그것도 니들이 짜고 친 그 동영상 올렸지? 이거 신고할까? 잘나가는 명문대 가는 게 꿈이지? 그 꿈 내가 사뿐히 밟아 줄까? 너 같은 애들이, 가해자들이! 잘 먹고 잘사는 세상은 쓰레기 같아. 냄새 난다고. 동영상 올리는 것도 모자라서 나 빼고 단톡까지 만들어서 소문냈지? 좋아. 증거 안 남게 몇 백배로 되갚아 줘, 아니면 그냥 나한테 사과하고 어머니랑 합의해서 끝낼래?"

후 십 원짜리 욕이 튀어나오려 했지만 간신히 참았다.

"내가? 너 죽여 버릴 거야. 난 너랑 다르게 앞길이 열려 있다고. 공부도 잘하고, 부모님들도 다 성공했고. 뭣 하러 너랑 꼬여야 돼? 기분 더러우니까 꺼져. 할 얘기도 없고."

이 샤퀴가 네가 지윤이를 얼마나 알아? 순간 감정이 폭발해 눈물이 날 뻔했다. 누구처럼 머리가 뛰어난 건 아니어도 매 순간 열심히 하고, 힘들어도 다 참아내는 딸인데……. 학교에 왕따 당하는 것도 말 못하고, 혼자서 욕이란 욕은 다 들었고. 그래도 참 착한 딸인데. 사랑을 잔뜩 주진 못했지만 항상 첫째로서 묵묵히 17년을 견딘 딸인데…… 근데 이 싸가지야. 니가 우리 지윤이를 욕해?

사건의 전말은 이렇다. 지윤이를 모함의 굴에 빠트린 장본인은 다름 아닌 한지희. 지희라는 애는 머리도 좋고, 부모님 스펙도 좋은 걸로 알려져 있지만 성격은 영 아니다. 소위 말하는 '엄.친.딸' 한지희는 아침마다 꼬박꼬박 뛰어와, 축구부 애들 사이에서 인기 만점인 주스를 사고, 학교에서 완벽한 '완.소.남.선.배.님'의 경기를 응원하고, 시원한 인기주스를 건네주는 그런 평범한 '최.지.윤'을 아니꼽게 본 것이다. 그러나 이 GEE랄발광 17살 엄친아의 질투는 여기서 멈출 수 없었다. 학교에서 항상 혼자 다니는 남자 아이에게 거금의 돈을 주고 지윤이 가방에 자신들의 물건을 숨겨 마치 지윤이가 범인이 된 것마냥 만들었고, 그 남자 아이마저 공범으로 만들었다. 콧방귀 나오는 유치하고 쪼잔한 수법이지만, 순진한 지윤이는 그 덫에 걸려들었고, LTE급으로 퍼지는 소문에 결국 은따, 왕따를 당하게 된 것이다. 이 내용은 그러니까…… 호루라기 공원에서 알게 되었다. 그 윤호라는 학생 덕에.

"엄마, 어떻게 된 거야? 내가 최대한 나쁘게 얽히지 말아달라고 부탁했잖아. 엄마가 똥 싸 지르면, 나중에 뒷감당은 내가 해야 돼? 나 진짜, 이렇게 되면 학교 못 다닌다고."

뭐……? 뭐 뭐??? 똥????? 나는 지윤이의 앞날과 존심과 학교생활을 위해서 숱한 검은 머리 아이들에게 욕도 들었고, 왕따도 간접체험하고 그래 왔는데, 돌아온 말들은 똥이란다.

"너, 엄마 아니었으면, 이렇게 해결할 수 있겠어?"

"아!!! 몰라!! 이씨!!! 짜증나!"

-

엄마는 정말 왜 그럴까. 아침부터 데이트를 간다면서, 이상한 옷차림과 선글라스를 끼고. 아주 그냥 나를 학교에서 고립시키려는 가 보다. 게다가 윤호 선배를 만난다고! 나도 5분 이상 같이 있어 보지 못한 신 같은 존재인데! 호루라기 공원에서 만난다고 해서 몰래 미행하려 했지만, 귀찮기도 하고, 오히려 엄마가 어떤 행동을 할지 너무 예상되서 차라리 눈 감는 게 맘 편하거니 생각했다. 그래서 하루 종일 집에 틀어박혀 있었다. 합숙이 끝나고, 대회를 마친 준우가 돌아오자마자 친구들을 5명이나 초대했다. 그냥 엄마 미행할걸……. 그 까무잡잡하게 태운 아이들이 집안에서 난리를 피웠다. 나는 과자도 사 주고, 온갖 심부름을 도맡아 했다. 잠깐 쉬려고 침대에 누우면, 회사 직원들에게서 전화가 온다. 오늘은 분명 주말인데! 일은 제때 해 두어야 하는 거 아닌가? 나는 어려운 업무 질문에 당황하여, 땀으로 샤워를 했다. 정말…… 작년 여름휴가 때가 생각난다. 밖에서 바비큐 파티를 할 때도, 워터파크에서 신나게 놀 때도, 맛있는 간식을 먹으며 영화를 볼 때도 엄마는 하루 종일 전화기를 들고 있었다. 성수기라서, 엄마의 빈자리가 더 큰 타격을 준 것이다. 엄마는 휴가를 보내고 있지 않았다. 마치 출장을 온 것처럼 하루 종일 후배 직원들의 업무 질문과 상사들의 연락, 그렇지만 누구보다 샤샤샥 빠르게 대응하는 모습이 멋있었다. 하지만 지금의 엄마는 그렇지 않다. 지금 엄마는 나이기에 너무 당황스럽다. 무슨 말을 하는지 몰라서 후배 직원 전화는,

"어 미안. 내가 지금 급한 사정이 생겨서 좀 있다가 전화할게."

라고 끊었고, 상사분들 전화는 안 받기로 했다. 엄마가 알면 대번 책상을 엎겠지만.

준우 친구들이 돌아가고, 오후 1시를 향해 시계가 열심히 달리고 있었다. 잠시 짬을 내어, 공부를 하기로 했다. 원래 같으면 이 시간에는 학원에 갈 테지만, 오늘은 엄마가 학원을 안 갔다. 으휴, 정말. 내가 얼마나 피땀 모아서 번 돈들인데. 학교 진도를 따라잡기 위하여 인터넷 강의를 틀었다. 열심히 선생님 입술과 내 필기와 머리를 매치하며 공부하는데, 선생님 입에서 계속 이상한 벨소리가 나온다. '이 쌤 너무 갔다……'라고 생각이 들 때쯤, 대문 밖에서 고래고래 언성을 높여 싸우는 소리가 났다. 창문으로 보니, 아니 이게 무슨 일? 엄마랑 지희? 지희가 있었다. 지희 얼굴은 마치 똥이 안 나와서 짜증난 얼굴과 색깔이었다. 엄마는 지희에게 너무 당돌하게 행동했고, 나는 걱정 됐

다. 내 앞날과 학교생활이…….

-

그렇게 주말이 순식간에 지나가고 다시 월요일이 왔다.

아침부터 등교가 아닌, 출근 준비를 하려는 게 너무나 지겹고, 힘들었다. 뻐근한 어깨를 혼자 두드리며, 땀을 뻘뻘 흘려 불 앞에 서서 요리를 하는 것도. 운동화가 아닌 뾰족하고 불편한 구두에 두 다리를 끼워 걸어 다니는 것도.

"네?"

"지금 상태가 심각합니다. 뇌 쪽 신경에 손상이 생긴 것 같긴 하나, 현재 인식이 되지 않아 원인불명입니다. 교통사고와 감전 사고를 동시에 당한 것 같습니다. 빨리 바른 병원으로 오세요."

지윤이가 출근하던 도중 교통사고를 당했다. 지하철역에서 내려 횡단보도를 건너는 도중에 급속도로 직진하는 오토바이와 충돌했고 동시에 도시 한복판에서 벼락을 맞았다. 뇌쪽 신경에 손상이라니! 선생님한테 말씀드리고, 택시를 탔다.

"지윤아!! 지윤아!! 눈 좀 떠봐! 최지윤……."

-

내가 쓰러졌나? 왜 병실에 잠들어 있는 거지? 그래 지윤이! 지윤이가 죽을 수도 있는데, 빨리빨리 찾아야지. 침대에서 벌떡 일어나 간호사에게 지윤이가 있는 병실을 물으러 갔다.

"혹시,"

"환자분?? 201호 병동 환자 분 맞으시죠? 몸은 괜찮으세요? 아직 이렇게 일어날 상태가 아닐 텐데. 되게 충격이 크실 텐데, 의사 선생님 모셔 올 테니까 잠깐만 침대에 누워 계세요."

그렇지, 지윤이가 교통사고랑 벼락을 맞았다는데 제정신일 리가 없는 게 당연하지. 잠시 뒤, 빠른 발걸음으로 의사가 들어왔고, 나를 눕힌 침대를 빠르게 끌고 나갔다. 그러고는 머리에 기다란 관을 부착했다.

"말도 안 돼. 그 벼락 모양의 종양이 사라졌어."

간호사한테 귓속말 하는 거 다 봤지만, 너무 잘 들리는 걸?

나 암이라도 있나? 뇌에 종양이라니, 그것도 벼락 모양의 종양이라는 이상한 걸?

"환자분, 기억나세요? 쓰러지기 직전에 일"

"당연하죠. 그러니까 엄마가 교통사고랑 벼락사고를 당해서 제가 급히 뛰어왔고, 그 충격으로 쓰러진 거! 아닌……가요……?"

"역시 이상하지? 엄마라니……"

또또 귓속말. 엄마 맞잖아 몸은.

"환자분, 환자분의 증상의 그동안 의학에서 몇 발견되지 않은 사례라서 저희도 원인불명으로 처리했습니다. 잠깐 거울 좀 볼까요."

원인불명? 일 좀 제대로 해 주지. 커다란 거울을 등지고, 의사가 시키는 행동을 따라했다. 기억을 되살려 주는 거야? 나 팔팔하고 멀쩡한데.

"자 이제, 돌아볼까요?"

네네.

-

아……. 죽는 것 같았어. 아니 거의 죽다 살아났지. 영원히 엄마를 못 만날 뻔했는데 뭘. 갑자기 오토바이가 달려오는 것말고는 아찔한 기억조차 되살아나지 않는다. 역시 빨리 돌아가는 게 최고의 방법이지 않을까. 근데 화장실이 너무 마렵다. 이렇게 막 움직여도 되는지 모르겠지만, 일단 생리현상이 가장 중요한 걸.

휴~ 살았다. 머리를 다친 것 같다고, 우연히 정말 우연히 들었다. 내 머리에 붕대가 칭칭 감겨져 있겠지. 거울을 올려다보려는 그 순간! 누군가가 확! 하고 화장실 문을 열다 못해 부수려고 했다. 너무 놀란 나머지 나는 넘어졌다.

"지윤아!!! 지윤아!! 어떡해???"

이 목소리는, 엄마! 엄마다.

"엄마 미안. 엄마 몸 함부로 써서 교통사고 당하고 정말 미안. 안 그래도 허리 안 좋은 데, 이제 수술 할 수도 있어."

"아니, 그런 건 상관없어."

엄마가 넘어진 내 손을 잡아 올려, 거울에 다가갔다. 그 순간! 나는 나로, 엄마는 엄마로. 그렇다 우리는 돌아왔다. 너무 기쁜 나머지 화장실에서 우리는 부둥켜안고 소리를 질렀다. 이렇게 엄마를 꽉 안아보는 것도 처음이다. 지금은 세상에서 가장 미치고, 행복한 모녀인걸? 우리는 엄마 딸, 딸 엄마이니까!

하! 드디어 나의 첫 소설책을 완성하였다. 처음에는 언제 60페이지를 다 채우나 싶은 막막한 심정이었다. 아무리 열심히 써도 꼴랑 5페이지밖에 안 되다니, 심지어 내용도 거의 끝나가더군. 그래서 처음부터 다시 쓰고 고쳐서 결국 100페이지 가량의 첫 소설책을 만들었다. 뿌듯하다. 내용이야 이상하고 산으로 가고 흐름도 뚝 끊기겠지만, 내가 이 책 한 권을 완성했다는 것에 의미를 두고 싶다.

17살의 내가 지은 첫 소설『우리는 엄마 딸, 딸 엄마』

내가 바라던 내용이 완벽히 나오지는 않았다. 내가 의도한 건 엄마의 회사생활의 참맛을 보고, 엄마도 딸의 고등학교 생활의 참맛을 보는 그런 내용이었지만, 막상 책을 쓰려고 하니 나도 어느샌가 고등학교에 적응해 버려서 처음 입학했을 때의 고민, 불안감, 고통을 살려내지 못했다.

엄마의 회사생활은 실제로 나의 엄마의 회사생활을 모티브로 구성하였다. 그래서 엄마에게 회사에서 힘든 점, 문제점 등 책을 완성하기 위한 밑밥들을 많이 물어봤지만, 엄마도 너무 오랜 세월 동안 회사를 다녀서인지 그냥 '다 힘들다.'라고 했다.

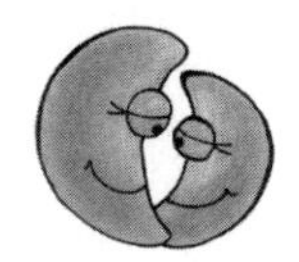

그래서 내가 쥐어짜내고 짜내어 겨우겨우 회사생활 이야기를 완성했다. 언젠가 내가 이 책을 보고 손발이 오그라들어도 추억할 수 있는 날이 오기를 바라면서 책을 마무리하겠다.

바다의 궤도

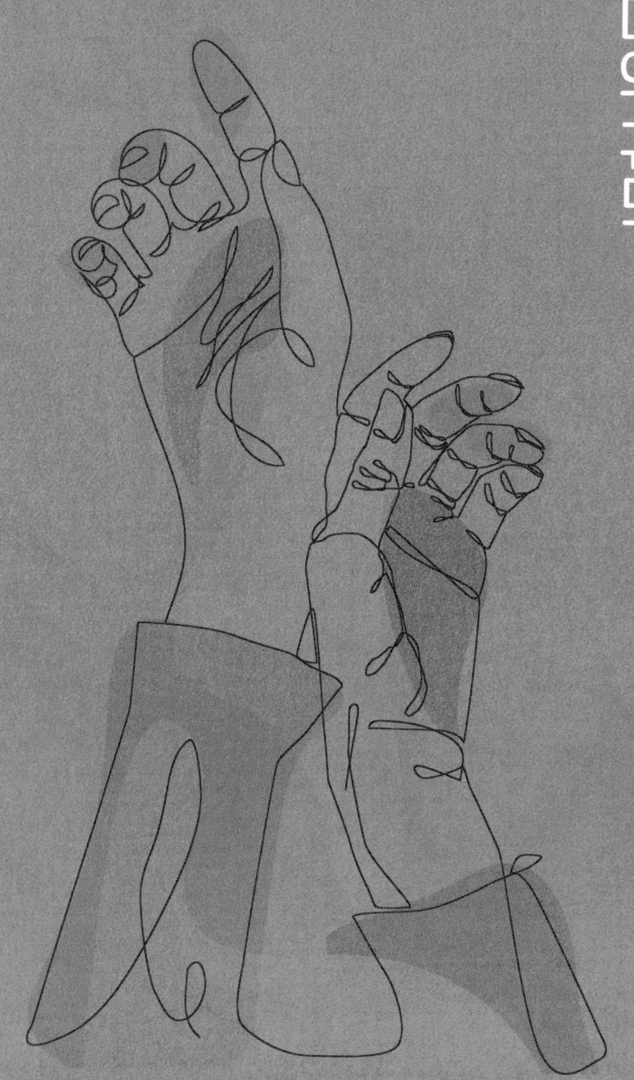

한혜지 · 길현아

넌 죽었니

- 한혜지

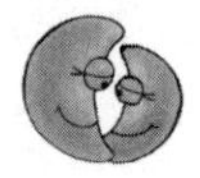

고려 성종 14년, 을미년(乙未年), 995년

동쪽 녹수 바다에 머리의 터럭이 푸른 인어가 태어날 것이라. 인어의 아비는 암수가 한 몸이고, 뱀을 몸에 칭칭 감아 얽혀 있는 다리가 긴 거북이오. 이름은 현무(玄武,北)이니. 자월생 서른 날의 인어는 그의 첫 번째 자식이 될 것이다. 인어가 살아가는 영겁의 세월 중 반은 약하지만 저어하지 않는 거품으로 보낼 것이오. 반은 햇빛에 옅게 그을린 살결과 더불어 찬란한 비늘로 뒤덮인 인어로 살 것이니.

인어가 머물고 간 자리, 하얀 명주가 일렀더라.

인어의 머리 터럭은 예컨대 북녘의 번한 푸른 바다를 동경해서 푸르를 것이기에. 그는 감히 인간을 사랑했던 현무의 자식이 맞더라. 재생과 불멸, 영원과 시간을 거스리는 현무. 그가 인어를 지키기 위해 제풀로 능을 단념할 때, 인어에게 심장을 먹이리. 즈믄을 조금 넘게 사는 천심 녹수의 인어는 그때 현무가 될 것이라.

'아아!'

태풍 같은 불이 대지를 치고 바람과 함께 일어난 용오름이 온 하늘을 뒤덮어 불바다로 만드니. 심장을 잃은 인어의 체에선 검고 푸른 파충류의 비늘이 번뜩인다. 바다를 닮은 푸른 터럭은 먹에 물이 든 듯 거뭏게 변할 때, 태양이 머물렀다 간 구릿빛 등에는 두꺼운 등껍질이 덮을 것이니. 인어의 울부짖음은 육지를 뒤흔들 바다의 울음이요, 하늘의 천둥이자, 대지의 울림이다.

연군과 심장을 잃은 인어에게 남은 것은 짊어져야 할 광활한 바다와 옛 현무의 몸뚱아리. 그런 낯선 몸뚱아리에서 나오는 소리라고는 대지를 마르게 할 파충류의 잔기침 소리. 아비의 몸을 가지고 연군을 잃은 인어는 아아, 불쌍해서 어찌하누. 어찌하누. 그런 인어는. 어찌하누. 어찌하누……

*

동지. 1995년 을해(乙亥)년. 12월 30일.

하늘도 깨지 않은 밤인데, 밖은 여전히 소란스럽기만 하다. 2층 창문을 통해 바라본 바다는 별이 가득한 밤하늘과도 같았다. 밤하늘에 별은 한 자, 한 자 수놓은 것 같은 그런 밤. 물론 그 밤들은 사람들의 피눈물로 이루어 낸 흔적이었지만. 아마 밖에 별이 가득한 것은 '그것'에 대한 소문 때문이지 않을까. 이안은 자꾸만 부딪히려고 하는 두 속눈썹을 가까스로 제지시키며 밖을 바라보았다. 바다에 사는 '그것'에 대한 소문은 겨울만 되면 극에 치달았지. 1년 중 가장 춥다는 동지만 되면, 뱀도 거북이도 아닌 것이 밤 내내 울부짖다 사라진다는 소문. 그리고 그 소문을 믿는 사람도 꽤 된다는 것도 알고 있었다. 이안의 아버지도 믿었으니까.

그래서 그냥 이안도 믿었다. 어디서부터 시작된 소문인지 모르겠지만 그냥 믿었다. 어른들이 진짜라고 했으니까. 하지만 그렇다고 해서! 95년의 마지막을 앞둔 밤, 이리도 요란스럽게 깨고 싶지는 않았다. 이안은 선잠이 묻어 까치집이 된 머리를 신경질적으로 털며 나갔다. 문을 열고 두터운 아스팔트가 신발창에 닿이는 순간 입에서 허연 입김이 나왔다. 눈이 시리고, 코로 들어오는 공기가 텁텁했다. 괜히 마른 코를 만지작거린 이안은 슬리퍼를 땅에 질질 끌며 소음의 중심 쪽으로 걸어갔다.

"무슨 일 있어요?"

섬뜩한 공기가 목에 스치었다. 돌아오는 대답은 없었다. 사람들은 이안에게 설명해 줄 여유가 없는 것 같았다. 이안은 깊게 패인 미간을 손가락으로 꾸욱- 눌렀다. 그리고 다소 긴 허연 입김을 감았다 뿜었다. 아니, 도대체 뭐가 있길래 그래? 뭔 지라도 보자. 이안이 사람들을 제치고 앞으로 걸어 나간다. 가볍다면 가볍고, 즉흥적이면 즉흥적인 저의 성격은 이런 상황에서도 두각을 드러냈다. 오랫동안 밖에 있었던 건지 사람들에게서 느껴지는 한기가 몸에 그득하게 닿아 오고, 마침내 이안은 사람들에게 둘러싸여 있던 것을 볼 수 있었다. 동공이 확장되는 기분이 이런 건가. 큰 상어나 고래라도 생각했던 것과는 다르게 이안이 본 것은 평범한 사람이었다. 뭘까, 그 사람을 본 잠시 동안 시간이 멈춘 것만 같았다. 주변의 그 어떤 사람도 움직이지 않았다.

그렇구나. 과학적으로 설명하면 상대성 이론과 양자역학에 빗댈 수 있었다. 이름도 기억나지 않는 그 과학자가 말했다. 그것은 시간과 공간을 구부릴 수 있고, 무에서 어떤 것이 출현할 수 있으며, 누군가가 살아 있는 동시에 죽은 상태일 수 있다고 주장했다. 그렇다. 이안은 그를 봄으로써 살아 있음과 동시 죽음을 느낀다. 한 마디로 말해 첫눈에 반했다라고 간단하게 정리할 수 있었지만.

이안은 저의 첫 로맨스가 그저, 십대의 영락없는 가벼운 사랑이라 치부되길 원하지 않았다. 그 사람은 이안의 가슴 속에서 어떤 일이 일어나는 줄도 모르고, 고개를 들어 이안을 바라봤다. 흑진주를 닮은 머리가 물에 젖어 얼어 내리 앉아 있고, 마냥 하얗지만은 않은 피부가 달빛에 빛나는데, 정말 아름답기 짝이 없었다. 마주친 눈이 서로를 꿰뚫는다. 짧지 않은 시간이 흐르고, 마을 사람들의 웅성거리는 소리가 이안의 귀에 꽂혀든다.

"저 사람이 글쎄 맨 발로 바다에서 기어 나왔다니까!"

"잘못 본 거 아니여? 지금이 영하 12도인데, 사람이 저기서 어떻게 기어 나온다는 거야!"

아, 이안이 탄식을 내뱉는다. 마을에 떠돌아다니는 소문이 최고조에 달하는 동지. 그것도 을미년(乙未年)으로부터 딱, 즈믄이 지난 시기에 겨울 바다에서 튀어나온 사람은 소문을 가정사실화시켰다. 이안이 정황을 파악하고 있는 사이, 그는 말을 하고 싶었던 건지 마른 입술을 달싹거렸다. 이안은 그가 무슨 말을 하는지 궁금해했지만 들을 수 없었다.

그에게서는 목소리가 나오지 않았다. 금붕어처럼 입을 뻐끔거려도 들리지 않는 목소리에 이안이 무언가를 깨달은 듯 고개를 끄덕였다. 이 추운 겨울날에 바다에서 나타난 낯선 이는 모두를 놀래키기에 충분했고, 그에 물어도 대답 않는 그에게 마을 사람들은 추궁하기 바빴을 것이다. 사실은 목소리가 나오지 않는 것이었는데 말이지. 마을 사람들은 소문에만 치중해 그 사람을 보지 못한 것이다. 이안의 몸이 차게 식어간다. 추운 날에 돌아다니는 사람을 걱정해 주기보다 소문의 진실 여부가 중요했던 사람들을 생각하니, 역겨워서 속이 울렁거리는 기분이었다. 애초에 사람이 바다에서 어떻게 튀어나오겠냐고, 공포 영화면 몰라. 이안은 제법 길게 숨을 내쉬고, 겉옷을 벗어 그 사람에게 둘렀다. 그러곤 아무 말도 하지 않고, 그를 일으켜 세웠다.

맞닿은 몸이 얼음장 같았다. 이안은 끈질기게 자신을 붙잡는 마을 사람들을 무시하며 걸었다. 이 추운 겨울날 몸이 이렇게 될 때까지 붙잡았다는 사실에 다시 한번 이안의 미간이 찌푸려졌다. 자신과 관계 없는 이면 배려할 생각 못하는 이기적인 사람들.

몸은 차갑게 식어가도, 분노는 겨울 바람에 식혀지지 않는다. 이안은 그렇게 추운 겨울 밤을 다소 넓은 보폭으로 걸었다. 얼마 지나지 않아, 주변에 자신을 붙잡는 이가 없어지자 이안은 마침내 그 사람을 바라보았다. 그 사람은 계속 이안을 바라보고 있었는지, 두 눈이 마주치기까지의 시간은 세아릴 수도 없었다.

이안은 다시 한번 시간이 멈춘 듯한 기분을 느낀다. 죽음과 삶이 공존하는 유일한순간이었다. 괜히 낯간지러운 기분에 헛기침을 한 이안이 눈을 내리깔았다. 그 순간 이안의 미간이 다시 한번 찌푸려졌다. 하얗게 튼 발이 아스팔트를 붉게 물들이고 있었다. 붉게 물든 발은 흔적을 남겼으며, 흔적은 이안과 함께 걸어온 길을 따라 이어져 있었다. 이안은 하순을 꾸욱-, 깨물었다 놓았다. 입술이 허옇게 질렸다가 이내 붉게 돌아온다.

'이 긴 길을 아픈 내색도 하지 않고 걸어온 거였나. 그래서 쳐다보고 있던 건가? 그래, 말을 못하니까…….'

이안은 그를 살피지 못한 자신을 꾸짖으며 그를 등 뒤에 두고 무릎을 꿇었다. 일종의 업히라는 표시였다. 의외로 그 사람은 순순히 업혔고, 이안은 그 사람을 등에 업은 채 계속 걸었다. 그 사람은 꽤 가벼웠다. 옷으로도 감추어지지 않은 몸선이 제법 얄쌍해서 가벼울 것이라는 건 알았지만, 그래도 많이 가벼웠다. 사람이 아닌 것만 같았다. 별 영양가 없는 생각을 하며 계속 걷자 얼마 지나지 않아 딱 봐도 유서 깊어 보이는 한 집의 문 앞에 도착했다. 자신의 집은 아니었다. 이안은 등에 업힌 그 사람에게 고개를 틀고 말했다. 물론 고개를 틀었다고 해서 얼굴이 보이진 않았지만. 그냥 예의상이었다.

"조금만 참아요."

그리고 다리를 지탱하고 있던 한 손을 들어 제법 세게 문을 두드렸다. 얼마 지나지 않아, 편백나무로 된 마루가 소리를 지르는 소리가 나고, 낡은 문이 끼익- 소리를 내며 열렸다.

"할망, 오랜만."

이안이 추위에 붉게 달아오른 팔로 그 사람을 받친 채 미소 지었다. 노파는 흠칫 놀라며, 둘을 바라보더니 들어오라는 듯 집 안으로 들어갔다. 오랜만에 온 집은 겉으로 봐도 예전과 다를 바가 없었다. 문 앞부터 끼쳐오는 깊은 숯내에 당장이라도 잠에 들고 싶은 마음이 굴뚝 같았지만 역시 사람이 먼저였다. 이안은 혹여나 그의 발에 있던 상처가 더 덧나지 않을까 싶어 급하게 그를 내려놓았다.

"어?"

상처가 없었다. 분명, 분명 피를 봤는데. 자신의 눈이 잘못된 것인가 하고 여러 차례 눈을 비벼 보았지만 역시나 상처는 없었다. 잘못 본 건가. 너무 추워서 헛것이라도 본 것인지. 이안이 짙게 자리잡은 의문을 지고 그 사람을 마주 봤다. 아아, 마주친 눈이 뜨거워 미칠 것만 같았다. 저 눈을 손으로 잡을 수 있었다면, 저의 손은 녹아 버렸겠지. 이안은 사랑의 물리를 그렇게 가정했다.

분위기에 취해서일까, 지금 제 눈 앞에 있는 사람이 아름다워서일까. 이안은 노파가 차를 내어오는 것도 몰랐다. 한참 뒤에야, 이안은 훅 끼쳐오는 향내에 간신히 정신을 차리고 차를 마셨다. 차의 종류는 향차. 어릴 때 자주 먹던 차였고 좋아했던 차였다. 노파는 항상 모든 것을 알고 있었고, 모든 것을 기억했다. 어쩜 그렇게 잘 아는지. 이안은 그런 노파를 동경했다.

나의 어릴 적 우상. 그래서 그는 어릴 때부터 노파의 집에 거의 살다시피 했다. 봄에는 손갓을 통해 꽃을 봤고, 여름에는 넓은 대청마루에서 별을 보며 잠이 들었다. 가을에는 지새는 달을 보며 아침을 맞이했고, 겨울에는 노파의 손을 잡고 바다 주변을 산책했다. 어린아이의 걸음은 자늑자늑했고, 노파는 그에 맞추어 걸었었지.

아직도 이안은 왜 겨울만 되면 바다를 산책했었는지 알 수 없었다. 그냥 이안에게 노파는 신 같은 존재였기에 그러려니 했지. 언제 한번 그것을 물었을 때 노파는 인어를 보기 위해서라고 했다. 이안은 그때 처음으로 노파의 말을 믿지 않았다. 바다에는 괴물이 살고 있으니까. 순순했던 아이는 노파에게 다소 어색한 웃음을 보여 줄 뿐이었다.

그 순간만큼은 무시 못할 배덕감이 이안의 몸을 그렇게나 옥죄었었지. 왜 그랬을까. 이안이 추억에 잠겨 있는 동안 찻잔은 벌써 바닥을 드러내고 있었다. 차를 다 마시고 나니 땀을 흘렸던 몸이 찝찝했다.

아마 그를 업고 올 때 상당히 많은 땀을 흘렸으리라 생각했다. 그도 지금쯤이면 찝찝하다고 느끼겠지. 이안은 그 사람에게 먼저 씻을테냐 물었지만 그 사람은 가만히 고개를 저었다. 집에 도착해서 몸 좀 녹이면 좋아할 것이라 생각했는데, 그의 얼굴을 보니 그것도 아닌가 보다.

'아, 혹시 오기 싫었던 건가?'

괜히 데려온 건가 싶어 복잡한 마음에 복도를 서성거리다 노파의 눈치가 보여 재빠르게 샤워실로 들어갔다. 찝찝하게 들어간 샤워실에서는 숯 냄새 대신 겨울 바다 냄새가 났다. 포근하다. 이안은 아마도 샤워가 좀 오래 걸릴 것 같다는 생각을 했다.

*

"동아줄처럼 질기구나."

온 방에 퍼지는 교묘한 목소리에 그가 천천히 고개를 든다. 이 따뜻한 집에 친절한 노파는 어디에도 없다. 지금 자신 앞에 있는 사람은, 아, 사람이 아니구나. 그래, 지금 자신 앞에 있는 이는 남방을 다스리며, 세상을 심판하는 주작(朱雀)이다. 입술을 달싹이지만 목소리는 나오지 않는다.

으음, 그래. 목소리를 빼앗겼다. 언제부터 내 목소리가 안 나왔더라. 눈을 감고 과거를 회상한다. 천 년 전 주작은 이 작은 마을의 모든 것을 불태워 버렸다. 광활한 바다가 훤히 보이는 이 집만 빼고.

"인어의 몸에 신을 받든 것 치고는 오래 살았어."

낮으면서도 교묘하게 고막을 옭아매는 소리가 그를 미치게 한다. 온몸이 녹아내릴 것만 같았다. 귀를 손으로 틀어막고 가슴팍에 다리를 붙여 몸을 한껏 구부렸다. 왜 왜 나를 인간으로 만든 건지. 진짜 현무는 어디에 있는지. 알고 싶었지만 알고 싶지 않았고. 묻고 싶었지만 묻고 싶지 않았다.

모순이 그득했지만 사실이었다. 신들의 신이라는 말이 괜히 있는 게 아닌지, 귀가 허옇게 질릴 정도로 꾸욱 틀어막아도 고막 속에 처참히 틀어박히는 목소리에 체념한 채로 손을 떼어냈다. 아아, 신들은 참 잔인했다. 고로, 자신의 아버지도 잔인했다. 이안과의 즈믄 만의 재회였다. 그 동안 환생의 여부도 알 수 없었던 이안이 같은 마을, 같은 이름, 같은 얼굴을 가지고 태어났다. 잔인하게도. 그가 사람들에 둘러싸여 아무것도 할 수 없었을 때, 자신 앞에 나타난 이안은 그에게 말로 이루지 못할 고통을 주기 충분했다. 천 년 만에 보는 연군이었지만 애처롭게도 나오는 눈물은 없었다. 이미 바다는 현무가 된 인어의 눈물로 가득 차 있었기에. 더 이상 흘릴 눈물이……

"집 예쁘지? 옛날부터 눈이 가더라고."

대답은 돌아오지 않을 것이라는 걸 알 텐데도 주작은 계속해서 말을 걸었다. 헛웃음이 나왔다. 이 집은 본래 노파, 아니 주작의 것이 아니었다. 천 년 전 글 읽기를 좋아하고, 남을 돕기 좋아했던 이안의 집이었다. 이안과 그가 같이 사랑하며 보낸 집, 바다에 사는 그를 보기 위해 일부러 바다로 거처를 옮긴 이안의 집. 그가 눈물을 흘린다. 천 년을 기다린 그 앞에서도 나오지 않던 눈물이 주책맞게도 그토록 증오하던 주작 앞에서 나왔다. 자신이 없는 동안 집은 너무 바뀌어 있었다.

항상 이안의 집에서는 바다 내음이 났었는데, 주작의 것이 되어 버린 집은 숯 냄새가 가득했다. 아아, 누가 그랬었지. 인어의 눈물은 하이얀 명주라고 했었는데. 현무가 된 그 순간부터 눈에서는 바닷물같이 짠 소금물만을 뱉을 뿐이었다.

자신도 안다. 그때의 이안은 주작이 모든 것을 불태워 버릴 거란 것을 알고 있었다는 걸. 인어에게 모든 것이 사라지기 이틀 전, 이안은 그에게 그동안 숨겨 두었던 옥반지를 선물했다. 푸르게 빛나는 반지를 받은 그는 한껏 광대를 올리며 그저 웃었다. 또 행복해했다. 많이. 이안도 웃었다, 그가 웃었으니까.

그게 마지막이었다. 다음날 그는 모든 창문을 닫아 놓았다. 그는 속상했지만 바쁜 그를 생각하며 푸르게 빛나는 반지를 만지작댈 뿐이었다. 다음에는 저가 자신의 눈물로 만든 반지를 선물하겠다고 다짐하며. 하지만 그날 새벽.

"불이야!"

어디서부터 시작된 건지 모를 불이 용처럼 솟아올랐다. 바닷가에서 별을 바라보고 있던 인어는 본능적으로 알았다. 저런 불은 인간이 낼 수 없는 불이었다. 용맹하지만 두려움이 묻어났고, 뜨겁지만 차가운. 모순이 그득한 불. 그것은 분명 주작이 내는 것이다. 남방을 지배하며, 심판을 담당하는 주작. 그는 인어와 사랑에 빠진 인간을 심판하고 있었다. 인어에게는 달릴 수 있는 다리가 없었다.

그래서 기어갔다. 아름다운 은빛 비늘이 이리저리 찢겨져 피가 새어나왔지만 계속해서 기어갔다. 아아, 인어가 머물고 간 자리에는 뜨거운 피와 함께 하얀 명주가 일었다. 모래들이 이리저리 몸에 붙고 상처가 쓰라렸지만 멈추지 않았다. 이안과 바라보던 황금빛 모래 사장은 인어의 비늘을 찢는 매개체로 변했다. 쿵-!!, 바다에서 뭔가가 솟아오르는 게 느껴진다.

자신의 아비 현무였다. 인어는 꼬리를 퍼덕이며 도움을 요청했다. 주작의 불을 끌 수 있는 것은 아비의 물뿐이었다. 인어는 아름다운 목소리로 구슬프게 아비를 부르되,

"아버지, 소신의 연군이 저 작은 고을에서 주작의 불에 고통스러워하고 있나이다. 신이 어찌 감히 나쁜 짓을 하오리까마는, 저 용오름은 인간이 낼 수 없는 것인지라……."

하지만 현무는 움직이지 않았다. 그저 가만히 인어를 바라볼 뿐이었다. 인어가 계속해서 아뢰되,

"아버지, 부디 제 연군을 살려 주시옵소서. 제가 비록 다리는 없지만은 엎드려 빌건대, 소신은 자월 삼십일에 태어난 천심녹수의 인어. 제 연군 또한 힘 없는 인간일 뿐. 어찌 불을 가까이 할 수 있겠나이까."

그러나 현무는 인어에게서 고개를 돌렸다. 그제서야 인어는 고개를 떨구고 절망하니. 인어의 원망 가득한 눈물이 대지에 수십 개의 명주가 되어 흩뿌려졌다. 그에 비례하여, 아름다운 목소리가 온 대지에 울려 퍼질 수록 불은 더 거세게 타오른다.

현무는 제 능을 포기한다.

인어가 고개를 쳐 들고, 꺼지지 않는 불에 고함 칠 때를 틈 타 현무는 인어에게 자신의 심장을 먹였다. 검은색의 피와 살덩어리들이 목으로 역겹게만 넘어간다. 인어는 그 자리에서 운명이 바뀌었다. 아리따운 자월생의 인어에서 북쪽을 관장하는 신 가짜 현무로. 그리고 목소리를 잃었지. 이게 벌써 즈믄 전의 일이었다. 자신은 여태까지 어떻게 살았었나.

연군을 눈 깜짝할 새에 잃어 버린 인어, 저에게 남은 것이라곤 자신의 몸을 천 년 동안 속박할 아비의 심장이었다. 인어는 그 이후 깊게, 더 깊게 바다로 들어갔다. 그리고 매년 동지만 되면 이안의 집을 바라보며 목청껏 울었다. 하지만 어느 순간부터였나, 그곳에 있었던 것은 붉은 머리를 가지고 저를 바라보던 주작이 아니었나. 아찔한 기억이었다. 그는 그날로부터 천 년이 지난 지금에서야 이안을 만날 수 있었다. 인어는 본능적으로 느낄 수 있었다. 나에게 주어진 시간이라고는 오늘뿐이구나. 이안이 물기 묻은 머리를 털며 마루를 걷는 소리가 들린다.

'아아, 어쩜 그리……'

그는 탁하게 마른 손으로 계속해서 자신의 얼굴을 쓸었다. 즈믄을 사는 인어에게 이번 년은 마지막 해이자, 마지막 기회였다.

문이 열리고 공작을 닮은 새가 날아간다.

그가 벌떡 일어나 이안의 손을 잡고 달린다. 감히 인간을 사랑한 죄로 현무가 된 인어에게는 시간이 없었다. 추운 겨울밤, 맨 발로 바다를 향해 달려가는 이들은 누구인가. 인어와 선비인가, 이안과 한 사람인가?

*

어느샌가 이안의 발에 물이 닿고, 온몸이 비리게 젖어 갈 때쯤, 그의 몸에서 무언가 솟아나기 시작했다. 부드러운 살갗이 찢겨 나가고 검은 비늘이 돋아났다. 곧게 뻗어 있던 다리와 팔은 뱀으로 변하였고, 입고 있던 옷은 두텁게 튀어나온 등껍질에 거칠게 찢겨 나갔다. 그리고 그는 이내 소문 속의 '그것'이 되어 있었다.

이안은 깨닫는다. 아, 그렇구나. 동지만 되면 밤을 내내 울부짖는다는 '그것'. 그게 너였구나. 뱀도 거북이도 아닌 것이 집채만한 크기로 바다를 돌아다닌다는 소문의 '그것'이…….

누가 그랬었다. 인어의 키스는 전생을 기억나게 한다고. 그는 아직 사람의 머리가 달려 있는 채로 이안과 입술을 마주댔다.

비굴한 아양이자, 성애의 접촉이다.

눈물이 흘렀지만 명주는 나오지 않았다. 인어의 눈물은 하얀 명주였다. 아아, 그럼 그렇지. 현무가 된 인어의 눈에서는 명주가 나오지 않았다. 가슴이 아려온다. 그저 씁쓸했다. 왜 수많은 생명체 중에서 이안을 사랑했는지 알 수 없었고, 왜 이안은 인간일 수밖에 없었는지도 알 수 없었다. 신도 운명을 정할 순 없었으니까.

아아, 즈믄을 사는 인어에겐 이번 생이 마지막이다. 주작이 무슨 이유로 자신을 인간으로 변하게 한 것인지 모르겠지만 그저 이안을 봐서 좋았다. 릴리는 육지에 올라오길 잘했다고 생각했다. 이안이 자신을 바라보았다. 흉측하게 생긴 괴물과 입을 맞대었다는 것이 끔찍하겠지. 그래, 당연히 그렇게 생각할 것이다. 그런데 이안의 눈이 읽혀지지 않는다. 그는 제 흉측한 모습을 보고도 웃었다.

아, 숨이 멎는 기분이었다. 아니. 진짜 숨이 멎고 있었다. 즈믄을 사는 인어는 마지막 생까지 20분도 채 안 남았다는 것을 안다. 그는 제가 인간과 사랑에 빠지는 것을 막기 위해, 제게 구슬을 먹인 제 아비를 원망한다. 이제 숨이 멎을 것이다. 결국 이안은 저를 기억하지 못,

"릴리?"

이런, 끝내지 못한 말은 시공간의 틈을 만들었다. 공간이 일그러지고 그 틈 사이로 릴리가 숨을 크게 들이 마쉬었다.

"……."

1000년 동안 사랑하는 사람이 제 이름을 불러 주길 얼마나 기다렸는지. 이안과 눈이 다시 한번 마주친다. 그렇구나, 그의 눈은 오래 전부터 나에게 말해 주고 있었다. 그는 역시 제가 사랑했던 그 사람이 맞았다. 아아, 자신은 원래 인어였다. 푸른 터럭을 가지고 태어난 자월생의 인어. 가짜 현무가 아니었다.

인어는 즈믄 만에 검은 심장을 토해냈다. 그리고 동시에 인어를 속박하고 있던 등껍질이 조각조각 떼어지기 시작했다. 먹에 물든 것처럼 까맣던 머리는 바다를 닮은 푸른 색으로 변했고, 파충류의 비늘은 어류의 비늘로 변했으며. 이내 섧디 서러워 보이는 눈에서 명주가 떨어지기 시작했다. 아, 현무의 생이 끝났다. 인어의 생을 15분 남겨 두고서. 이것도 운명일까. 이것이 운명의 종착점인가. 인어는 하늘을 바라보고 깨달았다.

'신은 죽지 않는다.'

즈믄 전에 현무는 인어에게 심장을 먹였기에 죽었다고만 생각했는데, 그는 아마도 저 깊은 바다에 처박혀 있을 것이다. 눈이 들끓는다. 결국 인어는 생을 포기하고 연군을 얻은 꼴이 되었다. 하지만 후회하지는 않는다. 헌신적인 사랑은 뜨거운 불을 낳았다.

아아, 이안은 앞으로 전생의 기억을 가지고 영겁의 시간을 기다려야 할 것

이다. 온을 넘어 무수히 긴 시간을. 겨울 바다에 무수히 많은 명주가 떨어진다. 이제 릴리는 거품이 될 것이고, 릴리 대신 새 인어가 태어 날 것이다. 그리고 숨어 있던 진짜 현무가 모습을 드러낼 것이다.

'인어를 위해 즈믄을 숨어 있던 현무.'

'인어를 위해 자신의 심장을 인어에게 먹인 현무.'

'차가워진 체를 끌어 안고 동녘으로 사라진 현무.'

그는 광활한 바다의 아버지이며 북쪽의 겨울을 담당하는 신이다. 그런 현무의 자식은 푸른 인어. 그는 바다를 닮아 푸른 터럭을 가지고 태어났으며, 동시에 겨울을 닮아 상체 아래 하이얀 비늘을 달고 있었다. 그것은 온 바다를 밝혔지. 그리고 불행하게도 아비와 똑같이 인간을 사랑했다. 그는 태어난 것 자체로 남들과 똑같이 축복을 받아야 할 아이였다.

그래서 현무는 심장을 먹였다. 주작이 인어를 심판하는 것을 막기 위함으로. 살아달라고, 제발. 살아달라고 빌며. 인어 대신 제 몸을 동녘의 깊은 해구에 처박았다. 하지만 바다를 관장하는 신 현무도 운명을 막을 수는 없었다. 인어는 결국 심장을 뱉어 내고 사랑하는 이 앞에서 거품이 되었다.

으아-, 아, 자식을 지키기 위해 저 깊은 해구 속으로 몸을 처박았던 현무야. 어둡고 차가운 심해에서 즈믄을 살아야 했던 현무야. 인어는 결국 사랑을 택했는데 여즉두 그러고 있느냐. 인어가 명을 다하고 죽으면 인어가 남긴 거품을 품고 가장 깊은 심해 속으로 들어 가라. 그럼 북녘의 번한 바다에 새 인어가 태어날 것이니……

고려 성종 14년, 을미년(乙未年), 995년

"불이야!"

딱 봐도 콧대 높은 양반 가문의 집이 무섭게 울린다. 어디서부터 시작된 것인지 모를 불이 온 마을을 덮는 건 순식간이었다. 검은 연기가 하늘로 솟구쳤다 내려앉길 반복했다. 몸의 구멍이란 구멍에 들어간 검은 연기가 당장이라도 피를 토해 내게 만들 것만 같았다. 뜨거운 열기가 온몸을 감싸 안아 살이 까맣게 타들어 가고, 눈과 피부 조직을 녹일 것 같은 화염이 온몸을 덮친다.

"전 생원! 뭐 하는 겐가 빨리 나오쇼!!"

열기 속을 떠도는 두터운 목소리가 머리가 울린다.

"전 생원!!"

투둑-, 투웅-, 퉁.

"전 이안!!"

아, 천둥처럼 무섭게 내리치던 고함이 멀어져 간다. 이안이 숨을 쉰다. 검고 매캐운 연기가 기도를 통해 들어온다. 연기 때문에 눈물이 나는 건지, 슬퍼서 눈물이 나는 것인지 분간이 안 될 정도로 고통스럽다. 이안은 쓰라린 몸을 뒤로 하고, 더 쓰라린 마음을 겹겹이 쌓아 안은 채 닫힌 창문에 걸터앉은 그를 바라본다.

붉은 봉황과 공작을 닮은 그.

이안은 핏발이 가득 선 눈으로 그를 바라본다. 다 죽어가는 목소리로 말을 했다. 영겁의 시간이 걸리더라도 내게 다음 생이 존재한다면, 반드시 그 누구보다 강한 생명체로 태어나 인어를 지키겠노라고. 붉은 혈들이 팔을 타고 흘러 손의 반지까지 흘렀다. 혈이 마루에 떨어지기 직전, 이안은 죽었다. 무심하게도 흔적도 찾아볼 수 없었다. 훗날 인어는 이안이 남긴 유서와 필적을 보고 통곡하였으나,

그마저도 설부화용(雪膚花容)이라. 아름다운 것이 참으로도 가련하였다. 그가 죽은 집에는 숯 냄새가 그득했고, 얼마 지나지 않아 그곳에는 새 집 주인이 들어섰다.

*

AM.12:00

이안이 거품이 되어 바다와 한 몸이 되어 버린 인어를 바라본다. 얼마나 그리워했을까. 쉽게 가늠할 수 없었고, 감히 가늠하지 못했다. 이제는 자신이 대가를 치를 차례이다. 감히 인어를 사랑한 죄의 대가를. 즈믄을 기다린 인어를 위해 자신은 영겁의 시간을 기다릴 것이다. 그래. 다시 시작될 운명을 위해서 이안은 기다려야만 한다. 누가 그랬던가. 괴멸은 또 다른 탄생이라고. 이제 그는 무한대의 시간을 기다린다. 가장 강한 존재가 되어…… 신의 명으로,

'아아, 그리워하지 않으리오. 천암만학(千巖萬壑)의 비단 길에서 평생 오지 않는 그대여. 나는 여즉두 그대를 잊지 못해 도화(圖畫)에 물 자국을 씌었거니와. 그리워하지 않을 것이다. 동지섣달이 뜨는 밤, 임에게 소원을 비오니. 다시 만나는 그날 머리에 두견화를 끼우고 비를 긋자. 아아, 어찌하누. 어찌하누. 동지섣달만 되면 그대를 기다리는 내 맘을 아시는가. 나는 불쌍해서 어찌하누. 즈믄을 사는 천심녹수의 인어야. 어찌하누.. 어찌하누. 백을 사는 하계의 인간은 어찌하누. 어찌할까……'

- 고려 성종 14년, 을미년(乙未年),

전 생원의 글 中 일부 -

정의 내리는 것에 대한

- 한혜지

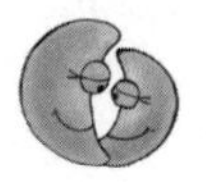

8월 17일. PM 12:00.

여름이었다. 아니, 가을이었나. 입추가 지났음에도 불구하고, 강렬하게 내리쬐는 햇빛이 계절의 모순을 낳았다. 달 뜬 새벽이 살갗에 쌀쌀하게 닿아오길래 가을이 오는 줄 알았더니, 낮이 되어 달구어진 아스팔트가 나를 반기는 것이 꽤 요망했다. 가만히 있어도 땀이 주욱, 죽-, 흐르는 날씨인데, 제 발 밑의 개미는 힘들지도 않은지 자기 몸집만한 과자 부스러기를 짊어지고 열심히 기어간다.

아, 짜증나게. 오늘따라 모든 것이 마음에 안 든다. 낮부터 무섭게 올라가는 온도와 비례하게 불쾌감도 같이 올라간다. 그래서 개미를 지르밟았다. 나보다 열심히 사는 것이 괘씸해서. 신발로 꾸욱, 꾹- 눌렀다.

나는 곧 개미에서 터져 나올 체액들이 내 신발창에 달라붙어 쩌억-, 쩍. 진득하게 늘어지는 모습을 상상했다. 애석하게도, 내 신발에는 모래만 가득했고 그 개미는 살았다. 신발 밑창 구불구불한 무늬를 따라 피했는지, 그 개미는 부스러기를 놓친 채 재빠르게 개미굴 안으로 쏙 들어가 버렸다.

"아…… 씨."

괜스레 짜증스런 소리를 냈다. 아침부터 일이 잘 안 풀리는 것 같아 땀에 젖은 머리를 거칠게 쓸어 넘겼다. 아마도 때 늦은 사춘기가 온 것 같다.

때늦은 사춘기는 무모한 갈등과 애증을 불러일으킨다. 태양도 잠든 어린 새벽에 힘겹게 일어나, 눈물로 베개를 적시고, 아직 피지 못한 생각들이 누군가를 상처 입힌다. 나도 그런 경우이다. 스스로 다 자랐다고 생각했는데 성장통은 아직 찾아오지도 않았나 보다. 복잡한 마음을 지고 정문을 지나, 운동장을 걸었다.

평범한 운동장일 뿐인데 오늘따라 쓸쓸하게 보이는 것이 사춘기가 맞는 듯했다. 운동장에 쪼그려 앉아 뜨거운 모래를 들어올렸다. 평범한 돌덩이들이 햇빛에 반짝반짝 빛이 난다. 동그랗게 모은 손을 피니 우수수 바닥으로 떨어진다. 지구라는 별이 중력이라는 힘으로 나에게서 모래를 뺏어갔다. 그리고 나도 그 힘의 무게를 느낀다. 아. 2 학기에 접어들고, 사춘기가 오다니. 진짜 개같은 타이밍이었다.

괜히 혀를 쯧읏- 차고, 학교로 들어갔다. 교실로 들어가기 위해서는 신발을 벗었야 했다. 오늘따라 신발 밑창에는 모래가 가득 묻어 있었다. 그리고 그중에는 개미도 있었다. 아까 등굣길에 봤던 개미가 생각났다. 하찮은 생명체일 뿐인데. 내가 의도하지 않은 죽음을 보니 괜스레 기분이 이상했다. 밑창을 멍하니 보다 슬리퍼로 갈아 신었다. 1달 동안 신지 않은 슬리퍼에는 가벼운 먼지가 묻어 있었다. 슬리퍼에 묻은 차가운 공기가 발에 옮겨 붙어, 나는 저절로 몸을 부르르 떨었다.

으음, 여름은 17살이 겪기에는 요상한 계절이었다.

시계의 침이 8시 30을 가리킬 때, 수업 시작종이 울린다. 첫 교시는 윤리였다. 평소라면 필기부터 했을 건데, 오늘은 왜인지 가만히 앉아 창 밖을 보고 싶은 날이었다. 사실 윤리라는 과목은 나에게 수업은 안 들어도 그만, 들어도 그만이었다. 인간이 사회의 일원으로서 지켜야 할 행동규범을 배우는 것은 쉬웠으니까. 물론 이름도 어려운 서양 학자들이 각자 주장을 내세워 다투는 걸 공부하는 것이 내게 익숙하진 않았다.

눈을 감고 생각했다. 도덕이 내면성에 치우친 것이고, 법률이 외면성에 치우친 것이라면, 윤리는 도덕적인 성향과 더불어 법률적 성향의 혼합적 성향을 가진다. 나는 윤리적인 사람도, 도덕적인 사람도 아니었다. 그래, 그 말은 즉슨, 나는 법률적인 사람이다. 단순히 말하자면 현실을 추구하는 외면적인 사람이라는 것이고, 상스럽게 말하자면 약았다는 거였다.

쓸 데 없는 생각을 하고 정신을 차려 보니 칠판에는 분필의 발자취가 그득했다. 그리고 다소 무기력하게 앉아 있는 선생님과 무겁게 엎어져 있는 친구들은 엑스트라였다. 몇몇 아이들이 열심히 책에 뭔가를 끄적이는 듯했지만, 곧 책에 머리를 처박기 일쑤였다. 평소였으면 끝까지 일어나 있었을 텐데. 나는 그만 밖에서 들려오는 매미 소리와 반 아이들이 일정하게 내는 숨소리를 배경 음악 삼아 곧바로 책상에 머리를 박았다.

- 10 시 20분.

누군가가 날 흔드는 느낌에 서서히 일어났다. 제일 먼저 눈에 들어온 건 의외라는 눈빛을 보내고 있는 선생님. 그리고 자신을 바라보고 있는 아이들. 나는 꽤나 오랜 시간을 불편한 자세로 자 찌뿌둥한 목을 이리저리 돌렸다. 우두둑, 두둑. 뼈가 맞춰지는 소리가 들리고, 선생님께서 말하길.

"뭐, 라이는 항상 공부를 열심히 해서…… 오늘은 피곤했었던 거니?"

선생님의 말이 끝나자마자, 반 아이들의 머리 굴려지는 소리가 여기까지 들리는 것만 같다. 그 속에 자연스럽게 스며든 열등감. 그리고 모순 되게 자리 잡고있는 존경심까지도. 아이들은 다정하고 완벽한 저를 좋아한다. 뒷배경도 좋은 데다, 잘생겼고, 심지어 공부도 잘하는데. 싫어할 사람이 어디 있겠는가?

물론 라이는 사실 사람 이용할 줄 아는, 조오금은 약은 사람이었지만. 그저 멋쩍게 웃을 뿐이었다. 이미지 관리를 위해서. 그러고는 텁텁한 입을 다시며, 아, 네. 제가 좀 피곤해서…… 라고 대답할 수밖에 없었다. 선생님은 그럴 줄 알았다는 듯이 제게서 시선을 거두고 반 전체를 둘러본다. 그리고 말하길,

"그래. 이제 모두가 반에 있으니 말해 주마. 1학기가 끝나고 우리 반에 새 학생이 오게 되었어."

아, 씨. 전학생이 오면 머리가 아파진다. 반의 반장인 제가 모든 걸 챙겨야 했으니까. 아이들의 웅성웅성 거리는 소리가 고막을 때린다. 머리가 아프다는 걸 핑계 삼아 다시 누우려고 했더만. 전학생이 왔다면 도로 누울 수도 없었다. 왜 하필 지금이야. 라이는 애들 앞이라 미간을 찌푸리지도 못한 채 어정쩡한 얼굴로 보이지도 않는 문 밖을 응시했다. 몇몇 애들은 전학생이 그렇게 궁금한지 일어나서 창문을 슬쩍 엿 보려고도 했다. 물론 곧 바로 제지 당하긴 했지만.

드르륵,

선생님의 말이 끝남과 동시에 미닫이 문이 열리고 보이는 것은…… 저걸 어떻게 표현하지. 잘생겼는데, 좀 예쁜 애였다. 보기 좋게 그을린 피부와 오똑한 코, 앵두 같은 입술에 눈도 컸다. 근데 모순적이게도 얼굴선이 굵어서 묘한 분위기를 풍겼다. 애들의 웅성거림이 아까 전보다 더 커진 것 같다. 약간의 환호성도 들리는데, 그 안에는 반갑지 않은 소리들도 함께 존재한다.

"보통 저렇게 생기면 성격 별로던데."

"노는 애 아니야?"

"사람 여럿 후리게 생겼다."

어린 입담들이 귀를 스치운다. 또 시작이네. 내가 이래서 애들이 싫다니까. 다행히 전학생은 못 들은 것 같긴 한데. 쯔읏-, 괜스레 혀를 찬 라이가 전

학생을 바라보았다. 아, 미친. 눈 마주쳤다. 급하게 눈을 돌리긴 했지만 마주친 눈에서는 불꽃이 일었다. 설레긴커녕, 저렇게 생긴 애가 자신을 바라보니, 마치 몸에 털이 난 큰 뱀 수십 마리가 발목부터 옥죄는 느낌이었다. 왜 하필 이럴 때 사춘기가 와서.

얼굴이 홧홧해지는 기분에 빨리 창문으로 고개를 돌렸다. 예쁘긴, 더럽게 예쁘네. 드라마 같은 거 보면 꼭 주인공 옆 자리에는 예쁜 전학생이 앉던데. 이번 생애에서는 제가 주인공이 아닌가 보다. 전학생은 제 자리에서 대각선으로 3칸 정도 떨어진, 그러니까 못생기고 더러운 민철이 옆에 앉았다. 민철이 고놈. 얼굴이 토마토가 됐다. 주변에서는 환호성도 들리고, 야유도 들린다. 그중에는 비하의 의도가 가득 담긴 말도 들린다. 미친놈들 정도껏 하지. 쟤는 또 뭘 가만히 있어. 전학생에 시선을 고정한 채, 하순을 꾹, 물었다 놓았다. 신경 쓰였다. 전학생이.

수업 두 개를 겉보기 식으로 보내니 점심시간 종이 쳤다. 전학생에게 2시간 내내 눈을 떼지 못했다. 자세히 보니 낯이 익은 데 기억이 나지 않는다. 저런 얼굴이면 기억을 했을 텐데. 의구심을 잔뜩 끌어안고 전학생을 응시하는데, 고새 자신을 제외한 모두가 일제히 전학생 곁으로 몰려들었다. 이제 보이는 건 전학생의 뒤통수가 아닌, 아이들의 뒤통수 뿐.

재미없게. 아이들은 라이를 좋아했지만, 라이는 애들을 좋아하지 않았다. 감정적으로만 행동하는 것도, 분위기에 휩싸여 이상한 짓들만 하고 다니는 것도, 이해가 안 되었다. 라이는 길게 한숨을 쉬고 다시 엎드렸다. 점심을 먹을 기분도 아니었다. 시끄럽게 울리는 애들의 목소리가 귓전을 두들겨 쉽게 잠이 오질 않는다. 밥이나 먹으러 갈 것이지 왜 여기서 난리야. 시야는 차단했지만, 차마 막지 못한 귀에는 의자가 끌리는 소리가 들린다.

누군가가 여기로 걸어온다. 애써 무시하며 계속 엎드려 있었더니 자꾸만 누가 내 어깨를 간질인다. 아, 짜증나게. 이미지 관리를 위해 무시할 수만 없었던 라이가 몸을 천천히 일으킨다. 그러곤 눈을 접어가며 방긋 웃으려고 했는데, 그랬는데.

"……."

"……."

"깨워서 미안. 나 학교 구경 좀 시켜 줘."

솔직히 좀 당황했다. 하마터면 너 나 아냐고 물어 볼 뻔했다. 모든 시선들은 다시 저를 향한다. 이러면 거절할 수도 없잖아. 라이는 억지로 입꼬리를 당겨 웃었다. 당장이라도 얼굴에 경련 올 것 같은 데, 어쩔 수 없다. 아무리 사춘기라고 해도 저는 대학을 가야 했다. 속으로 제 신세를 타령한 라이는 그래, 난 반장이니까. 라는 마음으로 전학생을 이끌고 반을 나갔다. 그런데

"야. 너 뭐 해?"

"쉿, 따라 와."

방금 전학 왔다는 게 믿겨지지 않을 정도로 전학생은 제 손을 잡고 성큼성큼 인파를 헤치고 나가기 시작했다. 예쁜 전학생이 왔다는 소식에 몰려든 사람만 해도 몇십 명인데 얘는 신경도 안 쓰나보 다. 뭔가 특별해지는 느낌이었다. 어느새 1학년 층을 지나, 운동장을 가로질렀다. 손이 열기에 의해 축축해질 때쯤 도착한 곳은, 다름 아닌 체육 창고.

체육 창고에는 항상 양아치들이 남기고 간 담배 냄새와 땀 냄새, 먼지 냄새가 그득했다. 오늘도 여전히 그렇다. 콜록, 콜록, 목이 텁텁하고 코가 간지럽다. 나를 여기로 왜 데리고 온 건지. 의문이 가득한 눈으로 그 애를 바라보니, 마침내 그 앵두 같은 입술을 달싹인다.

"반가워."

"……."

이 말하려고 돌고 돌아 창고에 들어온 건가. 무언가 기쁜 표정, 아니 기대에 찬 눈빛으로 말을 걸어오는 저 아이는 무엇일까. 여름이라 텁텁한 냄새와 습한 곰팡이 냄새가 코를 찔러 오는데, 저 애는 아무렇지도 않은가 보다. 다

소 어이 없는 표정으로 걔를 바라보니 신경 쓰지도 않는 듯 계속해서 말을 덧붙인다. 뻔뻔하기 그지없는데, 미워할 수 없다.

"네 이름은 라이지?"

"어. 어떻게 알았어?"

꽤 오래 자고 일어났다가 말을 하니, 목소리가 다 갈라져서 나왔다. 먼지가 성대에 이리저리 붙는 느낌이 마냥 달갑지는 않다. 그 애는 명찰을 봤다고 말하며, 순진하게 웃었다.

"아, 그렇구나."

"내 이름은 뭐게?"

"……어?"

어색한 대화 흐름에 곧 말이 없어지겠구나 했는데. 전학생은 계속해서 말을 이어갔다. 저 애는 아직 교복이 없어서 사복을 입고 있었다. 그런데 내가 이름을 어떻게 알겠는가. 예상치 못한 전개에 나도 모르게 눈썹을 치켜세웠나 보다. 전학생은 다소 큰 손을 내어 내 미간을 꾸욱, 눌렀다. 그리고 입을 뗀다.

"실망이네, 아까 소개할 때 말했는데."

"…… 아, 미안. 못 들었어."

"응."

이게 뭔 대화인지, 이런 말을 하려고 자신을 여기로 불러낸 건가. 표정이 어두워야 할 건 자신인데, 전학생의 표정이 갑자기 어두워졌다. 살다살다 이런 아이는 처음이었다. 그렇게 우리는 침묵만이 맴도는 창고에서 3분 정도 있다가, 더러운 걸 못 참는 내가 결국 나가자고 했다. 나가고는 바로 반에 갈 줄 알았더니만 어느샌가 나는 그 애와 운동장을 걸으면서 얘기하고 있었다.

"학교 소개해 달라는 건 핑계였어. 나 여기 다 알아."

"아, 응. 그런 것 같더라."

"응, 눈치가 빠르네. 그럼 이것도 알았어? 나 여기 이사장 자식인데."

"아, 응. 응? 어?"

라이가 걸음을 멈춘다. 동시에 브이도 걸음을 멈춘다.

"아, 눈치 빠르다는 거 취소. 너 내 이름도 몰랐지, 참."

당황한 라이를 두고, 브이는 계속해서 말을 잇는다.

"나 이제 갈게. 내일 봐, 라이."

그러곤 운동장 트랙을 따라 고고하게 걸어간다. 멍청하게 서 있는 나를 두고 브이는 그렇게 멀어졌다. 뜨거운 태양 아래에서, 라이는 제 청춘을 여름을 맡겨 버렸다. 고작, 20분 걸었을 뿐인데. 라이의 타고난 흰 피부가 빨갛게 부어올랐다. 뜨거운 햇빛이 결코 인종을 바꾸진 않았지만. 그건 그거고, 이건 이거였다. 빨개진 팔을 쓰다듬으며 돌아온 교실에는 소수의 아이들밖에 없었다. 라이는 창고까지 저를 끌고 가던 축축한 손, 햇살에 비쳐 은은한 갈색을 띠던 머리카락. 그리고 교묘하게 귀를 간지럽히던 목소리와 아리따운 얼굴을 상기한다. 그리고 어느새 붉어진 귀를 붙잡고 책상에 머리를 처박는다.

갑작스레 닥쳐온 사춘기는, 습한 여름과 함께 축축한 사랑도 함께 데리고 왔다.

라이는 결코 이 감정이 헛된 감정이 아니라는 것을 안다. 냉철한 뇌는 운명론을 부정했지만, 여름에 뜨거워진 심장은 운명을 긍정했다. 나에게 사랑은 유치원 이후로 없을 줄 알았는데. 고개를 숙이니 헛웃음이 나온다. 까마득한 옛날옛날에, 저가 7살일 때. 뭣 모르고 한참 좋아하던 아이가 있었다. 웃음이 예쁘고 자두 같은 아이였다. 어렸을 때는 사랑이라는 것 자체를 파악하지 못했기에.

나는 그것을 단지 친밀도에 따른 소유욕이라 단정지었다. 하지만 그것은 명백한 사랑이었고, 그 아이가 이사 갈 때 나는 펑펑 울었던 걸로 기억한다. 분명 갈 때 뭐라고 말했었던 것 같은 데 그건 기억도 나지 않는다.

아아, 브이를 생각하니 웃음이 비슬비슬 쏟아져 나온다. 사랑에 사춘기가 파묻혀 버렸다. 아니지, 사랑도 사춘기의 일부인 것인가. 사춘기를 정의 내리는 것은 힘들었다. 뜻을 알 수 없었기에. 아아, 여태 나에게 사랑은 시간 낭비만하는 쓸 데 없는 것이라고 생각했는데. 그 애라면 내 시간을 낭비해도 괜찮을 것만 같았다. 아니, 오히려 낭비해 달라고 하고 싶었다. 사랑은 도저히 그 정의를 내릴 수가 없는 오묘한 감정이다. '슬픈 연민', '아낌', '무엇이든 줄 수 있는 것' 등 사랑을 정의하려는 수많은 시도가 있었으나 어느 것도 딱 들어맞지 않았다. 그래서 나는 오늘부로 사랑을 정의한다.

나에게 사랑은 너인 것이다.

으윽, 제가 생각해도 오글거리는 대사에 몸서리를 친다. 어영부영 끝난 수업들을 복습하긴 무슨. 사랑에 눈 먼 저는, 답지 않게 집으로 뛰어갔다. 그렇게 집에 도착해서 제일 먼저한 일은 팩 붙이고 공부하기. 브이에게는 꼭 멋진 모습만을 보여 줄 것이라는 다짐이었다. 지금 꼴은 많이 우스워 보였지만. 라이는 사랑에 눈이 먼 잠시 동안 외향적인 자신을 내려놓고 맞서려고 한다.

아침과는 전혀 다른 가치관이 제 양심을 찌르지만 어쩌겠는가. 제게 사랑이 찾아왔는데. 사각사각, 연필의 규칙적인 노래 소리가 들린다. 의자 끄는 소리, 책을 넘기는 소리, 이불 펴는 소리를 끝으로 방 안에는 라이의 숨소리만이 들린다. 불이 꺼진 방에는 라이가 아침에 가져가지 못했던 명찰이 침대 아래에서 춤을 추고 있다. 새벽이 찾아온 1시에는 미스테리가 그득하다.

해가 눈을 뜨니, 아침이 밝아왔다. 늦게 잤음에도 불구하고 저가 눈을 뜬 것은 5시였다. 사랑은 사람을 이성적으로 생활할 수 없게 만든다. 똑같은 하루, 똑같은 수업, 똑같은 길에서 라이만이 바뀌었다. 학교에 도착해서 라이는 브이의 빈 자리만을 바라보았다. 7시 55분쯤, 문이 열리고 브이가 도착했다. 반에 있는 모든 아이들이 브이의 곁으로 몰린다. 금요일 아침 자습 시간에는 선생님들이 회의하는 시간이었기 때문에 30분 동안은 자유 시간이었다.

라이는 브이에게 쉽게 다가갈 수 없었다. 저 애새끼들이랑 같은 취급 받는 게 싫어서. 나는 좀 다르다는 것을 보여 주고 싶었다. 저렇게 감정적으로 몰아붙여 제 속내를 훤히 드러내는 것이 아닌. 그 누구도 모르게 뱀처럼 다가가 서서히 옥죄이고 싶었다. 그러다 어느새 정신을 차리고 보면 제 사랑에 빠져 허우적대는 꼴 말이다.

제 속에서는 질투심과 소유욕이 들끓고 있지만 라이는 인내한다. 짙고 깊은 사랑을 위해서. 맹목적인 연을 위해. 시끄러운 아이들 틈 사이로 브이와 눈이 마주친다. 라이가 땀에 젖어 물기 있는 머리카락을 쓸어 넘기며 미소 짓는다. 브이가 눈을 마주치자마자 급하게 고개를 돌린다. 뒷목이 붉게 달아올라 있었다. 먹혔구나.

라이가 회심의 미소를 짓는다. 그는 브이가 제대로 저에게 감길 때까지 놓지 않을 것이라 다짐한다. 마치 야생에서 먹잇감을 발견한 뱀처럼 말이다. 이후, 폭풍 같은 자습 시간이 끝나고, 1 교시 시작종이 울렸다. 체육복으로 갈아입는다고 화장실로 몰려가는 아이들이 반, 미리 입고 나갈 준비를 하고 있는 아이들이 반이었다. 라이는 그중에서 후자였다. 물론 혼자는 아니고, 같이 나갈 준비를 하고 있었다. 브이랑.

"야, 나 주번이야. 빨리 나가, 인마들아!!"

소리 치는 것은 기현이었다. 꽤나 성실하고 털털한 아이였다. 저번에도 주번이었던 것 같은 데, 이번에도 주번인가보다. 아이들은 아직도 브이의 주변에서 맴돌고 있다. 나는 반장의 의무를 다 하는 척 브이의 곁에서 애들을 떼 놓았다.

"애들아, 먼저 가. 선생님께서 브이는 내가 챙기라고 하셔서."

물론 거짓말이었다. 선생님은 그다지 반에 애정을 주지 않았으니. 라이는 주번에게서 키를 받고 사람 좋아 보이는 표정으로 미소를 지었다. 반장의 말을 무조건 적으로 신뢰하는 아이들은 아쉽다는 반응을 보이며, 먼저 신발을 신고 나가기 시작했다.

이제 교실에는 브이와 저 둘뿐이었다. 브이는 어제와 다르게 제 눈을 똑

바로 마주하지 못했다. 아까 머리 한번 쓸어 넘겼다고 저러네. 대담한 아이인 줄 알았더니, 그것도 아니었나 보다. 눈에 꽁깍지가 제대로 씌어졌는지 그마저도 귀여워 보이는 모습에 라이가 헛웃음을 지었다.

"빨리 가자."

어제 브이가 제 손을 잡았던 것처럼, 저도 브이의 손을 덥석 잡았다. 맞닿은 손에서는 열이 가득했고 축축했다. 마치 제 사랑과도 같았다. 쓸 데 없는 생각을 하며 저는 브이의 손을 잡고 강당으로 이끌었다. 당연하게도, 체육은 자습 시간이었다.

반 백살 체육 오선생은 움직이길 더럽게 싫어했고, 수행평가도 그냥저냥 해치웠기 때문에 이런 결과는 예상하고 있었다. 덕분에 저는 공부에 더 집중할 수 있었지만. 나는 곧 브이에게 몰릴 인파를 생각해서 강당을 지나, 체육 창고에 들어왔다. 브이는 다소 놀란 표정이었다. 어제와는 조금 다른 먼지 냄새가 코 끝에 닿인다.

"브이."

"……."

"대답."

"응."

"아까 왜 고개 돌렸어?"

"어?"

"내가 싫어?"

멜랑꼴리하게 이어지는 대화에 브이가 기분이 이상한 듯 눈썹을 씰룩인다. 사실 대화 내용은 그렇지 않은 데, 라이의 다정한 말투가 분위기를 요상하게 만든다. 라이는 손을 내어 그런 눈썹을 꾸욱 눌렀다. 어제의 브이처럼. 이마에 따뜻한 손이 닿아오자 브이가 놀란 듯 어깨를 움츠린다. 말이 계속해서 이어진다.

"당연히 아니지……"

"그래, 아니지. 싫으면 안 되지."

"응."

"내 눈 피하지 마."

어? 어, 어. 능글맞게 밀고 나가니 곧이곧대로 밀리는 게, 재미가 꽤 쏠쏠했다. 브이는 전적으로 내 미소에 약했으니까. 그렇게 두 번째 체육 창고의 일을 계기로 나는 브이를 꽤 오랜 시간 동안 지켜보았다. 하루도 빠짐 없이 전부. 사람을 간파하기 위해서는 긴 시간이 필요했으니까. 그로 인해 라이는 브이가 저를 좋아하는 것임에 틀림 없다는 결론까지 도출해 내었다.

그런데 도대체 왜. 브이는 저에게 고백하지 않는 것일까. 혼연하게 저의 착각인 것일까? 아니, 착각일리가 없었다. 저와 눈이 마주치면 부리나케 고개를 돌렸고, 고개를 돌리고 마주한 뒷목은 벌겋게 달아올라 있었으니까. 라이는 지난 한 달 동안 천국과 지옥을 오갔다. 브이가 저에게 감기길 기다렸는데, 되려 제가 감겨 버렸다. 눈을 감으면 브이의 긴 속눈썹이 생각났고, 밥을 먹을 때는 오물오물 움직이는 앵두 같은 입술만이 보였다.

그리고 오늘도 마찬가지다. 라이는 자꾸만 브이에게로 돌아가는 눈을 칠판에 고정한 채로, 수업에 집중했다. 시간은 야속하게도 지나가고, 라이도 그만큼 천국과 지옥을 오가는 횟수가 늘었다. 그러다 10월 10일 밤 9시. 브이에게서 문자가 왔다. 나와달라고.

'이건 분명 고백이다.'

자려고 침대에 누웠던 라이는 겉옷도 챙겨 입지 않고 허겁지겁 달려 나갔다. 장소는 학교 옆 사거리 근처에 있는 침류 공원. 9월이 지나자 날씨는 제법 쌀쌀해졌고 밤에는 이불을 덮지 않으면 감기에 걸릴 정도였다. 하지만 사춘기의 사랑은 라이를 흰 반팔과 청바지만 입고 뛰쳐나가게 만들었다. 숨이 차게 뛰어나온 결과 이마에는 땀이 비죽비죽 흐르고 있었다. 후욱-, 후욱 하고 벅찬 숨을 내쉬니, 건조한 바람이 라이의 머리를 흐트려뜨린다.

공원에 들어서지도 않았는데 진한 코스모스 향기가 콧등을 때린다. 정신이 아찔하고 아플 정도로 심장이 세게 뛴다. 쿠웅, 쿵- 비장함이 느껴지는 발걸음으로 공원으로 들어서니, 분수대에 브이가 걸터 앉아있는 것이 보였다.

아, 예쁘다. 은은하게 비치는 달 아래. 모자를 푹 눌러 썼음에도 가려지지 않은 미모에, 딱 맞게 떨어지는 청바지를 입은 브이는 감히 절경이라고 말할 수 있었다. 슬리퍼가 모래에 질질 끌린다. 그중에는 개미도 있겠지. 브이가 인기척에 고개를 돌려 저를 바라본다. 아, 더럽게도 예쁘다. 아픈 심장께를 부여잡고 브이에게로 걸어간다.

"무슨 일이야, 브이."

말과 함께 하얀 입김이 구름처럼 뭉게뭉게 나온다. 가까이서 본 그는 더 절경이다. 달빛이 이렇게 훌륭한 조명이 될 수 있었던가. 밤이 내리 앉은 대한민국에서 스포트라이트를 받고 있는 주인공은 오로지 브이였다. 그리고 나는,

"나 좋아하는 사람 생겼어."

글쎄, 주인공을 짝사랑하는 배우 7 정도 되지 않을까?

"사실 옛날부터 쭉 좋아했던 거라 생긴 건 아닌데."

"……."

"도와달라는 얘기야. 나 곧 전학 가거든."

"라이, 부탁할게. 고백할 수 있게 도와 줘."

뱀에 물린 것처럼 눈이 몹시 어둡고, 몸이 아려온다. 도대체 저 말을 어떻게 맨 정신으로 들었는지 기억도 나지 않는다. 정신을 차리고 보니 브이와 약속을 하고 있었고, 브이는 행복하다는 듯이 활짝 웃고 있었다. 달빛을 등에 지고 웃는 브이는. 로맨스 영화에 너무나도 잘 어울리는 주인공이었다. 그리고 그런 주인공의 친구, 박라이.

그는 주인공을 짝사랑하는 친구 중 하나일 것이다. 아, 어떤 정신으로 집에 도착했는지 모르겠다. 눈에서 뜨거운 아픔이 쏟아져 나왔다. 코가 시큰해지고, 묵혀 두었던 목소리가 터져 나왔다. 이렇게 큰 소리로 우는 건 유치원

때 좋아했던 아이가 이사 갔을 때 말고 없을 줄 알았는데. 브이는 그것을 가능케 만들었다. 아, 나의 메시아이자, 나의 파멸자여. 이 드라마에서 주인공은 내가 될 수 없는 것일까, 정말? 그렇게 라이는 몇 시간을 내리 울다 지쳐 잠이 들었다.

울음이 가득한 밤에 깊은 잠에 빠진 라이는 꿈을 꾸었다. 브이가 떠나는 꿈. 주룩주룩, 눈물이 관자놀이를 타고 흐른다. 오늘도 라이를 위로해 주는 존재는, 옷장에 걸린 먼지 묻은 체육복이었다.

"아…… 으."

눈이 시릴 정도로 밝은 빛이 라이의 얼굴에 드리운다. 제 꼴이 말이 아니었다. 눈, 내 눈. 어디 갔어. 제 눈은 어디로 가고 붉게 달아오른 마카롱이 제 눈을 대신하고 있는지 모르겠다. 나 도대체 어제 뭐 했길, 아…… 맞다. 주책맞게도 다시 눈물이 쏟아져 나오려고 했다. 사춘기 사랑의 실패는 라이에게 너무나도 큰 고통이었다. 퉁퉁 부은 얼굴에 찬물로 세수를 하고 얼음팩을 20분 정도 하니 그나마 가라앉아 밖에 나갈 수 있었다.

나쁜 자식. 괜히 사람 헷갈리게 만들고. 라이는 차오르는 눈물을 소매로 닦고 학교로 걸어가기 시작했다. 원래 라이의 하루 첫 시작은, 교실로 도착해서 제일 먼저 하는 일은 브이가 지각하는지 안 하는지 확인하기였는데. 오늘은 달랐다. 라이는 브이로 인해 찢긴 심장을 불태워 버리기로 했다. 대가 없는 사랑을 하기엔 감정의 소모가 너무 크고, 시간만 낭비할 뿐이다.

라이의 사랑에 대한 정의는 다시 바뀌기 시작한다. 시간을 낭비하는, 아픔만 남기는. 그런 대가 없는 감정 소모. 라이가 눈을 감는다. 문이 열리는 소리가 들려오고, 반 아이들의 반응은.

"야, 브이. 너 우냐?"

뭘, 뭘 울어? 보지 않으려고 했던 라이의 다짐이 1분 만에 깨지는 순간이었다. 장난이 아닌지 브이는 눈이 붉게 부어 있었다. 가슴이 아팠다. 브이는 항상 손톱으로 제 심장을 긁어 내렸다. 어느 날은 손톱으로 꼬집기도 하고,

뜯어 내기도 했으며, 쿵쿵 두드리기도 했다. 하지만 이렇게 아프진 않았다.

애처롭게도, 브이가 울지 않았으면 좋겠다고 생각했다. 8시 30분. 종이 울리고 선생님께서 들어오셨다. 나는 브이가 아파 데려준다는 핑계로 교실을 빠져 나왔다. 무슨 일인지 선생님께서는 걱정하는 눈치였다. 복도를 거니는 발걸음이 다급하다. 우리는 아직 출근하지 않은 보건 쌤을 알기에, 체육 창고로 걸음을 옮겼다. 아직도 눈물이 나오는지, 눈가가 붉어지도록 손으로 벅벅 닦는 브이에. 라이는 소매를 내어 브이의 눈가를 톡톡 두드린다.

"문지르지 마, 아프잖아."

"……."

물론 내가 더 아프다. 브이가 왜 우는지 모르겠지만 안 울었으면 좋겠다. 안 아파했으면 좋겠다. 쪼그려 앉아서 브이를 바라보았다. 우는 것도 예쁜데, 웃는 게 더 예쁘니까 계속 웃어 줬음 하는 바람이었다. 내 주제가 있어 말은 못했지만.

"라이……."

"응."

많이 울었는지, 목소리는 갈라지고 난리도 아니었다. 누가 널 그렇게 만들었니. 내가 다 찢어 발겨 줄게. 감히 누가 널.

"나는 이제 곧 전학을 가, 가는데. 내가 좋아하는 사람, 이, 나, 르을 안 좋아하는 것 같아……."

"……아."

숨이 벅차 뚝뚝 끊기는 말은 날카롭게 갈아져서 까맣게 변해버린 심장을 찌른다. 브이도 이럴 때 보면 참 잔인하다. 이건 심장을 손톱으로 긁어내리는 수준이 아니다. 가끔 보면 브이는 내 심장을 짓밟고 터뜨린다. 무참하게. 이를 꽉 물었다. 당장이라도 브이에게 나는 온 밤을 내리 울었다고, 심장이 찢어지고 너덜너덜해져서 결국은 불태워 버렸다고 말하고 싶었다.

하지만 그것은 선을 넘는 짓이었다. 마음 약한 브이는 라이의 눈치가 보여 사랑하는 사람에게 제대로 고백하지도 못할 것이다. 그건 싫었다. 라이는 제 사람의 행복을 빌었다. 지금 라이가 할 수 있는 건 브이의 등을 토닥이는 것. 오로지 그뿐. 라이는 제가 사랑하는 사람에게 다른 사랑을 응원한다.

"브이, 너를 좋아하지 않는 사람은 없어."

"…… 정말?"

"응, 당연하지."

"그럼, 너도 날 좋아해?"

"……아니."

"그럼……?"

나는 널 사랑해. 라이가 미처 못한 말을 꿀꺽, 삼켜 버렸다. 아직 다듬어지지 않은 말들이 성대를 찢는다.

"우린 친구잖아, 브이."

무서운 침묵이 어둡게 내려 앉았다. 할 수만 있다면 저의 심장을 도려내어 브이에게 선물하고 싶을 지경이다. 내가 널 이만큼 사랑한다고. 침묵 속에서 브이가 조용히 일어난다. 그리고 달려간다. 저는 그것을 잡지 못했다. 다리가 부들부들 떨렸다. 브이가 한참 멀어지고 나서야 라이는 참았던 눈물을 터뜨렸다.

어머니, 저에게 사춘기는 너무 힘든 것 같아요. 사랑은 원래 이런 건가요? 아아, 신이시여, 나를 시험하시는 건가요? 만약 이것이 시험이라면 나는 실패한 결과물인가요? 애써 울음을 삼키고 라이는 교실로 돌아간다. 드르륵, 문이 열리고 모든 시선이 저에게 쏟아진다. 돌아간 교실에는 브이의 자리가 비어 있었다.

"브이가 요새 몸이 안 좋은가 봐."

아, 조퇴했구나. 라이는 굳은 얼굴로 자리에 앉았다. 교탁 앞에는 선생님이 서 있었다. 첫날처럼. 라이도 왔으니까 말을 시작할게요. 그래, 첫날처럼.

"브이가 전학 온 지 얼마 안 됐는데, 이번에는 이민으로 인해서 전학을 가게 되었어요."

라이가 헛웃음을 짓는다. 눈물도 안 나올 지경이었다. 나한테는 말 좀 해 주지, 이사도 아니고 이민이었다니. 좋아하는 사람한테는 간다고 말했을까? 생전 처음 느껴보는 열등감은 라이에게 기시감과 경멸을 선물했다. 주변에서는 안타까움의 목소리가 들린다. 탄식들이 줄비하다. 나는 허벅지를 세게 꼬집었다. 울음 섞인 웃음이 반에서 울려퍼지는 걸 막기 위해.

용기를 내어 브이의 빈 자리를 바라봤다. 핏발이 선 눈에서 뜨거움이 차오른다. 라이는 브이에게 전부를 걸었지만 돌아온 것은 아픔과 이별이었다. 라이의 세상이 무너졌다. 그리고 브이는 가 버렸다. 어떤 작별 인사도 없이. 그렇다고 연락망이 없던 것은 아니었다. 라이에게는 그 누구에게도 없었던 브이의 전화번호가 있었으니까. 당연히 자신의 전화는 받을 거라는 믿음을 가지고, 숫자 11자리를 눌렀다. 그리고 들려오는 소리는.

'지금은 전화를 받을 수 없어 소리샘으로……'

브이가 없는 학교에 왔을 때 처음에는 실감이 안 났다. 곧 오겠지. 연락은 하겠지. 라는 안일한 생각을 하면서. 하지만 지금은 실감할 수 있었다. 너는 갔구나, 영영 떠나 버렸구나. 라이는 그날을 이후로 3일을 꼬박 앓았다. 열병이었다. 혹여나 급한 일이 있어서 일시적으로 수신 거부를 한 것이 아닐까라는 생각도 했다. 하지만 통화가 90통을 넘어 갈 때, 라이는 결국 심장을 죽였다. 입 밖으로 차마 꺼낼 수 없었던 말들이 피를 토하게 만들었고, 뜨거운 여름 축축해질 때까지 잡은 손에서는 링거가 달려 있었다. 유난히도 뜨겁고 축축한 사춘기와 사랑이었다.

3일을 꼬박 앓고 오랜만에 간 학교는 저를 걱정하는 아이들로 가득했다. 괜찮다고 했지만, 괜찮지 않았다. 그게 낯빛에서도 느껴졌는지 선생님께서는 수업 시간에 엎드리는 것을 괜찮게 생각하셨다. 그래서 책상에 머릴 처박았다. 밖은 비가 추적추적 내리고 있었다. 오늘은 10월 13일. 제 생일이자, 김브이가 떠나는 지 3일이 되는 날이었다. 몇 시간을 내리 잤는지, 비척비척 몸을 일으키려던 찰나 누군가가 날 흔들었다. 아, 민철이구나. 라이가 인위적인 미소를 띠었다. 무슨 일이야?

"이거, 브이가 주래."

"어?"

예상치 못한 인물의 이름이 제 귓속을 파고든다.

"너 아팠을 때 브이가 학교에 왔다 갔는데, 이른 시간이라 나밖에 없었거든. 나보고 놀란 것 같던데, 뭐 어쨌든 이거 네 거르,"

라이가 덜덜 떨리는 손으로 민철이의 말이 끝나기도 전에, 봉투를 낚아챘다. 소중한 것을 빼앗긴 듯 낚아채가는 라이의 모습에 당황해 민철은 눈을 동그랗게 뜬 채 가만히 서 있었다. 봉투 안에는 이미 닳아서 낡은 사진과 편지가 들어 있었다.

[라이야! 우린 꼭 다시 만날 수 있을 거야! 우리 멋지게 자라서 꼭 만나자! 나 기억해야 돼!!]

-@@유치원 달님반 브이가-

+ 10월 13일, 네 생일. 오전 8시. 날 좋아한다면 와 줘, 체육창고에서 기다릴게. 만약 아니라면, 오지 않아도 돼.

그 편지를 읽자마자 라이는 반에서 뛰쳐나갔다. 지금 시각은 12시 30분. 약속 시간으로부터 4시간이나 지난 후였다. 뒤에서 민철이가 급하게 소리를 질렀지만, 그걸 신경 쓸 여유가 없었다. 빗물과 눈물이 짜게 입속으로 흘러 들어갔다. 네가 이사 갔을 때도 비가 내렸었는데,

그게 너였구나. 아아, 브이야. 그거 알아? 상대에게 첫눈에 반하는데 걸리는 시간은 2초래. 이 2초 만에 망할 페르몬이 상대를 멍하게 바라보게 만든

대. 다만 이 호르몬의 분비는 유통기한이 있어서, 일반적으로 2년을 넘기지 못한다고 해. 그러니까 그 기간이 지나면 놓았던 정신줄을 다시 잡게 된다는 이야기야. 이때부터 사랑은 화학의 단계는 끝나고 사회학의 단계로 넘어가게 되는 것이지.

브이야. 우리는 그 기간을 훨씬 뛰어 넘었어. 그러니까 우리는 운명인 거야. 내게 사랑의 정의는 오래 전부터 너였어. 그러니까 제발. 제발 있어 줘.

쾅- 철컹,

"……."

퀘퀘한 냄새가 퍼진다. 사람의 온기는 이미 오래 전부터 없었던 듯, 여름이 미처 거두고 가지 못한 축축한 곰팡이 냄새만이 라이를 반긴다. 어디에도 흔적이란 없다. 이미 갔구나. 가 버렸구나. 아픈 사랑을 두고 멀리, 멀리 떠나 버렸구나. 한낱 인간인 내가 너의 중력을 이기지 못해 내리 앉아 버렸다. 라이에게서 한낱 보통명사가 고유명사로 자리잡기까지는 두 달하고도 3일이라는 시간이 걸렸다.

응, 브이야. 내가 너무 늦게 깨달았어. 난 이제 너를 브이라고 부르지 않아. 너는 내게 사랑이라는 고유명사야. 그러니까 그 말이 무슨 뜻이냐면. 만약 누군가 나에게 사랑이 무엇이냐 묻는다면, 나는 너의 이름을 부를 수 있어. 차가운 여름에 뜨거운 심장을 주고 간 너의 이름을. 내 심장을 짓누르고 까맣게 타들게 한 너를. 비 오는 날 먼지 가득한 채육창고에서 몇 시간을 기다려야 했던 너를. 그런 너는 내게 하나 밖에 없는 고유명사야……

털썩 하고 꿇은 무릎에는 젖은 모래와 먼지들이 달라붙는다. 미련도 같이 라이의 온몸 이곳저곳에 달라붙기 시작했다. 이 미련들은 라이를 서서히 갉아먹고 곪길 것이다. 그리고 성장통이 될 것이다. 아아, 목이 갈라져서, 피가 베어 나올 때까지 울음을 터뜨린다. 내가 널 이만큼 사랑한다는 걸 알려 주고 싶어서. 하지만 그마저도 처절한 빗소리에 묻힌다. 아아, 브이야. 나는 너에게 어떤 존재였니?

쇄아아-, 빗물이 만들어 낸 웅덩이에는 개미가 죽어가고 있었다.

*

나다움

- 길현아

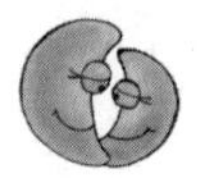

5월, 봄도 여름도 아닌 애매한 날씨가 이어지는 계절. 나는 문을 열면 큼큼한 냄새가 코를 찌르는 방에 박혀 허구한 날 백수 노릇을 하고 있다. 오늘도 어김없이 온종일 뜨거워지는 휴대폰만 만지작거리는 하루가 될 줄 알았다.

"야, 윤한구. 너 언제까지 이러고 살 거야?"

아니 이 누나가 갑자기 들어와서 뭐라는 거야? 일하고 들어오자마자 갑자기 문을 벌컥 열고 저런 엉뚱한소리를 하는 누나를 보며 귀찮다는 듯이 말했다.

"아 몰라, 언젠간 다시 하겠지."

"야. 너 그렇게 말하고 이따구로 산 지 4개월이야."

"아니 난 뭐 이렇게 살고 싶나? 안 되는 걸 어떡해?"

누나가 말을 잠시 멈췄다가 무언가를 결심한 듯 다시 입을 뗀다.

"야, 너 잠시 시골에 살다 와라."

응? 이건 무슨 개가 풀 뜯어먹는 소린가? 거의 2배쯤 커진 눈으로 누나를 빤히 바라봤다.

"아빠가 그러라고 하시더라. 너 언제까지 슬럼프 타령 하면서 집에 박혀 있을 거냐고. 너 그래도 미술에 재능도 있고 이대로 네가 썩어가는 모습을 볼 순 없다면서 이미 집도 사놓았고 엄마랑도 얘기했으니 그냥 군말 없이 가."

"아니 이걸 나 없을 때 정했다고?

"그럼 니 있는 데서 하게? 가기 싫다면서 온갖 떼는 다 쓸 거면서."

"아니……."

말문이 턱 막혔다. 이런 중요한 결정을 이렇게 자기들 마음대로 정한다고? 게다가 나 몰래? 어이가 없고 짜증이 몸 안에서부터 차오르듯 폭발하기 직전이었다.

"그래도 너 진짜 잘하잖아. 거기서 얼마든지 있어도 되니까 가서 머리 좀 식히고 와. 이제 슬럼프도 없어질 때 됐으니까 몇 개월만 살아 봐. 이제 너도 철 좀 들어야지. 이제 25살인데 언제까지 애처럼 굴거야? 엄마, 아빠도 해 줄 만큼 해 줬으니까 이참에 독립해서 살아 봐. 부모님한테 효도는 해 드려야지. 다시 너답게 돌아왔으면 좋겠다, 나는."

참나, 나다운 게 뭔데? 자기들끼리 다 정해놓고 이런 식으로 통보야? 내 슬럼프를 제일 잘 아는 사람은 난데 왜 주변에서 여기 가라 저기 가라 난리냐고. 난 뭐 계속 이러고 싶어서 이러는 줄 아나. 나도 이런 생활 좀 그만하고 싶어서 대회에도 나가 보고 밖에도 나가 보면서 나름 열심히 노력한 거라고. 그래도 안 되는 걸 어떡해? 짜증과 함께 울컥거림이 올라와 있는 힘껏 눈물을 참으려는 나를 보더니, 누나는 조용히 문을 닫고 나갔다. 나는 참았던 눈물을 소리 없이 끅끅대며 침대에 머리를 박고 울고 있을 뿐이었다.

결국 나는 1주일 뒤 아주 작은 시골로 가는 기차에 반강제로 타게 되었다.

'여기서 살면 나아지긴 하는 걸까.'

나는 순수미술을 하고 있는 화가다. 순수미술이라곤 해도 종이에 그리는 거라면 웬만한 건 그릴 줄 안다. 나름 학창 시절 때부터 해 왔던 것이기도 하고 나도 내가 소질이 있다고 생각한다. 사회성도 지금보단 괜찮았지. 친구들도 꽤 있었고 대회는 나가는 족족 상과 상금을 타고 전문가들과 언론의 칭찬도 많이 받았다. 하지만 가장 친했던 친구에게 사기를 당해 사람을 무서워하게 되었고 집에서만 생활한 것도 이때부터였다. 그야말로 사람에 대한 트라우마로 인해 그렇게 승승장구만 할 것 같았던 내 인생에 슬럼프라는 천적이 찾아오게 된 것이다. 슬럼프는 서서히 지속됐다. 내 머릿속에 있던 장면이 종이에 그대로 그려지는 듯한 감각과 연필과 붓이 종이와 맞닿았을 때 착 감기는 것만 같았던 촉감이 사라지게 되고 그로 인해 대회에서 받는 성과 또한 하락세를 맞이하였다.

'윤한구 화가, 이번 OO 경연대회 합격자 명단에도 들지도 않아.', '대회장에 좀처럼 모습을 보이지 않는 윤한구 화가, 하락 곡선 타나.' 등 나의 슬럼프로 인한 결과가 대수롭지 않다는 듯 자기들 좋을 대로 맛있게 양념을 친 수많은 기사와 그에 달린 추측성 댓글들이 나를 더욱 날카로운 가시덩굴에 찔리는 듯한 고통을 심어 주었다. 이런 상황을 타피하고자 눈요기에만 좋은 작품들을 내놓자 여론은 금방 나에게 등을 돌리고 상황은 더욱 악화될 뿐이었다. 난 그 뒤 그림에 손도 안 대고 있을 뿐더러 집에서만 박혀 사는 게으른 백수가 되었다. 이런 생활이 약 4개월이란 시간 동안 지속되자 보다 못한 가족들은 내가 이런 슬럼프에서 벗어났으면 하는 마음에 나에게 이런 큰 시련을 준 것이다. 아무리 그래도 그렇지 4개월 동안 집에서만 산 사람한테 독립선언이라니, 게다가 아는 사람도 없고 와이파이도 없는 시골에서! 막막한 마음에 눈을 질끈 감고 누가 봐도 고민이 담긴 한숨을 크게 내쉬었다.

"어이 총각, 무슨 일 있나?

갑자기 내 눈앞에 얼굴을 들이밀고 걱정하는 눈빛으로 말을 건넨 사람은 내 옆자리에 앉으신 할머니였다. 나는 깜짝 놀라 "으악!"이라고 소리를 질러버렸다. 다행히 시골행 기차라 그런지 기차 안엔 나와 이 할머니, 그리고 할머니 옆에 앉은 작은 손녀뿐이었다. 쌕쌕거리며 잘 자던 초등학교 저학년쯤 되어 보이는 꼬맹이는 내가 놀라는 소리에 깼는지 할머니와 같이 나를 바라보고 있었다.

"아니요. 그냥 고민이 있어서…… 요."

가족이 아닌 사람과 하는 대화는 집 앞 편의점에서 계산할 때 빼고는 나눈 적이 없다. 그래서 그런지 존댓말뿐만 아니라, 말 자체가 입 밖으로 잘 나오지 않았다.

"총각 어데 가는디?"

"소라마을이요."

"오? 우리 마을 아니가?"

내 말을 들은 꼬맹이는 반갑다는 듯 나를 뚫어져라 쳐다보았고 난 그런 꼬맹이의 눈을 피해 눈알을 밑으로 내리깔았다.

'이렇게 모르는 사람이랑 얼굴대고 말한 적 오랜만인데…….'

기차 타는 내내 불편한 마음으로 어서 도착했으면 좋겠다는 말만 마음속으로 연발하며 다리를 마구 떨었다. 그 뒤로 할머니는 왜 자기 마을에 오느냐고 물어봤지만 난 여행 때문이라며 대충 둘러댔다. 그 뒤로 할머니는 나에게 말을 걸지 않았지만, 옆에 꼬맹이가 계속 쪼잘쪼잘 나에게 여러 질문을 하는 바람에 남은 시간 동안은 자는 척을 할 수밖에 없었다.

창문 밖으로 나무 사이에 곳곳이 솟은 키 작은 아파트들과 주택들이 보였다. 실눈으로 옆을 슬쩍 보니 할머니와 꼬맹이도 내릴 준비를 하고 있었다. 나도 이제 잠에서 깬 척 하품 흉내를 내고 주섬주섬 가방을 챙겼다. 기차에서 내리고 역에서 빠져나와 빨리 집에 들어가고 싶다는 마음에 누나한테 받은 지도를 꺼냈다. 근데 이게 뭐야? 여기서 또 버스를 타고 한참을 가야 한다고? 대체 얼마나 시골 동네인 거야? 바보처럼 길 한복판에서 얼타고 있던 나를 익숙한 목소리가 부른다.

"거기 아저씨 일로 어여 와여."

아까 같은 기차를 탔던 꼬맹이가 소리쳤다. 보아하니 때마침 그 마을로 갈 버스가 왔나 보다. 어떡할지 몰라 안절부절못하던 나를 구해 준 것 같아 고마우면서도 또 째짹 울어대는 목소리에 식겁해 어서 귀를 닫았다. 그렇게 1시간 좀 넘었나 초록색만 보이던 창문에 나름 촘촘하게 박힌 하얀 집들이 보였다. 드디어 도착. 버스에서 내리자마자 나를 반기는 건 깨끗하고 맑은 공기였다. 조금 전보단 약간 들뜬 마음으로 마을 쪽을 향해 가벼운 발걸음을 뗐다. 그것도 잠시, 그러고 나서 20분 정도 걸었나 벌써 다리에 힘이 풀린다. 4개월 치 운동 부족이 여기서 나타나나. 내 집은 뭐가 이렇게 먼 거야. 중심지로 가려면 이만큼을 걷고 또 버스를 타야 한다니. 끔찍하다. 이 마을에선 절대 못 살 거 같아. 당장 돌아갈까 생각해 봤지만 그렇게 했다간 집에서 쫓겨날 것이라고 판단돼 곧바로 생각을 접었다. 어쩔 수 없는 일이라며 자신을 달래는 사이 드디어 집 앞에 도착한다. 아빠가 건네준 종이엔

"집 열쇠는 옆집에 맡겨 놓았으니 옆집에게 공손히 대하고 친하게 지내도록."

이라고 적혀져 있었다.

"뭐야 열쇠가 옆집에 있는 건 알겠는데 설마 노인들이랑 친하게 지내라는 건가? 나이 차가 몇 일 텐데……."

혼자 삐죽 나온 입을 투덜대면서 옆집 초인종을 눌렀다. 아무런 미동도 없다. 움직이는 건 날아다니는 나비와 그 나비를 쫓는 마당의 진돗개뿐이었다.

"왜 또 없는 거야."

괜히 또 짜증나 잘못 없는 개에게 화풀이하듯 의미 없는 말을 주절주절 내뱉었다. 그렇게 집에는 못 들어가지만 새 집이 어떻게 생겨 먹었는지는 또 궁금해 담장 안에서 집구경을 했다. 연두색 잔디가 파릇하게 난 아담한 마당과 뒤엔 창고와 뒷문이 있었다. 구경을 마치고 담벼락에 앉아 폰만 만지작대고 10분 정도 지났나? 어디선가 말소리가 들린다. 혹시나 하여 벌떡 일어나

소리가 난 곳을 향해 고개를 틀자 나는 또 헉 소리가 나올 뻔했다. 그 말소리의 주인공은 아까 기차에서 본 할머니와 그 손녀인 꼬맹이였기 때문이다. 나를 본 꼬맹이는 눈을 크게 뜨면서 할머니에게 외쳤다.

"할무니! 저 아저씨 또 있데이!"

"아이고 진짜로 그르네. 거기엔 왜 있는겨?

"아하하."

의미 없는 웃음만 나왔다. 설마 저 사람들이 내 옆집 사람인가?

"저 여기로 이사 온 사람입니다."

"으잉? 아 윤씨 아들이었구만. 내가 몰라봤네. 내가 이 옆집 사람이여."

설마가 사람 잡지. 다른 생각보다 옆집에 저런 꼬맹이가 있으면 시끄러울 거라는 생각이 먼저 들었다. 게다가 개까지 키우다니. 나 진짜 머리 식히러 온 게 맞는 건가?

"자, 이리 함 와벼. 여기 열쇠 받으라잉."

"감사합니다."

간신히 열쇠를 받고 집 문을 열었다. 누가 봐도 사람이 살지 않을 거 같은 사늘한 공기와 냄새가 나를 반기기도 전에 옆집 꼬맹이가 갑자기 내 앞으로 뛰어 들어온다.

"머꼬? 여긴 내 아지트다! 왜 멋대로 들어오노!"

이건 무슨……, 놀자는 건가?

"저기 꼬맹아. 여기 이제 내 집이니까 나와 줄래?"

"으앙? 누구 보고 꼬맹이라카노! 여기 내 아지트다! 당장 나가라!"

뭐 이런 지멋대로인 애가 다 있냐. 벌써부터 여기서의 생활은 힘들 거 같다는 생각이 든다. 한 달은 살 수 있을까? 다시 한번 쪼잘거리는 애를 제쳐두고 거실로 가 짐을 풀었다. 근데 벽에 얼룩덜룩 크레파스로 낙서한 이것들은 대체 뭐야? 의문이 들자마자 답이 떨어졌다. 저 꼬맹이구만. 아직까지도 재잘대던 꼬맹이를 바라봤다.

"이 낙서 니가 한 거냐?"

꼬맹이가 흠칫하더니 휘파람을 불면서 눈을 피한다. 결국은 꼬맹이란건가.

"맞다! 카믄 웃잘 긴데!"

"혼나야지 뭐."

이 말을 듣고는 쉼 없이 움직이던 입이 꾹 다물고 얌전해졌다. 이제 좀 조용해졌으니 본격적으로 짐을 풀어 볼까나. 우선 벽은 나중에 처리하고, 내가 짐을 푸는 동안 꼬맹이는 계속 내 옆을 알짱거렸다. 신경 쓰여 저리 가라고 하려 했지만 여기서 더 겁을 주면 옆집 할머니한테 이를 거 같아 잠자코 있었다. 생활용품과 옷들을 다 정리하고 마지막으로 그림들을 놓을 곳을 찾고 있었다. 그런데 갑자기 꼬맹이가

"오오! 뭐꼬? 이거 아저씨가 그린 거여?

라며 똘망똘망한 눈으로 나를 쳐다보고 있었다.

"내가 그렸지. 왜 잘 그렸냐?"

"응응! 완전! 아저씨 그림 참 잘 그리구만?"

"야야. 누가 아저씨야. 아직은 오빠라고 불러야지."

"아저씨도 내보고 꼬맹이라 부른다 아니가!"

"알았다. 알았어. 이름이 뭔데?"

"하라라 칸다. 장하라. 초등학교 2학년이데이."

'장하다'라는 말에서 따온 건가…… 엄청 단순하네. 그래도 성격하고 맞는 것 같기도 하고, 활발하기도 하고.

"아저씨 이름은 뭔디?"

"내 이름은 왜. 걍 오빠라고 불러."

"아, 내도 말했다 아이가."

"먼저 말한 사람이 바보지."

"완전 애 같다."

'니가 애거든……?'

"이래 봬도 26살이다. 인마."

"우어, 진짜가? 더 어려 보인데이!"

그럼 더 어려 보이는데 아저씨라 하고 다녔던 건가……. 근데 어쩌다 말이 이 길로 샜지. 아. 그림 정리하고 있었지. 우선 마음에 드는 것 중에 큰 건 거실에 걸고 작은 건 방에 걸어야지. 사람 한 명이나 두명이서 살기 좋은 집 크기라서 그림 두 개만 놓아도 집이 좀 살아 보인다. 걸어 놓은 이 두 그림을 왔다 갔다거리면서 구경하는 장하라의 입은 다물어질 기세가 없다. 그런 모습이 싫진 않아 정신 사나워도 가만히 두었다. 장하라는 걸어 놓은 두 그림과 추가로 정리해놓은 그림들을 보면서 혼잣말을 막 늘어놓는 동안 난 어느 정도 짐 정리를 끝냈다. 폰을 만지며 굼뜨게 움직여서 그런지 벌써 해가 지려 한다. 나는 그 상태로 마당에 나와 평상에 앉았다. 아까는 폰 만진다고 몰랐는데 여기서 바다가 보인다.

'아 바닷가 근처 마을이었구나.'

이제서야 소금기 젖은 공기가 느껴진다. 한번 눈 감고 깊이 들이마셨다가 내쉬어 본다.

어제 그렇게 해가 지는 걸 보고 곯아떨어진 지 11시간 만에 눈을 비비며 깼다. 장하라는 해가 질 때까지 내 옆에서 가만히 있다가 내가 집에 들어가니 자기도 알아서 집에 들어갔다. 잠에서 깼으니 아침을 먹어야 하는데 먹을 게 없다. 어쩔 수 없이 돈과 폰만 들고 무작정 나와 지나가는 마을 사람들에게 마트가 어딨냐고 물어보았다.

"이짝 길로 가서 왼쪽으로 꺾으면 되잉. 처음 보는 얼굴인디. 누구 손자여? 참 잘생겼구먼."

"아, 여기서 조금만 더 걸으면 마트 나오는디. 누구여? 얼굴 참 이쁘구먼."

무슨 볼 때마다 얼굴 칭찬이야. 딱히 그렇게 잘생기지도 않은 것 같은 데. 오히려 눈이 좀 매서운 거 같다는 콤플렉스까지 가지고 있다. 마트 가는 길을 잊지 않으려고 마을을 둘러보며 걸으면서 깨달은 점이 하나 있다. 문패에 윤씨가 많다는 거다. 윤씨가 그렇게 드문 성은 아니라고 해도 확률적으로 이렇게 많을 수가 있나? 내가 학창 시절 때 미술도 배우고 공부까지 잡는다고 바쁘게 생활한 탓에 아빠 고향에 간 적은 초등학교 때가 마지막이었다. 너무 옛날 일이라 아빠 고향이 바다 근처였던 것밖에 기억이 안 났는데 이로 인해 확실해졌다.

'여긴 아빠 고향이구나.'

아마 아빠의 조상이 여기에 터를 잡은 거겠지. 그래서 그렇게 쉽게 나를 여기로 보내고 옆집 할머니도 우리 아빠를 알고 있었던 거구나. 큰 사실을 하나 깨닫고 도착한 마트에서는 3분 조리 인스턴트를 마구잡이로 샀다. 두고두고 먹을 날이 오겠지. 그와 같이 음료수와 생활에 필요한 것들을 이것저것 샀다.

'마트라고 해도 작은 동네마트 정도여서 뭐 크게 살 건 없었지만 없는 것보단 낫지.'

라는 심정으로 집에 돌아왔다. 돌아오는 길이 헷갈려 시간이 조금 걸렸다. 그 때문에 아침도 아니고 점심도 아닌 애매한 한 끼를 해결하고 누우려는 순간 갑자기 현관문이 열리는 소리가 난다. 도둑인가 싶어 상 위에 있던 주방 가위를 들고 천천히 발소리가 나지 않게 현관문 쪽으로 다가갔다. 근데 역시나 설마 했는데 진짜 그 사람이었다. 바로 장하라. 이번에는 옆에 자기 또래로 보이는 다른 여자애랑 같이 있었다. 장하라는 날 보자마자 소리를 지르며 달려왔고 옆에 다른 애는 같이 날뛰고 싶어 하는 듯 가만히 우물쭈물 서 있었다. 이 둘의 손과 가방에는 여러 개의 장난감들과 과자가 있었다. 설마 아직도 여기가 자기 아지트라고 생각하는 건가? 옆에 나는 아랑곳하지 않고 자기들끼리 과자를 뜯으면서 가지고 온 장난감으로 치고받고 잘도 논다. 어제 내 그림들을 보고 막 질문하는 걸 몇 개 답해 줬더니 내가 마음에 들었는지 장하라는 나도 같이하자며 온갖 떼를 다 썼지만 차갑게 거절하는 나로부터 결국 포기하고 자기가 데리고 온 친구랑 칼싸움, 소꿉놀이, 숨바꼭질 등 자기가 가져온 장난감으로 내 집에서 할 수 있는 모든 놀이란 놀이는 다 한 것 같다. 나는 폰을 만지면서 곁눈질로 힐끗힐끗 쳐다볼 뿐이었다. 어쩌다 눈이 마주치면 장하라 뿐만 아니라 옆에 있던 다른 꼬맹이도 기대에 찬 눈빛으로 나를 바라보곤 하였으나 다시 눈을 돌렸다.

"저 사람 누구여?

나를 처음 본 꼬맹이가 조그마한 손으로 자기 입을 가리고 장하라한테 속삭였다.

"어제 여기 이사 온 윤씨여."

윤씨? 먹은 밥그릇도 나보다 훨씬 적은 꼬맹이가 지금 나보고 윤씨라고 한 건가?

"윤씨는 누가 윤씨야?"

애초에 이 마을에 윤씨가 얼마나 많은 데 왜 윤씨라고 부르는 거야?

"울 할무이가 옆집 사람보고 윤씨라고 했으이 윤씨아이가."

"여기 윤씨가 한 둘이냐? 나 같으면 차라리 이름을 부르겠다."

"이름이 뭔디? 카믄 이름 알려도."

"이제는 이름으로 부르려고? 흥."

콧방귀를 뀌면서 다시 고개를 폰으로 돌렸다. 장하라는 무시한 나를 향해 볼에 바람을 빵빵하게 넣고는 째려 보았다.

'누가 관심 줄까 보냐.'

새파랗게 어린애를 두고 유치한 말싸움만 계속되는 상황에서 옆에 있던 다른 꼬맹이는 나랑 장하라를 번갈아 보며 눈치만 보고 있었다.

"윤한구?"

아주 짧은 정적을 깬 말이었다. 흠칫 놀라 소리가 난 곳을 보니 거실 구석에 쌓아 두었던 그림들을 들고 고개를 갸우뚱거리는 장하라가 있었다.

"이름이 윤한구가? 카믄 이제 구구씨라고 부르께."

구구? 나름 귀엽다고 생각하면서도 내 나이 절반도 안 되는 애가 내 이름을 저렇게 동네방네 부르고 다닐 것을 생각하니 벌써부터 얼굴이 빨개질 거 같았다. 고작 이름 하나 알았다고 신나 들고 있던 장난감도 내려놓고 옆 꼬맹이의 손을 쥔 채 온 집 안으로 폴짝폴짝 뛰어다녔다. 힘껏 날뛰다가 이제야 체력이 다 했는지 웃음소리만 가득했던 집 안이 자는 애들에 의해 조용해졌다.

나는 세상 모르게 자는 꼬맹이들을 조심히 안아 옆집 장하라집에 데려다 놓고 충동적으로 종이와 연필을 들고 집들 사이로 수줍게 얼굴을 내밀고 있는 바다를 향해 걸어가고 있다. 어제는 여기 와서 짐을 풀고 장하라랑 놀아준다고 마을 구경은커녕 옆집 할머니와 장하라 빼고는 이 마을 사람들 얼굴조차 보지 못했다. 천천히 마을을 둘러보며 혼자만의 시간을 가졌다. 이 마을은 앞엔 바다가 있고 뒤엔 강과 산이 있어서 어업과 농업이 아주 잘 어우러져 있는 마을인 것 같다. 걸으면서 소금기가 있는 공기의 냄새와 소나 돼지의 구린내가 몇 번이고 돌아가며 내 코를 쑤시는 걸 반복한다. 길 중간중간에 있는 정자에서 담화를 나누는 마을 사람들과 어색한 눈인사를 하고는 뻘쭘해서 폰을 보는 척하며 걸음을 재촉한다. 몇 걸음 더 걷다가 아주 작게 들려오는 부릉부릉 소리에 반응해 앞을 보니 저 멀리서 마을이장 모자를 쓴 할아버지가 경운기를 타고 내 쪽으로 오고 있었다.

"어이, 혹시 복자 씨네 옆집으로 온 총각이여?"

어느새 내 바로 앞까지 경운기를 끌고 와 친숙하게 말을 건다.

"네, 어제 왔습니다."

"아이고, 내가 마을이장인디. 어제는 너무 바빠가 보러 못 가 버렸구먼. 미안혀. 잠깐 마을회관 가서 뭐라도 마실려?"

"아니요. 아뇨. 괜찮습니다."

"허허허, 그렇구먼. 카믄 지금 어디 가는겨?"

"바다 구경해 볼까 해서요."

"오, 그라믄 이 길로 쭉 갔다가 작은 구멍가게 보이믄 왼쪽으로 꺾어가 조금만 걸으면 식혜 기가 막히게 허는 집 있걸랑? 그거 마시면서 바다 구경 혀. 허허허."

처음 보지만 마치 몇 년 본 듯이 친숙하게 말을 거는 마을이장이 어색면서도 한편으론 부러움이 가득하다. 그렇게 걷고 또 걷다 마을이장이 말한 식혜 파는 곳을 찾아 얼음이 동동 떠 있는 식혜를 들고 모래 위에 놓인 방파제 위에 앉아 바다를 바라본다. 날아다니는 새들과 바위를 때리는 파도의 구도가 참 좋다. 하지만 뭔가 마음에 안 들어. 아름답지가 않다. 바다의 색깔과 하늘의 색깔이 묘하게 안 맞는 듯한 기분. 각자 보면 이쁘지만, 전체로 보면 뭔가 피폐해 보인다. 나름 뭔가 떠오를까 기대를 하고 왔는데 아무런 감정도 느껴지지 않아. 은근히 밀려오는 실망감에 생겼다가 없어지기를 반복하는 파도와 함께 나의 이성도 없어진다.

"총각, 아직도 있구려."

한참 동안 멍때리던 나의 어깨를 툭 치면서 말을 건네는 마을이장이었다.

"내가 이 집 저 집에 들러 어르신들 보고 오는 동안 계속 여기 있던겨?"

"……."

"왜 이리 힘이 없노. 무슨 일 있나?"

"아니요.

"그냥 바다가 좀 피폐해 보여서요."

마을이장은 잠시 말을 멈추고 내 얼굴을 슥 보더니 고개를 돌려 바다를 바라본다.

"무슨 일 있구먼? 젊은 나이에 무슨 고민이 있을랑가."

"그런 거 아네요. 진짜 그냥 왠지 바다가 안 예뻐 보여서요."

"이름이 뭐여?"

"윤한구입니다."

"윤씨구만? 여기 고향인감?"

"아빠 고향이 여기예요."

"그렇구만."

"……"

"……"

"윤씨."

"네?"

"바다가 피폐해 보이는 건 마음에 구름이 껴서 그런 거여."

"예……?"

"내가 이 바다를 몇 번이나 봤을 것 같어? 50년이여 50년. 이 50년 중에 바다가 초라해 뵈고 처량해 뵌 건 마음이 어두웠을 때뿐이었구먼."

뭐라고 말을 해야 할지 몰랐다. 그저 나보다 2배 더 인생을 사신 어르신의 말을 듣고 있을 수밖에 없었다.

"총각이 무슨 고민이 있는진 몰라도 자기가 자기헌티 후회할 선택은 하지 말아야 하는겨."

마을이장은 이렇게 말하고는 경운기의 작은 깃발을 흔들며 점차 모습을 감췄다. 마을이장이 했던 말이 떠나가지 않는다. 다시 바다를 바라봐도 초라한 모습밖에 비치지 않는다. 고민이 없는 건 아니지만 내가 바다를 보면서 고민을 했었나? 진짜 피폐해 보여서 피폐하다고 했는데 무의식중에 고민을 하고 있었던 걸지도. 이때 누나가 했던 말이 떠오른다. 언제까지 애처럼 살거냐고. 너답게 돌아오라고. 나는 어른이 된다는 건 다 좋은 줄로만 알았다. 부모님 간섭도 안 받고 공부도 안 하고, 자기가 돈 벌어 자기 하고 싶은 대로 돈 쓰고 저금하고, 어른들이 용돈이라며 돈을 건넬 땐 그렇게 멋있어 보일 수가 없었다. 하루빨리 어른이 되고 싶어 일기장에도 어른이 되고 싶다고 단골멘트처럼 적어놨었다. 하지만 정작 스무 살이 되고 나서 특별히 하는 일은 학창시절과 다를 게 없는데 가족들뿐만 아니라 주위 모두는 "이제 어른이니까"라며 하나둘씩 나의 행동에 제약을 걸고 책임을 더했다. 어른이 되는 것은 하고 싶으면 뭐든 할 수 있게 되는 게 아니라 오히려 할 수 있는 게 줄어든다는 것을 직접 경험하고 나서야 깨달았다. 어린아이들은 어른의 모습을 보며 자라고 어른들은 아이들을 보며 자라온 추억을 떠올린다. 그토록 바라던 어른이 될수록 후회만 늘어나는 생물이 되어간다는 것도 모른 채. 선택 하나에도 책임이 따르지 않으면 안 된다. 무엇 하나 쉽게 결정 못 하고 끙끙거리기만 한다. 어릴 때는 주위 신경도 안 쓰고 마음에 안 들면 화내고, 좋으면 좋다고 말했는데. 모든 것이 변한 것 같다. 어른이 된 것은 내 인생 최대의 후횟거리다. 나답게 살라고 해도 뭐가 나다운 건지도 모르겠고, 이런 사회 속에서 어떻게 해야 내가 하고 싶은 대로 살 수 있는지도 모르겠다. 그 답을 찾으려 하지도 않고 나는 방탕하게 살아갔던 것이다. 그렇게 하여 쫓겨나듯이 이 시골로 내팽개쳐진 나는 무엇을 할 수 있을까. 여기서 답을 찾을 수는 있을까? 얼음도 다 녹고 병 바깥에 붙어 있던 물방울들도 다 증발하고 나서야 자리에서 어기적 일어난다.

마을이장의 말로 인해 방아쇠가 당겨져 그동안 피해 왔던 고민들을 다시 생각해 봤다. 아직 답도, 답을 찾을 풀이 방법도 모른 채 어느새 어두워진 마을 길 한복판을 걷고 있었다.

'장하라 친구는 집에 잘 갔을라나?'

업어가는 줄도 모른 채 자는 애들을 몰래 다른 집에 뒀으니 당황했겠지. 옆집 앞에서 서성거리다 조그맣게 새어 나오는 장하라의 웃음소리를 듣고서야 장하라와 그 친구가 신명나게 놀다 간 흔적이 고스란히 남아 있을 집에 들어갔다. 집에 들어가자마자 널브러진 장난감들을 무시하고 이부자리를 편다. 잠은 오지만 오늘 일이 계속 생각나 몇 시간 동안 눈만 감고 있다가 겨우 잠든다.

알람 대신 옆집 진돗개 짖는 소리를 들으며 헝클러진 머리를 일으킨다. 오늘은 월요일. 일하러 가진 않지만, 그냥 싫은 날이다. 여기 오고 이틀 연속으로 뭔가 일이 많아서 오늘만은 집에서 쉬고 싶다고 생각했다. 보통 사람들이면 뭐가 힘드냐 하겠지만 매일 집에서 살았던 나한테는 장하라라는 꼬맹이한테 이틀 동안 붙잡히고 그 외 여러 일들을 했다는 게 얼마나 힘든 일인지 모른다. 어제저녁은 의도치 않게 못 먹었으니 어제 사 온 시리얼을 우유에 한금 부어 놓고 처음으로 TV를 켜 본다. 시골이라 그런지 채널도 별로 없다. 내가 좋아하는 드라마가 방영되는 채널도 없다. 하는 거라곤 뉴스나 개그맨이 자연에서 살아 보는 그런 지겨운 프로그램밖에. 그래도 안 틀어 놓으면 심심하니 아무 채널이나 틀어놓고 폰이나 만지작댔다. 밖에는 어린 애들이 까르륵거리는 소리가 희미하게 들리다 멀어진다.

"쿵쿵쿵!"

"한구 씨!"

아. 설마.

"내가 왔당께! 퍼뜩 나온나!"

이게 무슨 일인가. 3일 연속으로 재한테 휘둘릴 순 없다는 생각에 숨소리 하나 내지 않고 조용히 없는 척했다. 조금 시간이 지나고 밖에서 궁시렁궁시렁대던 목소리가 없어져 가고 인기척도 느껴지지 않았다. 이제 갔나 싶어 일어나 문 쪽으로 가려 하는데

"한구 씨 찾았다!"

갑자기 뒤에서 나온 큰소리에 '으헥'이라는 볼품없는 소리를 내질렀다. 장하라는 낄낄 웃으며 배를 부여잡기 바빴다.

"어떻게 들어온 거야?"

"여긴 내 아지트라 안캤나. 뒷문 열쇠는 나한테도 있데이."

반짝거리는 열쇠를 흔들면서 얄미운 얼굴을 하는 장하라였다.

"오늘은 내 친구들 더 델꼬 왔다!"

이미 그 사실은 저 뒤에 있는 꼬맹이들만 봐도 알 수 있었다. 어제 우리 집에 온 여자애와 처음 보는 남자애 두 명이 말똥한 눈으로 나를 바라보고

있었다.

"너희들 학교는 안 가냐?

"오늘은 석가탄신일인가 뭔가 때메 쉰다."

"오늘은 내가 윽시로 좋은 선물 주께!"

뭐가 그렇게 좋은지 씻지도 않은 나를 잡초 뽑듯이 막 잡아당긴다.

"미안한데 나 안 갈 거거든? 너희끼리 밖에서 놀아."

"으에에엥?"

"싫타, 싫타, 싫타!"

"아아, 같이 갑시더!"

"안 된다 카이!"

어제 온 여자애를 시작으로 4명의 꼬맹이들이 한 마디씩 떼를 쓰더니 장하라가 단호하게 매듭을 지었다.

"같이 안 가믄 여기 집에 숨겨진 비밀 안 알려 줄 끼다!"

있어봤자 자기들끼리 지어낸 괴담이나 먹을 거 숨겨 둔 곳이겠지. 전혀 아랑곳하지 않고 콧방귀를 뀌며 비웃었다. 자기도 자존심이 상했는지 뾰로통한 표정으로 나를 째려 보기만 했다.

"저기 같이 가 주면 안 되는겨? 우리 한구 씨말고는 놀 사람이 없어서 그런다……."

장하라 여자친구가 머리카락을 돌돌 말며 나랑 눈도 못 마주치고 작게 속삭이듯 말했다.

"왜 놀 사람이 없는데?"

"여긴 시골 중에서도 시골이라 젊은 사람이 없다. 캐서 맨날 우리끼리만 노는디 우리는 어리다고 동네 밖으로 못 나가게 한단 말이여."

뒤에 조용히 있던 빡빡머리 남자애가 힘찬 목소리로 설명했다.

"왜 마을 밖으로 나가려고 하는데?

"그건 가보믄 안다!"

히죽히죽 웃는 얼굴로 전부 나를 바라보며 보내는 반짝반짝한 눈빛에 대고 차마 거절할 수 없어 결국 대충 씻고 이 아이들 손에 이끌려 나가게 되었다. 들어본 적도 없는 동요를 힘차게 부르며 작은 발을 크게 내딛는 꼬맹이들 뒤를 졸졸 따라다니며 걸었다. 걷는 중에 보이는 풍경이 묘하게 익숙한 것은 마트와 바다 구경을 하러 갔을 때 빼고는 마을 구경을 하지 않은 나에겐 이상한 상황이었다. 분명 마트나 바다로 가는 길도 아닌데 왜 익숙한 거지? 걷는 내내 머리끝을 잡고 있던 물음표는 마을 끝자락에 다다랐을 때에야 떠나갔다. 옆 산이나 옆 마을같이 가까운 곳에 가는 줄 알고 태평하게 풍경 구경을 하며 걸었던 내 눈앞에 있는 것은 작은 버스 정류장이었다.

"여기서 쫌만 기다리믄 된다!"

"어디 가길래 버스를 타?"

내 질문을 이해하기 힘들다는 표정으로 안경 쓴 남자애가 대답했다.

"당연히 시내가는 거 아니가?"

"가서 뭐하게?"

"커다란 마트 산책하고 놀이공원 갈 끼다."

다른 여자애가 말했다

"…… 다른 데 가면 안 돼?"

무의식중에 툭 하고 나온 말이었다.

"와 그라노? 가기 싫나? 우리 오늘 갈라꼬 저번 주부터 기다렸는디."

조금의 실망과 내가 가자고 말하기를 바라는 속내가 느껴지는 네 가지의 눈들이 순식간에 나의 눈과 마주쳤다. 그 시선이 한순간 무서워 고개를 돌리고 차가 오는지 확인하는 척 눈을 질끈 감았다. 나를 빤히 쳐다보던 장하라가 나를 바라보던 시선을 거두며 나머지 3명에게 말했다.

"우리 카믄 저기 저 산 안 갈려?"

불안 했던 작은 정적을 깬 장하라의 말에 일방통행 같던 다른 아이들의 관심이 그쪽으로 방향을 틀었다. 이해할 수 없다는 표정으로 빡빡머리 남자

애가 말했다.

"와 그라는데? 우리 가서 뭐 할지도 다 적어놨다 아니가."

"아니 그래도 저기엔 계곡도 있으이 거기서 시원하게 노는 게 더 재밌을 거 같지 않나?"

나는 열심히 친구들을 설득시키는 장하라를 넋 놓고 쳐다볼 수밖에 없었다.

"니가 그라믄 그라지 뭐."

"그래 시내는 담번에 가야제."

"카면 우리 수박 사가지고 가는 거 어떠냐?"

어느새 전부 설득되어 산에 가서 뭐 할지 고민하는 얼굴들로 바뀌었다.

"자 카믄 가자잉!"

다시 활기를 되찾은 듯 아까와는 다른 동요를 부르며 폴짝폴짝 뛰어가는 꼬맹이들이었다.

"헉, 헉, 허억……."

'죽겠다. 좀만 더 걸으면 분명 쓰러질 거야. 더는 안 되겠어.'

산을 오른 지 20분째, 한 손에는 수박을 들고 나머지 한 손은 별 도움되진 않지만 빠질 거 같은 다른 팔을 붙잡고 있었다. 햇살은 뜨거웠지만 이쪽저쪽 팔을 뻗은 나무들 덕분에 길은 온통 그늘이었다. 길이라고도 부끄러운 작은 흙길이었지만. 꼬맹이들은 뭐가 저렇게 팔팔한지 뒤에서 헐떡이는 나에겐 조금의 신경도 안 쓰고 가위바위보를 하면서 누가 먼저 도착하는지 시합을 하고 있다. 저 게임도 그냥 오르면 내가 너무 뒤처져서 꼬맹이들이 생각해낸 시간 끌기용 게임이었다. 그럼에도 불구하고 거리는 점점 멀어지고 있었고 몸의 수분을 다 빼낸 듯이 수척해진 나는 작은 바위에 털썩이며 앉았다. 가쁜 숨을 몰아 내쉬면서 금방이라도 죽을 거 같은 표정을 짓고 나서야 앞만 보던 꼬맹이들이 뒤를 돌아봤다.

"한구 씨 마이 힘드나?"

"허억……헉……."

내 몸은 얼마 없는 산소를 이리저리 운반하기 바빠 개미 소리조차 낼 겨를이 없었다. 엄청 심각한 일이 일어난 듯 꼬맹이들은 빛의 속도로 굳어가는 얼굴로 눈치 보기 바빴다. 어느 정도 숨을 고른 뒤 괜찮다며 웃는 얼굴로 손짓을 하고 나서야 안심한다는 듯 다시 생기를 띄며 산을 오른다. 나 때문에 시내도 못 가는데 또 내 탓에 산에서 놀 시간까지 줄어들까 봐 은근 마음을 졸였는지 어떻게든 빨리 올라가려고 급하게 발을 뗀 게 죄였나 보다. 이젠 난 천천히 갈 테니 먼저 가라는 말에도 이제는 신경이 좀 쓰이는지 가위바위보를 하며 올라갔을 때보다도 걷는 속도가 거북이처럼 느려졌다. 그럼에도 빨리 놀고 싶은 마음은 억누를 수가 없는지 점점 발이 교차하는 시간이 짧아지더니 이젠 꽤 먼 거리가 차이 나게 되었다. 머리를 지탱할 힘이 없어 모든 감각을 닫고 오직 땅만 보며 쇠사슬을 찬 듯한 발을 힘겹게 들어 올리다가 얼마나 남았나 궁금해 고개를 앞으로 잠시 들었다. 앞에 보이는 건 큰 애벌레 같던 꼬맹이들의 등짝이 4개가 아니라 3개밖에 안 보이는 장면이었다. 화들짝 놀라 힘이 다 빠졌다는 것을 다 잊었단 듯이 고개를 사방으로 두리번거렸다.

"저기…… 미안 하데이……."

내 오른쪽 맨 끝 시야에서 포착된 장하라가 얼마 되지도 않는 몸을 접어 쭈그리고 앉아 거의 땅에 닿을 듯이 머리를 박고는 말했다. 이게 뭔 상황인가 돌아가지 않는 뇌를 쥐어짜듯이 막 굴려댄다. 밑에서 슬쩍슬쩍 눈치 보던 눈동자가 나의 어벙벙한 눈동자와 만나자 코를 훌쩍거리며 금방이라도 울 거 같은 소리를 내자. 이제야 상황 파악이 되었다.

"아니야, 아니야 괜찮아."

사과하는 이유는 모르겠지만 우선 애를 달래보려 애써 웃는 얼굴을 지으며 애를 써 보았다.

"캐도 원래 내가 애들보고 시내 가자고 칸건데…… 한구 씨가 싫어할 줄은 몰랐데이…… 카고 이까이 델고 왔는데 걍 돌아가긴 뭐해가 산에 놀러 가자고 칸긴데 산도 별로 안 좋아 보이는 거 같애가…… 진짜 진짜 미안 하데이……"

"아니 아니, 아니야 네가 잘못한 거 없어. 사과 안 해도 돼."

식은땀이 나오기 일보 직전이었다.

"카면 용서해 주는 기가……?"

"그럼 당연하지."

"푸하, 다행이다. 용서 안 해 줄까 봐 윽시 무서웠데이. 역시 사과하는 건 무서운 거구나."

내 말을 듣고선 불안으로 가득했던 얼굴 대신에 순수함이 가득 묻어 있는 채로 어느 때보다 환하게 웃는 얼굴이 장하라의 얼굴 위에 있는 것을 보니 왠지 심장이 쿵 내려앉은 것 같다. 예전에 나의 구원자였던 사람에게 싫은 말 좀 들었다고 등 돌려 다신 보지 않겠다 다짐하며 무시했던 그날의 장면이 떠올라 온몸이 마비된 듯이 잠시 동안 움직이지 않았다.

"한구 씨 또 몸이 안 좋나?"

"응? 아니, 그런 거 아니야."

쓴 미소를 지으며 장하라를 일으킨다.

"어이! 거기서 뭐 하노? 여기 다 왔데이!"

장하라와 얘기를 나누는 동안 앞서가던 꼬맹이들이 콩알만해졌다. 소리가 들리는 곳으로 엉금엉금 가 보니 정수된 물이 쏟아져 마음 가는 대로 흐르는 것 같은 맑은 계곡이 뜨거운 햇빛을 반사하며 어떤 것보다도 아름답게 빛나고 있었다. 멀리서도 물이 없는 것과 다름없이 선명하게 보이는 물 밑에 돌들과 풀들. 그 양 옆을 둘러싼 키 큰 나무들과 귀를 심심하게 하지 않을 방울 같은 시냇물 소리가 어우러져 넓은 초원과도 맞먹을 듯한 광활한 자연을 느끼게 해 준다. 이런 풍경이야 집 TV에서 질리도록 봤다. TV 프로그램 MC가 자연을 보며 짓는 리액션들은 절반 이상이 가식적이라고 느꼈었는데 지금은 내가 그 사람들보다 큰 리액션을 하고 있다.

"뭐꼬. 계곡 처음 보나?"

안경 쓴 남자애가 물었다.

"여기 좋제? 여기서 조금만 더 가면 우리 아지트도 있데이."

갈색 머리 여자애가 말했다.

"한구 씨, 우리 어여 같이 놀자!

빡빡머리 남자애가 말했다.

"크하하하 너무 좋다! 한구 씨랑 같이 오니까 억수로 기분 좋데이."

꼬맹이 4명이서 천진난만하게 까르르 웃으며 머리를 묶고 소매를 걷으며 본격적으로 물에 들어갈 준비를 한다.

"너희들 이름은 뭐냐?"

왜 이때까지 안 물어봤지? 별로 관심이 없었던 건가. 장하라 빼고는 착장이나 특징으로 불러서 크게 불편한 점은 없었다. 아까 장하라가 나에게 사과하면서 보였던 웃음을 보고선 뭔가 어린아이의 순진한 웃음을 보면 약해지는 것 같은 기분이 든다. 저 아이들도 대충 보이는 대로 불리는 것보다 이름으로 불러 주는 걸 좋아하겠지. 얕잡아 봤던 꼬맹이라도 사람으로 대하고 싶다는 생각이 내 머리를 휩쓸고 지나간 자리는 생각보다 컸다.

"강형도 데이!

"나는 현정은.

"내는 이해원.

빡빡머리의 아주 활발한 애, 갈색 머리 여자애, 안경 쓴 남자애 순으로 자기소개를 했다. 신난 장하라는 마을이장님의 흉내를 내면서 우리들을 악수시키고는 바로 계곡물에 뛰어들었다. 그 뒤를 따라 나를 제외한 모두가 수온 테스트도 안 한 채 풍덩 빠져 버렸다.

"야, 너희 그러면 위험해!"

"꺄하하 괜않타, 괜않아. 꺄흐흐."

항상 그래왔다는 듯이 아무렇지 않게 잘 놀고 있었다. 나는 위로는 새파란 하늘과 하늘을 침범하는 듯한 초록빛 나뭇잎들. 그리고 그 밑에는 물방울들이 꽃처럼 웃는 아이들 사이를 가로지르며 날아다니는 이 장면을 보며 혹시 몰라 가져왔던 작은 스케치 노트와 연필을 꺼내 들었다. 하지만 연필을 잡자마자 뇌를 헤집고 다녔던 영감들은 쫓기듯이 순식간에 사라져 버렸다.

"그럼 그렇지……후."

이 산을 올라오면서 느꼈던 감정과 이 장면을 보면서 느끼고 있는 감정들은 떠나지 않는데 왜 이것들을 표현하지 못하겠지? 예전에는 아주 작고 빨리 지나가는 감정이라도 곧바로 캐치해 종이에 그려나갔었는데. 어쩌다 이렇게 됐을까. 암울한 감정이 더 밀려오기 전에 들고 있던 노트와 연필을 넣고 다시 눈앞에 풍경을 감상한다.

'이쁘긴 참 이쁜데.'

요 근래 보았던 장면 중에선 손에 꼽히는 풍경이었다. 아니 요 근래는 무슨. 몇 개월간 보던 풍경 중 단연 최고였다. 이런 좋은 장면을 그리지 못한다는 아쉬움이 가슴을 지나 얼굴에 안착했다.

"한구 씨도 같이 놀면 안 되나?"

"물 젖기 싫으니까 안 갈래."

"에이."

몇 번을 더 졸랐지만 극구 사양하는 내게 장하라가 슬그머니 내 옆에 앉는다.

"한구 씨 뭐 생각하노?"

"별로 아무 생각 안 하는데?"

"한구 씨 오늘 평소보다 기분 안 좋은 거 같데이. 무슨 일 있나?"

어린 애한테 걸릴 정도로 저기압이었나?

"저 종이랑 연필은 뭐고? 그림 그렸나? 내도 보여도."

페이지를 넘기는 내 스케치북 노트에는 오래 써서 조금 너덜해져 있을 뿐

아무것도 그려져 있지 않았다. 이상하단 듯이 나를 바라봤다.

"사실 요즘 그림이 안 그려져."

잠시만, 어린 애 상대로 뭐라고 하는 거야. 할 필요 없는 얘기란 걸 알지만 이미 입은 움직이고 있었다.

"그것 때문에 시골로 온 거야. 머리 좀 식히려고."

"와 안 그려지는디?"

"재능이 없어서 그래. 그래서 재미가 없어졌어."

"재능이 뭐고?"

"음, 사람이 태어날 때부터 가지고 태어나는 잘하는 능력이야. 무엇을 하든 노력한 사람이 절대 뛰어넘을 수 없는 사람보고 재능이라고 하는 거지."

"엥? 근데 한구 씨가 왜 재능이 없노? 그렇게 잘 그리는디."

"아니야, 그건 재능있는 사람 흉내만 낸 거고 나는 없어."

"그렇구먼…… 그래서 힘이 없나? 내가 뭐 해 주면 낫는 기가?"

"푸흡, 아니 안 해 줘도 돼. 괜찮아."

"그라믄 그림 다시 잘 그리게 되믄 여기서 안 사는기가?"

"음…… 그렇겠지. 원래 있던 곳으로 가야 하니까."

"에…… 카믄 난 그림 못 그리라고 응원해야겠구만."

"어쭈그리?"

장하라와는 이제 이런 소소한 장난까지 받아치는 정도의 사이가 됐다. 이 뒤로 장하라가 이 계곡을 찾게 된 계기나 처음 장수풍뎅이를 잡았던 이야기와 같이 이런저런 얘기를 나눴다. 하지만 힘들게 산에 올라오고 좋은 공기와 바람을 맞으며 앉아 있으니 잠이 쏟아져 내려온다.

"어? 한구 씨 수박이 저리로 간데이!"

계곡에 도착하고 흐르는 물 옆 바위 사이에 단단히 묶어 놓았던 수박이 아이들 옆을 지나 둥실둥실 떠내려 가고 있었다. 깜짝 놀라 자리를 벅차고 일어나 바지를 걷어 올리고는 수박을 향해 뛰어갔다.

"히히히. 짠!"

"으억?"

수박 밑에 잠수해 있던 강형도가 장난스럽게 웃으며 수박을 잡고는 내 뒤에 있던 나머지 2명의 아이들이 나를 물속으로 잡아당겼다. 애들 연극에 보기 좋게 낚인 광경이다. 그 덕분에 내 옷은 흠뻑 젖었고 내 몸은 안 젖은 곳을 찾을 수 없는 상태가 되었다.

"으이그"

"꺄하학, 까르륵"

웃음소리는 물놀이를 다 하고 수박이 하얀 속살이 보일 정도로 긁어먹을 때까지 멈추지 않았다. 애들과 장난치며 웃는 시간이 그렇게 싫지 않았다. 아이들의 체력은 산에서 다 내려가기까지 닳지 않았다. 다행히 지금은 해가 구름 뒤로 숨은 덕분에 서늘하고 오르막길이 아닌 내리막길이라서 그런지 아까만큼 힘들진 않았다. 나름 순조롭게 내려가던 중

"한구 씨 오늘 재밌었제? 다음에도 와 줄끼가?"

솔직히 말하면 오늘 하루 즐거웠다. 몇 개월간 거의 사람을 만나 보지 못했던 내가 꼬맹이 4명한테 둘러싸여 이러저러한 일이 있었는데도 처음엔 그런 마음이 없지 않아 있었지만 지금은 전혀 귀찮거나 거슬리지 않는다. 오히려 다음엔 어떻게 놀아 줄까 같은 생각을 계속하고 있었던 나다.

"그래. 당연하지."

마을에 거의 다다라선 피곤에 절어 있는 아이들을 각자 집에 한 명씩 데려다 주곤 집을 향해 느릿하게 걸어가는 잠에 절어 있는 나는 눈이 계속 감기는데도 오늘 있었던 일들을 다시 떠올린다.

그 뒤 몇 주간 학교가 끝나거나 쉬는 날에는 종종 나를 찾아와 놀자는 장하라와 아이들이었고 그를 반기며 산이든 누구네 집이든 어디든지 가고 싶다는 곳을 가며 자주 놀아 줬다. 다른 아이들은 몰라도 장하라는 바로 옆집인지라 일주일에 5일은 무조건 보는 사이가 됐다. 나와 있는 게 그렇게 재밌

는지 우리 집에서 신나게 떠들다가 그대로 곯아떨어져서 이 녀석을 안고 옆집에 데려다 준 경험은 셀 수 없을 정도로 많다. 이렇게 아이들이 안 오는 날엔 혼자 마을 산책을 하거나 집 대청소를 하며 하루를 보낸다. 이젠 혼자 밥 해먹는 것도 익숙해졌고 점차 정상적인 사람 같은 모습으로 변하고 있었다. 생활비는 아빠와 누나가 보내 줘서 그럭저럭 부족하지 않게 잘 지내고 있고 여기 오고 나선 24시간 내내 핸드폰만 붙잡고 시간을 때우는 일도 점점 줄어들었다. 요즘은 가끔 생각날 때마다 부모님께 안부를 전해 주거나 사진 찍을 때 말고는 폰을 거의 만지지 않게 됐다. 이제는 어떻게 그렇게 매일 방에 박혀 살았는지 의문이 들 정도였다. 그리고 이런 생활을 2개월간 지속하면서 마을 탐방이랍시고 장하라 손에 이끌려 여기저기 돌아다닌 덕분에 마을 사람들 대부분과 마주치게 되었고 그사이 마을이장님과도 꽤 친해져 술 친구가 되었다. 그렇게 오늘도 어김없이 마을이장님과 느긋하게 술을 마시며 담소를 나누는 중 전에 바다에서 있던 이야기가 언급됐다.

"그때 무슨 고민이 있던겨? 지금은 말해 줄 수 있남?"

나는 마을이장님께 내가 이 시골에 온 이유와 그때 안고 있던 고민을 얘기했다. 묵묵히 듣고 있던 마을이장님은 이렇게 말했다.

"지금은 어른이 다 됐구먼?"

예상밖에 말이었다.

"나도 젊었을 때는 사회에서 일도 해 보고 여러 궂은일 다 해 봤는디 여기만큼 좋은 곳이 없어라. 이런 아무것도 없는 촌 동네 빨리 나가고 싶어 하고 밖에 나가서 있어 보이는 짓하고 싶어 안달나가 여기를 떠나는 사람들을 내가 한두 명 본 게 아니여. 그래서 요 동네는 늙은 노인분들이랑 땅꼬마들밖에 없는 거여. 요런데 다른 지역 젊은 사람이 요 마을에 온다 카는디 내가 얼마나 좋아했는디. 아무도 모를 거여."

오기 싫어서 애처럼 온갖 떼를 쓰며 반대했던 내가 왠지 모르게 미안해졌다.

"어떤 사람은 어른이 되면서 변화하는 게 무서워가 도망치고 또 어떤 사람은 변하고 싶어 하고, 변하고 싶지만 변하지 않는 나날들을 고통스러워 허는 이도 많이 있구먼. 한구 씨는 어떤 타입인지는 몰라도 저 중 어느 것도 비정상적인 게 아니다 카는 것만 알아두면 된다. 저런 상황에 놓여도 지가 후회할 선택만 하지 않는다면 누구든 잘살 수 있는 기라. 근데 뭐 그게 쉽나? 어려우니까 어른인 게지. 이 어려운 걸 해낸 그 시점에서부터 그 사람은 어린 어른인겨. 다 큰 어른이 될라믄 많이 사는 수밖에 없는 기라. 그건 인자 시간한테 맡기면 되는 일이니께 어린 어른인 한구씨는 인자 여기서 행복하게 지내면 되는기라. 밖에 나간 젊은 사람들이 가끔 여기 와서 허는 말은 다 똑같혀. 뭐라 카겠노, 다 힘들다 카고 돌아오고 싶다 칸다. 그러니 다시 돌아오라고 떠보긴 허는디 사회에 맡기고 온 책임이 있어가 가야 된다카는 애들 보고 내가 뭐라카겠노. 그런 아들한테도 똑같이 말해 줬는디 잘하고 있을런가 모르겠네."

바다에서 마을이장님께 그런 말을 들은 뒤론 한시도 그에 관한 생각을 하지 않은 적이 없다. 몇 주 전 잠이 안 와 천장과 눈싸움을 하며 이 시골 생활에 대해 생각하던 중 갑자기 떠오른 게 있었다. 이 마을에서 온 초반의 나는 정말 애나 다름없었단 것이다. 쉽게 짜증내고 표정 못 숨기고 내 나이의 반 틈도 안 되는 애한테 갑질이나 부리고 어르신들 앞에서 폰질만 했던 사춘기 소년 같았던 내가 너무 창피해 얼굴에 붉은 열이 올라왔다. 어떻게 이 사실을 그땐 몰랐지. 내가 이때까지 저질러 왔던 무례함이 마치 학교 졸업장을 보며 흑역사라 하는 것처럼 창피함에 견디지 못해 이불을 막 걷어찼다. 이렇게 한참을 추스리고 나서야 다신 그러지 않겠다고 다짐했던 그날. 그날 이후부터는 나의 행동에 더욱 신경 쓰며 다녔다. 이 과정에서 조금 어른스러워진 건가? 그래도 이젠 어른이 된다는 게 무엇인지 어림짐작으로 알 거 같긴 하다. 선택에서 책임이 따르는 만큼 신중한 선택을 하는 과정에서 어릴 때 뒷일 생각 안 하고 아무 짓이나 하고 다녔던 나의 행동을 반성하고 이로써 나를 바꿀 수 있는 능력이 길러진다. 나 자신을 컨트롤하는 능력이 많아지면서 보다 더 쉽고 좋은 선택을 할 수 있는 가능성이 늘게 된다. 이 외에도 여러 사실들을 깨닫게 되었다. 이제야 고등학교 윤리 시간에 이해 가지 않았던 내용들이 조금씩 공감되기 시작했다.

"사람이 무섭다 하드만 이젠 괜찮나 보구만?"

"네, 장하라 때문에 하도 이리저리 다닌지라 시간이 좀 걸리긴 해도 예전보단 좋아졌습니다."

아직 시내나 도시같이 감정이 없는 로봇같이 걸어 다니는 사람들이 우글우글한 곳은 두렵지만.

"그새 마이 컸구먼. 내랑 처음 볼 때는 싸가지없는 애구나 생각했다 아이가. 크하하하학"

날 놀리는 게 재밌단 듯이 이 뒤로도 이장님은 몇 번이고 내가 마을에 온지 얼마 안 됐을 때 얘기를 꺼내며 빨개지다 못해 터질 것 같은 내 얼굴을 향해 마구 웃었다. 그렇게 숨어 있던 해가 빼꼼이 고개를 내밀고 나서야 마을회관에서 나올 수 있었다.

2주 후, 나는 대회 준비를 하느라 정신이 없다. 2주 전 마을이장님과 한 대화로 인해 어찌된 일인지 머리속 장면을 그림 그릴 수 있게 된 것이다. 이 절호의 기회를 잡기 위해 나와 여러 업계를 이어주던 내 유일한 친구에게 연락하여 대회를 하나 잡게 되었다. 너무 오랜만에 이런 경험을 하니 벌써부터 긴장돼 밥이 어디로 넘어가는지 알 수 없었다. 행여나 다시 그려지지 않을까봐 하루에 하나 이상씩 그림을 그려나갔다. 그렇게 미친 듯이 그림만 그려나간 지 2주 가까이 될 무렵 그 친구한테서 온 전화로 벨 소리가 울렸다.

"야, 너 이제 진짜 괜찮아?"

"그런 것 같아. 이젠 그림도 잘 그려져. 예전으로 돌아온 느낌이야."

"음, 그 예전이 언젠데?"

"응? 당연히 슬럼프 오기 전이지."

"그거 괜찮은 거냐?"

"그럼."

이 친구는 이호준이라고 나의 유일한 고등학교 동창이다. 내가 친구에게 사기당했을 때 나를 도와 법적 소송까지 끌고 가 줬던 친구다. 내가 사기를 당해 슬럼프가 찾아온 것까지의 과정을 지켜본 가족 외에 유일한 인물이다. 호준이는 그림이 그려진다는 나의 연락 뒤로 이틀에 한 번은 꼭 전화해서 내 안부를 확인한다.

"우선 네가 원하니까 하나 잡아 주긴 했는데 진짜 생각 잘해."

부모님 같은 말만 매일 전하고는 바쁘다며 끊어 버린다. 아무래도 꽤 심한 슬럼프를 겪고 나니 걱정되긴 하나 보다. 그래도 여기서 몇 개월간 산 이유 때문인지 슬럼프를 겪기 전보다도 훨씬 더 차분하게 그림을 그릴 수 있게 되었다. 처음 그림이 그려지기 시작했을 때부터 3주가 지난 지금까지 하루에 완성하는 그림 수는 2장 이상 늘어났다. 머리속에 있던 감정이 척추를 지나 손에 전해지는 신경회로 중간에서 뚝 끊기는 듯한 느낌은 온데간데없이 그 모습 그대로 내 손끝까지 전해져 온다. 거의 완벽하게 슬럼프 전 상태로. 아니, 더욱 업그레이드된 상태가 됐다.

"한구씨 오늘도 내랑 안 놀아 줄끼가?"

"응, 미안해. 아직 할 게 많아서."

대회 준비로 아이들과 같이 있는 시간은 거의 없다시피 했다. 장하라는 시도 때도 없이 몰래 집 안에 들어와 놀아달라 떼쓰긴 했지만. 나의 새로운 인생에 문을 열어 주는 중요한 대회이니만큼 준비를 철저하게 하고 싶었다.

일주일 후, 나는 지금 사람들이 우글거리는 대회장 한가운데 서 있다.

"오호, 오랜만에 보는 얼굴 아닙니까."

매년 열리는 이 대회는 내가 예전에 많이 참가했었기 때문에 주최자인 이 사장과는 친분이 있다.

"그러게요. 다시 돌아오는 시간이 꽤 늦었네요."

사회에 잘 써 먹힐 미소를 지으며 친근하게 대답했다.

"야, 니 이제 사람 안 무서워하냐? 잘하고 있네?"

"그러게 시골은 그렇다 쳐도 여긴 좀 힘들 줄 알았는데 생각보다 괜찮네."

호준이와 몇 개월만에 얼굴 대고 있으니 주책없이 수다가 끊이지 않았다. 한참을 대화를 나누다 바지 안쪽에서 진동이 울린다. 처음 보는 전화번호였다.

"잠시만."

폰을 들고 근처 창가에 기대 전화를 받았다.

"여보ㅅ"

"어 한구 씨 맞나?"

익숙한 목소리.

"장하라냐?"

"웅 맞데이. 다행이다. 마을이장 할부지가 없었으면 목소리도 못 들을 뻔했다 아이가."

"아 미안 미안. 가는 거 비밀로 해서 미안해."

"증말로 아무 말없이 확 가뿌고."

"하하, 미안해."

"한구 씨 다시 돌아오는 거 맞제?"

"……웅?"

사실 이번 대회가 순조롭게 치러지면 시골을 떠나려 했다. 그 마을은 애초에 골치 아픈 슬럼프를 넘길 열쇠를 찾기 위해 갔던 곳이기에 이 대회로 인해 다시 회복됐다 확신이 들면 다시 도시로 와 예술인으로서의 생활을 이어 나가려 생각했기 때문이다.

"꼭 돌아와야 한디 또 산에서 놀아야제!"

"돌아오면 나랑 연날리기 하는 기다!"

"나랑도 놀아줘야 한디."

"한구 씨 빨리 와야 혀!"

꼬맹이들이 하나의 수화기를 들고 티격태격 큰 소리로 외쳤다.

"허허, 요 아이들이 총각이 많이 보고 싶은가 보구만. 대회 잘 지나가면 가끔 보러 오는 정도는 해야겠구먼?"

"네, 그럴게요."

그러고 싶지 않아도 자기 마음대로 찡하게 아파오는 코 끝을 붙잡고 대회장 안으로 들어간다.

윤한구가 전화를 끊고 대회를 진행하는 동안 꼬맹이 4인방과 마을이장님은 윤한구의 대회 성공을 빌고자 한구네 집에 찾아간다. 장하라는 자신만의 비밀통로를 통해 집 안으로 들어가 문을 열어 준다. 집에 들어오자마자 장하라를 제외한 모두가 몸이 마비된 듯 얼어붙어 있다.

"이게 다 뭐고?"

"응? 한구 씨가 그린 그림들이데이."

집 안은 벽이든 천장이든 바닥이든 집의 본래 모습이 전혀 보이지 않을 만큼 빈틈없이 빽빽하게 붙여 놓은 그림들로 덮여 공포심이 들 정도였다.

"한구 씨는 재능이 없어가 이렇게 많이 안 그리면 안 된다카드라. 내가 보기엔 정말 최곤디. 근디 내는 한구 씨가 이것들을 그리면서 웃는 건 본 적이 없데이."

대회가 끝난 윤한구는 가족이 있는 집에서 결과를 기다리고 있었다. 이 대회는 1차 합격자는 문자로 알려 주며, 다음 2차 대회를 하는 날짜를 알려 주는 방식이다.

"띠링"

드디어 문자가 오고 지진이 나는 듯 뛰는 심장을 진정시키곤 천천히 폰을 들여다본다.

'참가자 윤한구 씨는 1차 대회에 합격하지 못하였습니다.'

그날 나는 방안을 울려대는 울음소리와 함께 먹지도 않은 음식물들을 토하며 뜬눈으로 밤을 지새웠다. 더 이상 그 누구도 볼 면목이 없어 이불 안에서 짭짤한 눈물을 흘리며 시간을 보내는 것밖엔 할 수가 없었다.

'띠리리링, 띠리리링, 띠리리링'

하루 종일 울려대는 폰 벨 소리는 귀를 닫은 나에겐 들리지 않았다.

'달그락, 쿵'

누군가 잠가놓은 문을 따고 큰소리를 내며 방문을 연다.

"야, 윤한구. 내가 이럴 줄 알았다."

들어오자마자 큰소리치는 건 다름 아닌 호준이였다.

"너 이번 대회 1차에서 떨어졌지?"

"야, 그거 물어보려고 말도 없이 쳐들어왔냐? 보면 몰라?"

"그래서 내가 좀 더 기다렸다가 하자 했잖아."

"야 내 인생이야. 그걸 왜 니가 정해. 내가 될 거 같아서 한건데 왜 나를 탓해."

"너 이번에 신청한 대회 슬럼프 직전에 참가했었던 대회아니잖아. 그 대회 때문에 그림 그리는 방식도 바꿨으면서 왜 다시 이걸로 잡아달라고 했어? 보니까 예전 그림들도 아니던데 대체 왜? 또 이렇게 상처받았잖아."

그렇다. 내가 참가한 이 대회는 지금 내 상태에선 아주 모순적인 선택이었다. 나는 그림이 그려지지 않는 슬럼프를 겪기 전 하나의 사건이 더 있었다. 나는 어렸을 때부터 그림 영재라 칭해질 만큼 많은 사람들의 관심과 기대를 받았었고 그 사람들을 실망시키고 싶지 않아 보다 좋은 작품을 내야 한다는 압박감이 내 마음 아주 깊은 곳에 뿌리 박고 있었다. 어렸을 때 자리잡은 이 뿌리는 성인이 돼서도 쉽게 사라지지 않았고 오히려 더 깊게 퍼져 갔다. 그 오랜 세월 동안 다른 사람과 접촉도 적어 나 자신과의 싸움으로 그림 실력관

반비례 적으로 그림의 대중성을 잃게 되었다.

혼자 방에 박혀 있으면서 생기는 감정들을 그림으로 표현하니 너무 독자적인 감성으로, 그림 실력은 인정받아도 무엇을 표현하려고 하는지 모르겠다는 평을 줄곧 받은 것이다. 그 누구도 이해하지 못하는 그림들을 그려내며 수면 속에서 방황하던 나를 꺼내 준 사람이 바로 이사장이다. 이 사람은 나의 그림을 보고는 훌륭하다고, 어떻게 이런 감성을 내며, 이렇게 표현할 수 있는지 놀랍다며 칭찬 세례를 마구 해대고는 나를 최고의 화가라며 언론에 띄워주었다. 잘 팔릴 거 같은, 모두가 인정할 만한 대중적인 그림들을 원하며 화가 자신만의 독특한 표현 방식엔 눈을 돌리던 다른 기업의 시선과는 반대로 이 사람은 화가의 독자적인 감정에 초점을 두는 사람이었다.

오히려 대중적이고 뻔한 그림들을 가져오면 가차 없이 탈락시키는 나에겐 아주 특별한 사람이자 구원자였다. 그 뒤로 나는 매년 이 사람의 대회에 참가해 상을 휩쓸었다. 하지만 사람이라는 게 한 번 단 것을 맛보면 욕심이 생기는 법. 모든 곳에서 너는 그럴 줄 알았다며 띄워주니 쳐져 있던 어깨가 으쓱해선 나를 구원해 준 이사장 대회 외에도 전에 계속 혹평을 받았던 다른 대회에도 출전했다. 자신감을 회복한 나에겐 다수의 사람들이 사람이 좋아할 만한 그림을 그려내는 건 식은 죽 먹기였다. 그렇게 상이란 상은 모두 가지며 나의 감정은 무시하고 눈요기에만 좋은 그림들을 1년 내내 그렸다.

'남에게 이해받지 못하는 보물에서 남에게 이해받기 위한 허울로.'

한편으로는 무시된 감정들이 씁쓸했지만 아무래도 외로웠던 나에겐 나 자신보다 타인에게 받는 칭찬이 더 고팠나 보다. 그렇게 내 손만 믿고 생각없이 그리다 다음 해 이사장 대회 기간이 다가왔다. 하지만 역시 감정의 껍데기로 만든 작품은 이사장 눈엔 조금도 띄지 않았다

"한구 씨, 이번에 낸 작품은 대체 뭡니까? 평소에 한구씨 같지 않군요. 솔직히 이번 작품은 다른 아마추어 예술인들과 동급, 아니, 오히려 그 이하라고 생각합니다. 한구 씨 원래 이런 사람 아니었잖아요. 무슨 일 있습니까?"

오랜만에 듣는 혹평에 반성은커녕 반항심이 들어 이 해 이후로는 이사장 대회에 출전하지 않았다. 계속 타기업의 흔하디흔한 상을 받으며 자기 만취에 젖어 있었었다. 이렇게 가짜 작품만을 낸 지 3년, 모두 눈에 비치는 윤한구는 본래의 나와는 딴판으로 비춰지며 나는 그들에 시선에 맞춰 연기할 뿐이었다. 하지만 이런 행동은 내 마음의 건강엔 독이었나 보다. 이때부터 우울증에 시달려 병원 치료를 받았다. 우울증이 지속되어 꽤 심각해진 단계에서 친구에게 사기를 당하니 회복될 기미조차 사라지게 된 것이다. 내가 이런 상태다 보니 당연히 그림도 안 그려지고 계속 참가하던 대회에서도 혹평을 받으며 나락으로 떨어지게 됐다. 그렇게 한심한 생활을 하는 중 누나가 예전에 나로 돌아오라며, 나답게 살아도 된다며 나를 시골로 쫓은 것이다.

그렇게 시골 생활을 하며 나를 나로 바라봐 주는 마을 사람들 덕분에 자신감을 되찾고 다시 이쪽 세계에 도전해 본 것이지만 나를 나대로 바라봐 주는 마을 사람들과는 다르게 아직도 내 그림이 이해받지 못할지도 모른다는 사실이 무서워 또 감정은 뒷전이었던 것이다. 내가 이런 상태인 것은 슬럼프를 극복한 시점부터 알고 있었다. 하지만 아닐 거라며 애써 현실을 외면하고 무작정 달려오더니 다시 이 꼴이다.

"호준아, 나다운 게 뭐야? 나 다시 예전으로 돌아가고 싶어. 근데 어떻게 돌아가지?"

"하……. 그걸 내가 어떻게 알겠냐. 그 답은 네가 제일 잘 알겠지."

멈추지 눈물을 흘리며 하소연하는 나를 위로하곤 이제 늦었다며 내 어깨를 툭툭 치곤 떠나 버렸다. 내가 뭘 잘 알아. 내가 어떤 사람인지도 모르는데. 도저히 답이 내려지지 않았다.

"띠리리링, 띠리리링"

"여보세ㅇ"

"한구 씨! 뭐하노. 일로 안 오고. 설마 이제 여서 안 사는 기가?"

대회 이후 일주일 만에 들어보는 목소리.

"어이고, 총각 대회는 잘 마무리했나?"

"아니요. 생각보다 잘 안 되네요."

"허허, 그럴 수 있지. 그럼 이제 어떡할겨?"

"그러게요. 이제 어떡할지도 잘 모르겠네요."

"내가 말했잖여. 후회하지 않을 선택을 하라고. 참 어렵겠지만 총각은 할 수 있어야."

이 마을 사람들의 목소리는 왜 이렇게 따뜻하고 편안한 걸까. 이장님의 말 한마디 한마디가 언 나의 마음을 녹인다.

전화가 끊긴 즉시 내 몸은 저절로 가장 가까운 시일 내 가는 기차표를 끊고 있었다. 기차표를 끊으면서 나의 입꼬리는 왜인지 내려오지 않았다.

마을 행 버스에서 내린 나를 깨끗한 공기보다 먼저 반기는 건 장하라와 마을이장님이었다.

"와하하, 한구 씨 또 왔구먼! 한참 기다렸데이."

"잘 왔구먼, 또 머리나 식히고 가게."

"네."

수줍게 인사를 하곤 익숙한 냄새가 나는 집에 들어간다. 여기저기 흩어져 있는 좋다고 그린 그림들이 이제는 쓰레기로 보여 한 움큼 쥐어서는 쓰레기통에 쑤셔 넣는다.

"에? 그거 왜 버리는 거여?"

"이제 필요 없어."

"진짜여? 카믄 내도 도와주께."

내 주먹만한 손바닥으로 잡는 종이는 그리 많지 않지만 그래도 예상보단 일찍 끝낼 수 있었다.

"한구 씨 내일 축제 올 끼제?"

"무슨 축제?"

“우리 마을에서 매년 하는 축제데이. 마을이장 할부지가 보물을 숨기면 그걸 찾으면 된데이.”

“보물찾기 같은 건가?”

“뭐 그렇제. 근디 조금 다른 건 숨어 있는 할부지를 찾아야 보물을 숨긴 위치를 알 수 있데이.”

룰이 조금 이상하다고 생각했지만 역시나 나는 이미 이 축제에 참가한 몸이 됐다. 장하라와 2인 1조로.

“다른 친구들 어디 가고 나랑 팀해?”

“정은이가 아파가 못 나오게 되 뿟다.”

그렇게 축제는 시작됐고 시작을 알리는 호루라기 소리와 함께 늘 그렇듯 장하라 손에 이끌려 마을 온 동네를 뛰어다녔다. 그러다가 갑자기 멈춰져선 주변을 요리조리 둘러보고 말한다.

“사실 나 할부지 어딨는지 안다. 내가 몇 시간 전부터 뒤를 졸졸 따라다녔다 아이가.”

그래도 되는 건가 싶었지만 자연스레 장하라 뒤를 따라갔다.

“할부지 찾았다!”

마을이장님은 이 마을에서 가장 높은 건물인 바다 옆 등대 꼭대기에서 느긋하게 차를 마시고 계셨다.

“이야 하라 팀이 처음이구만. 옜다, 이리로 가면 쉽게 찾을 수 있을 게야. 단, 한 명은 여기 있어야 한다.”

“윽, 치사하구먼. 한구 씨 내가 얼른 갔다 올 테니 기다리라!”

누구보다 들뜬 발걸음으로 잽싸게 등대를 내려가 벌써 모습이 보이지 않게 되었다.

“어떠? 다시 오니께.”

“그러게요. 잘 온 건지 아직 잘 모르겠네요.”

"그려. 대회는 잘 안 됐다고?"

"네. 아직 좀 안 풀리는 게 있어서요."

"그게 뭐여?"

마을이장님께 나의 과거들을 털어놓았다, 시간 가는 줄 모르고. 나의 하소연을 조용히 들어준 마을이장님은 살짝 미소를 보이며 말했다.

"총각은 바뀌어 버린 자기 자신에서 자신의 의미를 찾으려면 어디를 봐야 한다고 생각한담?"

"그야…… 바뀌기 전을 나의 모습에서 찾아야죠."

"허허허, 그래서 답은 찾았나?"

대답할 수가 없었다. 못 찾았을 뿐더러 찾는 방법도 정확히 모르겠으니까.

"그 대답은 틀렸네. 사람이 변하는 게 나쁜 거고 있어선 안 되는 일이라고 생각하나? 그러면 총각이 처음에 애처럼 굴다가 이렇게 의젓하게 변한 것도 있어선 안 되는 일이었나 보구려?"

"……."

"사람 살아가는데 바뀌는 건 당연한 거여. 시간은 계속 가고 있으니께. 모습이 변하고 말투가 변하고 마음가짐이 변하면서 자기 자신이 변하는 건 옳은 쪽으로만 갈 수는 없는 거여, 절대. 나답다는 걸 찾으려면은 처음으로 돌아가서 찾는 게 아니라 지금의 나한테서 찾아야 하는 기라. 예전의 총각이 소중하게 여겼던 거랑 지금 소중하게 여기는 게 같진 않을 거 같은디. 우선 지금 내가 뭘 가장 소중하게 여기고 있는지 찾아내 봐. 그럼 답이 보일지도 모르제. 자, 저기를 한번 봐봐."

할아버지의 손을 따라거던 내 시선 끝엔 어디까지 펼쳐져 있을지 모를 큰 바다가 있었고 나는 그를 평소보다 높은 각도로 바라보고 있었다.

"어뗘? 그때랑은 좀 다르나?"

나는 이미 마을이장님의 목소리가 들리지 않았다. 그렇게 피폐하고 어둡게 보였던 바다가 지금은 그 어떤 보석보다 빛나며 늠름한 자세로 나를 바라보고 있었기 때문이다. 그때보다 구름도 껴 있고 햇빛도 얼마 없는데 이 바다는 자기가 가장 멋있는 존재라는 듯 엄청난 양의 아름다움을 뿜어 내고 있었다. 이 아름다움에 압도돼 도저히 입을 뗄 수가 없다.

"이제야 바다의 진가를 알았나 보구먼."

"저기, 잠시만."

나는 허겁지겁 등대를 내려갔다. 내려가자 가슴이 찡 울리게 만드는 낸 눈앞에 장면을 본 나는 곧바로 스케치를 시작한다.

'웃음이 끊이지 않아, 나의 감정이 제발 표현해 달라며 소리치고 있어.'

감정이 흐르는 걸 조절하지도 못한 채 눈물을 글썽이며 그림을 그리고 또 그린다.

그후 윤한구는 이호준한테 다시 이사장의 대회를 잡아달라 한다.

"야, 이번엔 진짜 괜찮은 거야? 다시 시골 간 지 얼마나 됐다고."

"괜찮아, 소중한 걸 찾았으니까."

약 1년 뒤 이사장의 대회는 열였고 윤한구는 다시 한번 이 대회에 참가하게 된다.

윤한구는 대회 하루 전 저녁, 자신의 책상 위 포스트잇에 이런 말들을 적고 다짐했다.

'더이상 변화가 두렵지 않다. 지금의 나에게 가장 소중한 것을 찾은 이후론 이 마음은 절대 흔들리지 않았다. 더이상 예전의 내가 아닌 새로운 나로 다시 도전한다.

이해받지 못하더라도 보물은 보물이니까.

어른도 성장할 수 있다.'

"한구 씨 대회 얼른 마치고 다시 돌아와야 한디!"

"그럼, 당연하지."

"윤한구 씨 이 작품의 의미는 무엇인가요?"
"일 년 전에 그린 저에게 가장 소중한 것이자 저 자신입니다. 그뿐입니다."

작가의 말 1

-길현아

이 〈나다움〉이라는 소설에서 표현하고 싶었던 것은 이 소설의 주인공인 윤한구가 나다운 것이 무엇인지, 자기 자신의 의미를 찾아가면서 제가 가장 좋아하기도 한 문구인 '어른도 성장할 수 있다'는 메시지를 전하고 싶었습니다. 그리고 나다움을 찾는 과정에서 애 같은 성격에서 점차 어른스러워지고 트라우마를 극복하는 모습도 같이 봐 주시면 감사하겠습니다.

윤한구가 직접적으로 조언을 받은 건 마을이장님이지만 이 시골에 정을 붙이게 되고 윤한구의 트라우마로 인해 쌓아져 있던 높은 벽을 조금씩 허물어 주며 격려해 주는 역할을 한 사람이 어른이 아닌 어린아이로 설정함으로써 더욱더 새롭고 감정을 생동감 넘치게 표현할 수 있어 좋았습니다.

이렇게 처음으로 책을 써보게 되어서 정말 뜻깊고 값진 경험을 한 거 같습니다.

읽어 주셔서 감사합니다.

작가의 말 2

-한혜지

안녕하세요.

〈넌 죽었니〉, 〈정의 내리는 것에 대한〉

앞에서 총 2개의 소설을 쓰게 된 한혜지입니다.

저는 여느 소설과는 다르게 성별을 지칭하는 단어 없이 소설에 등장하는 모든 인물을 그, 또는 그 사람이라고 표현했습니다. 편견 없이 그 인물을 받아들였으면 하는 마음도 있었고, 스스로 상상을 이끌어내기 위함도 있었습니다. 또한 저는 소설 2개를 통해 제가 생각하는 감정들을 표현했습니다. 스스로는 다 자랐다고 생각하지만 누구보다 미성숙했던 라이. 어른들의 말을 믿고 곧이곧대로 따르는 아이지만, 그 누구보다 강했던 이안, 그리고 이 둘을 주체적으로 행동할 수 있게 만들며, 소설을 결말로까지 이끄는 조력자 릴리와 브이까지.

저는 우리처럼 미성숙한 청춘들이 갑자기 다가온 사랑에 대해 어떻게 반응하고, 받아들이는지에 관해 내용을 풀이했습니다. 또한 공부에 치이고, 시간에 치여 사는 우리들에게 사랑이라는 낯선 감정이 어떻게 찾아오고 어떻게 우리를 바꿀 수 있는지 느끼게 해 주고픈 마음도 있었습니다.

누군가를 사랑하는 마음은 정도도 방식도 다릅니다.

어색해하지 말고, 그대로 받아들이셨음 합니다.

미성년의 청춘과 어린 애정을 응원합니다. 감사합니다.

그림을 제공해 주신 LOT 님, 바게뜨린 님
그리고 표지를 제공해 주신 새로 님께 감사드립니다.
덕분에 훌륭하게 책 작업을 끝마칠 수 있었습니다.
이상으로 감사 인사를 전하며, 책을 마무리하겠습니다.

읽어 주신 모든 분들께 감사 인사를 전합니다.

감사합니다.

"물의 궤적을 따라 걸어간 곳에 나의 이상향이 존재하기를,

난 오늘도 너의 발자취에 낭만을 불어넣는다."